ARTHUR W. UPFIELD
Bony stellt eine Falle

Wer Goldmann Kriminalromane liest,
zeigt, daß er auf Niveau achtet.

Von Arthur W. Upfield
sind außerdem lieferbar:

Bony kauft eine Frau. 263
Bony und die Maus. 1011
Bony und die schwarze Jungfrau. 1074
Bony und die Todesotter. 2088
Bony und die weiße Wilde. 1135
Fremde sind unerwünscht. 1230
Gefahr für Bony. 2289
Die Giftvilla. 180
Der Kopf im Netz. 167
Mr. Jellys Geheimnis. 2141
Der neue Schuh. 219
Der schwarze Brunnen. 224
Todeszauber. 2111
Die Witwen von Broome. 142

ARTHUR W. UPFIELD

Bony stellt eine Falle

WINDS OF EVIL

Kriminalroman

WILHELM GOLDMANN VERLAG MÜNCHEN

KRIMI VERLAG AG WOLLERAU/SCHWEIZ

Die Hauptpersonen des Romans sind:

Inspektor Napoleon Bonaparte	wird von seinen Freunden Bony genannt
Wachtmeister Robert Lee	Polizeibeamter
Martin Borradale	Schafzüchter
Stella Borradale	seine Schwester
Donald Dreyton	Grenzreiter
Elsie Nelson	Hotelbesitzerin
Dr. Paul Mulray	Arzt
Fred Storrie	Farmer
Mabel Storrie	seine Tochter
Barry Elson	Verwalter
Hang-Dog-Jack	Koch
Harry West	Cowboy

Der Roman spielt im australischen Staat Neusüdwales.

Made in Germnay · II · 21132
 Aus dem Englischen übertragen von Heinz Otto. Ungekürzte Ausgabe. Umschlagfoto: Bildarchiv Marion Schweitzer. Gesetzt aus der Linotype-Garamond-Antiqua. Druck: Presse-Druck Augsburg. KRIMI 1168 · Ha/Str
ISBN 3-442-01168-X

I

Es war eine sturmdurchtoste Hölle, durch die der Mann, der sich Joe Fisher nannte, nordwärts nach dem kleinen Städtchen Carie im äußersten Westen von Neusüdwales marschierte.

Irgendwo im westlichen Australien lag die Geburtsstätte dieses Sturmes, der den Sand der weiten Wüsten hochauf wehte und ostwärts in die Flußniederungen Neusüdwales', sogar bis zu den Blauen Bergen und dem fernen Pazifik trug.

Fisher mußte oft die Augen schließen und sich blind vorwärtstasten, trotzdem sah er immer die weite, baumlose Ebene, die er überquerte, genau vor sich – diese Ebene, die nichts anderem als dem niedrigen Salzdornbusch Nahrung bot. Die Straße, der er folgte, konnte er etwa sechs Meter weit erkennen. Zu seiner Linken verlief ein Grenzzaun aus Maschendraht, gegen den der Sturm abgestorbene Stachelgrasbüschel geweht hatte, die einen hohen Wall bildeten.

Schließlich traf Fisher auf einen Tramp. Er fand ihn im Windschatten eines Blaubusches damit beschäftigt, in seinem kleinen Kessel Wasser zu kochen.

Bei Fishers plötzlichem Erscheinen sprang er erschrocken auf die Füße.

»Guten Tag!« rief Fisher. »Haben Sie etwas dagegen, wenn ich meinen alten Kessel mit über Ihr Feuer hänge?«

Der alte Mann reckte sich und seufzte erleichtert auf.

»Nur zu«, erwiderte er mürrisch. »Wohin wollen Sie denn heute noch?«

»Bis kurz vor Carie«, erwiderte Fisher. »Zum Nogga Creek. Es ist doch Wasser im Catfish Hole, oder?«

Sie hatten sich im Schutz des Blaubusches auf ihre Bündel niedergesetzt.

Bei der Erwähnung des Nogga Creek und des Catfish Hole schien der alte Mann zu erstarren, dann beugte er sich vor und musterte den anderen.

»Hm, im Catfish Hole soll Wasser sein, wie ich gehört habe«, entgegnete er auffallend bedächtig. »Sie sind fremd hier in der Gegend?«

»Ich war noch nie hier«, gestand Fisher.

»Aber Sie haben doch wohl gehört, was sich in der Gegend von Carie tut?«

Das Wasser im Kessel des Alten begann zu kochen. Der Mann warf Teeblätter hinein und nahm den Kessel vom Feuer.

» Hm – nein.«

»Sie haben nichts gehört? Na, dann will ich's Ihnen sagen. Nach dem, was im Gebiet von Carie passiert ist, würde ich um nichts in der Welt am Catfish Hole kampieren.«

»Was ist los mit diesem Wasserloch?«

»Morde – zwei bis jetzt. Das ist los. Ich – George Smith – würde nicht für eine Million bar auf die Hand dort kampieren. Wenn ich Ihnen einen guten Rat geben darf, dann tun Sie es auch nicht. Heute nacht nicht – überhaupt nicht, solange der Würger nicht gefaßt worden ist.«

»Der Würger?«

»So wird er genannt. Vor zwei Jahren um diese Zeit brachte er ein Mischlingsmädchen um, an der Stelle, wo Thunder Creek und Nogga Creek zusammenfließen und den Wirragatta River bilden. Und im vergangenen März erwürgte er einen jungen Mann namens Marsh hier in der Nähe. Jetzt kommt sicher bald der nächste dran – aber ich werde es ganz bestimmt nicht sein. Und Sie sollten sich ebenfalls in acht nehmen.«

»Warum tut er das?«

»Einfach so zum Spaß. Es gibt kein erkennbares Motiv. Darum kommt ja auch die Polizei mit ihren Ermittlungen nicht weiter. Die können uns zwar das Leben schwer machen, aber einen Mörder fangen können sie nicht. Übrigens sucht sich dieser Würger immer Tage wie heute aus. Am nächsten Morgen sind seine Spuren vom Sturm verweht.«

»Wo haben Sie denn letzte Nacht kampiert?« fragte Fisher.

»Ich? Im Kittchen von Carie habe ich übernachtet, nachdem man mich im Stall des Gasthofes nicht haben wollte. Ich hab' ganz einfach den Polizisten gebeten, mich in eine Zelle zu sperren. Einen sichereren Platz gibt es ja gar nicht.«

Fisher gab Teeblätter in das kochende Wasser seines Kessels. Der alte Mann beobachtete ihn und fand seine Ruhe unnatürlich.

»Ich rate Ihnen, nicht am Catfish Hole zu kampieren – oder irgendwo außerhalb von Carie«, wiederholte er seine Warnung.

»Vielen Dank für den Rat. Ich werde daran denken.«

Der Alte schien dieses Thema ungewöhnlich faszinierend zu finden, trotzdem verfolgten sie es nicht weiter. Das Sprechen fiel nicht leicht, weil einem immer wieder Sand und Fliegen in den Mund kamen. Schließlich trennten sich die beiden Wanderer mit einem Kopfnicken. Jeder ging in der entgegengesetzten Richtung davon und war gleich vom Sandsturm verschluckt.

Joe Fisher war mittelgroß, schlank, aber kräftig. Trotz des Sturmes kam er gut voran. Wie jeder erfahrene australische Tramp hatte er seine Decken und Kleidungsstücke in ein Tuch aus ungebleichtem Baumwollstoff gewickelt. Der kleine Wassersack aus Segeltuch, den er in der Rechten hielt, war naß von der durchsickernden Feuchtigkeit und rot befleckt vom Sand. Den Kessel hatte er über das Deckenbündel geschnallt, mit der linken freien Hand scheuchte er immer wieder die hartnäckigen Fliegen fort. Sein Gesicht und die nackten Arme waren sandverkrustet. Stirn und Haare, die unter dem alten Filzhut hervorschauten, hatten sich rot verfärbt.

Eine grimmige Entschlossenheit ging von dem Mann aus, der bei diesem Wetter nordwärts marschierte. Er hätte zwar im Windschatten des Grenzzaunes etwas Schutz finden können, aber mit unermüdlichen, gleichmäßigen Schritten folgte er der Straße.

Als Fisher in den Schutz der Bäume eines Bachbettes gelangte, blies der Wind zwar nicht mehr so kräftig, aber sein Heulen war durchdringender als zuvor. Draußen in der Ebene war es eher ein sanftes Pfeifen gewesen, während hier ein Tosen die Luft erfüllte. Mit raschen Schritten durchquerte Fisher das flache ausgetrocknete Bachbett. Als er am anderen Ufer die Böschung erklommen hatte, sah er das Holzhaus mit dem Wellblechdach, das etwa zweihundert Meter östlich der Straße stand. Hier war die Luft klarer. Die Bäume hielten den Wind zurück. Sie standen dicht hinter dem Haus, als wollten sie einen Schutzwall bilden gegen die weite Ebene, über die Fisher den ganzen Tag getrampt war.

Trotz seiner Behauptung, niemals zuvor in dieser Gegend gewesen zu sein, hatte Joe Fisher genau gewußt, daß er das Wohnhaus von Fred Storries Schafstation erblicken würde, sobald er den Thunder Creek überquert hatte. In der Ferne sah er die Umrisse der Buschbäume, die am Ufer des Nogga Creek standen. Beide Bäche kamen aus dem Osten und vereinigten sich eine knappe Meile westlich des Grenzzaunes zum Wirragatta

River. Und eine halbe Meile flußabwärts, nach der Vereinigung der beiden Bäche, stand das Wohnhaus der großen Wirragatta-Farm.

Die entzündeten blauen Augen des Tramps leuchteten zufrieden auf, als er den Weg zum Haus des Schafzüchters entlangschritt. Auf der einen Seite wurde das Gebäude vom Windrad und den Wasserreservoiren, auf der anderen von den Schafpferchen flankiert.

Die Vordertür sah ganz so aus, als würde sie nie benützt. Fisher trottete um das Haus herum zur Hintertür. In der Nähe dieser Tür befand sich ein großer, runder eiserner Wassertank. Davor stand ein Mädchen und starrte gedankenverloren zum Himmel, während in ihren Eimer Wasser lief.

»Guten Tag!« rief der Tramp durch das Heulen des Windes.

Die Reaktion war verblüffend. Das Mädchen schrie auf, fuhr herum und preßte sich mit dem Rücken gegen den Wassertank. Ihre dunkelblauen Augen waren vor Entsetzen geweitet. Das Wasser im Eimer lief über und floß in der Ziegelrinne davon.

»Sie scheinen sich zu fürchten«, sagte Fisher.

Sein freundliches Lächeln blieb nicht ohne Wirkung. Ihre Furcht schien zu schwinden, und sie fragte ihn nach dem Grund seines Hierseins.

»Vielleicht könnte ich etwas Fleisch von Ihnen haben«, erwiderte er. »Ich bin auf dem Weg nach Norden und möchte an diesem Wasserloch am Nogga Creek kampieren. Catfish Hole heißt es wohl?«

Das Mädchen nickte. Sie war immer noch ein wenig verstört, und Fisher wartete geduldig ab.

»Ja, ich kann Ihnen etwas Fleisch geben«, sagte sie schließlich. »Aber zum Nogga Creek – bei diesem Wetter!« Ihre Augen waren wieder unnatürlich groß.

»Es wird bestimmt keinen Regen geben«, beruhigte er sie.

»Sind Sie fremd hier in der Gegend?«

»Ja.«

»Dann wissen Sie also nichts vom Würger?«

»Ich habe von ihm gehört.«

Noch war die Furcht nicht ganz aus ihren Augen gewichen. Trotz des heißen Tages wirkte sie in dem braunen Leinenkleid kühl und frisch. Sie war hübsch.

»Warten Sie hier«, sagte sie abrupt. »Ich werde Ihnen das Fleisch holen.«

»Mabel, wer ist da?« rief eine Frauenstimme vom Haus herüber.

»Ein Tramp, Mutter. Er möchte etwas Fleisch«, erwiderte das Mädchen, das sich gefaßt hatte und Joe Fisher zulächelte. Sie eilte hinüber zu dem Fleischhaus aus Bambusgras.

Der Mann musterte kritisch die Nebengebäude. Sie befanden sich in ordentlichem Zustand. Offensichtlich warf die Farm einen guten Gewinn ab. Das Mädchen kehrte zurück und reichte ihm das Fleisch, das sie in Zeitungspapier gewickelt hatte. Noch einmal riet sie ihm, nicht am Catfish Hole zu kampieren.

»Ach, mir passiert nichts«, erwiderte er. »Ich haben schon oft in wilden Gegenden kampiert, und wenn man gewarnt ist, ist man gewappnet. Außerdem war es im vergangenen März, als dieser geheimnisvolle Würger das letzte Mal zuschlug, nicht wahr?«

»Ja. Und um die gleiche Zeit vor einem Jahr. Seien Sie vorsichtig. Niemand wagt sich jetzt hinaus oder kampiert dort. Ich gehe heute abend nach Carie zum Tanz, aber mein Bruder fährt mich im Lastwagen hin.«

Joe Fisher lächelte erneut.

»Jedenfalls schönen Dank für das Fleisch. Und viel Vergnügen beim Tanz. Glauben Sie, daß ich auf der Wirragatta-Station Arbeit finden kann?«

»Ich würde es jedenfalls versuchen. Die Leute arbeiten gern für die Borradales.«

»Dann will ich es morgen versuchen. Nochmals vielen Dank und auf Wiedersehen.«

Fisher lüftete den Hut, nahm Bündel und Wassersack und machte sich auf den Weg zum Nogga Creek, der jetzt schmutziggrün unter den roten Sandschleiern zu sehen war. Während er über die eine halbe Meile breite Niederung zwischen den beiden Bächen dahinschritt, heulte der Wind in den Baumwipfeln.

Der Tag neigte sich dem Ende zu, als Fisher den Nogga Creek überquerte und dann am Ufer entlangmarschierte. Er hatte gehofft, Carie sehen zu können, aber er erkannte nur den Grenzzaun, der sich in der Dämmerung verlor.

Nun folgte er dem Bach eine Viertelmeile nach Osten und gelangte zum unteren Ende des Catfish Hole, einer langen und schmalen Wasserstelle im Bachbett. Die Spitze dieses Wasserlochs grenzte an einen weißen, trockenen Sandwall, und Fisher entschloß sich, hier sein Lager für die Nacht aufzuschlagen.

Als jetzt bei Sonnenuntergang die hochfliegenden Sandwolken auch nicht für Augenblicke eine blutrote Farbe annahmen, wußte Fisher, daß der Sandsturm am nächsten Tag noch schlimmer sein würde als heute. Der Mann setzte sich auf sein Bündel vor das Feuer und aß gegrillte Hammelkoteletts zu altbackenem, ungesäuertem Brot. Ab und zu nippte er an dem heißen, schwarzen, stark gezuckerten Tee.

Mit Einbruch der Nacht ließ der Sturm nach, er verebbte zu einer stöhnenden Brise. Der bleierne Himmel sank noch tiefer herab, als wolle er die Welt, die bereits am Ersticken schien, gänzlich erdrücken. Am Rande des Lagerfeuers leuchteten die umstehenden Bäume rötlich auf gegen die tiefe Schwärze der Nacht, als Fisher sein Bündel entrollte und die Decken in der Form eines schlafenden Mannes drapierte. Dann stahl er sich aus dem Feuerschein, hockte sich nieder und lehnte sich gegen einen Baumstamm.

Eine lange Zeit verging, dann flog ein Brachvogel über ihn hinweg und stieß einen klagenden Laut aus. Dieser Schrei hatte geradezu etwas Menschliches.

Da Fisher keine Uhr bei sich hatte, konnte er nicht die genaue Zeit feststellen. Er schätzte, daß es acht Uhr sein mußte, als ein Wagen in Richtung Carie fuhr. Wahrscheinlich war es der Lastwagen, der Mabel Storrie zu der Tanzveranstaltung brachte.

Danach döste Fisher wieder vor sich hin. Im Laufe der Nacht hörte er einen Brachvogel schreien. Eine gute Stunde später kehrte auch das Auto von der Stadt zurück.

Es war eine höchst ungemütliche Nacht, die der Tramp, gegen einen Baum gelehnt, verbrachte. Als der neue Tag angebrochen war, legte er sich zum Schlafen nieder. Es war spät, als er beim Frühstück saß und ein Auto, von Süden kommend, den Nogga Creek erreichte. Der wieder aufkommende Sturm verschluckte das Motorengeräusch, und Fisher wußte deshalb nicht, daß der Wagen mehrere Minuten anhielt, bevor er das nördliche Ufer erklomm.

2

Das Hotel stand am Südrand von Carie. Es war das einzige zweigeschossige Gebäude im Städtchen. Vom Balkon aus hatte man einen weiten, wenn auch nicht immer interessanten Ausblick.

In südlicher Richtung vom Hotel aus verlief die Straße nach Broken Hill. Wie eine Schlange wand sie sich durch das mit Blaubusch bewachsene Gemeindeland. Eine Viertelstunde entfernt durchquerte sie den Gemeindezaun durch das linke von zwei Toren, um sich dann vierzehn Meilen weit an der Ostseite des Grenzzaunes der Wirragatta-Station entlangzuwinden. Diesen Zaun kannte Joe Fisher nun bereits recht gut. Kurz bevor man den Gemeindezaun erreichte, führte eine Straßengabelung zu dem rechten Tor und weiter zum Gutshaus von Wirragatta.

Weit hinter dem Gemeindezaun breitete sich die Blaubuschebene aus. Sie begann im Osten bei den Buchsbäumen des Nogga Creek, dehnte sich nach Norden, wo in weiter Ferne das Städtchen Allambee lag, wurde von einem Forst aus Mulgabäumen begrenzt und schließlich im Süden von den riesigen roten Eukalyptusbäumen am Fluß. Hin und wieder ragten niedrige, weit ausladende Sanddünen in der Ebene empor. Als Mrs. Elsie Nelson noch ein junges Mädchen gewesen war, hatte es diese Sanddünen allerdings noch nicht gegeben.

Dem Hotel gegenüber lag die Bäckerei, und die stille, breite Straße weiter hinunter befanden sich das Kaufhaus, die Polizeistation und das Rathaus, das gleichzeitig als Gerichtsgebäude diente, dann kam eine Reihe von Häusern mit Wellblechdächern. Ließ man den Blick nun auf der Seite des Hotels die Straße zurückwandern, sah man wiederum eine Reihe kleiner Häuser, das Heim des Arztes und das Postamt.

Die Leute von Carie kannten keinen Standesdünkel. Es herrschte allgemeine Zufriedenheit. Die Stimme des Tüchtigsten hatte das meiste Gewicht.

Das Oberhaupt von Carie war Mrs. Nelson, die Besitzerin des einzigen Hotels.

Am Morgen, der auf die letzte Tanzveranstaltung dieses Jahres folgte – es war der dreißigste Oktober –, kleidete sich Mrs. Nelson mit gewohnter Sorgfalt an. Sie zog ihr schwarzes Seidenkleid an. Sie war bereits etwas über siebzig Jahre alt. Ihr Anblick flößte Respekt ein, und ihre Bewegungen verrieten unzerstörbare Jugend. Sie war die stets wache Geschäftsfrau, die sich weder durch die Umstände des Augenblicks noch durch ihr Alter unterkriegen ließ.

Mit Energie einer zwanzig Jahre jüngeren Frau trat sie durch die offene Fenstertür auf den breiten Balkon, der während der Sommermonate durch Markisen vor der grellen Sonne geschützt wurde. Selten fand man sie im Erdgeschoß, noch seltener ging sie aus. Von diesem Balkon aus herrschte sie über Carie.

Durch die rotbraunen Sandschleier wirkte die Ebene klein, und die dunkle Linie der Bäume am Ufer des Nogga Creek war nur schemenhaft zu erkennen.

Die einzige Straße des Städtchens lag verlassen da – bis auf einige Ziegen und Mr. Smith, den Bäcker, der Säcke mit Brot auf seinen schäbigen Karren lud, vor den er eine scheckige Stute gespannt hatte. Mrs. Nelson konnte keinerlei Gemütsbewegung an Mr. Smith feststellen, als sie den ältlichen Mann betrachtete, dessen Lebensphilosophie ihn dazu verdammte, dereinst als armer Mann zu sterben. Eine Philosophie, über die Mrs. Nelson nur immer wieder die Stirn runzeln konnte.

Ihre beringte Hand ruhte auf der Balkonbrüstung, als ein junges Mädchen, eine Hausangestellte, zu ihr trat. Den Teint des Mädchens hatte die Sonne restlos verdorben. Es schien zweifelhaft, ob jemals ein noch so geniales Make-up diesen Schaden würde vertuschen können. Sie stellte die Frage, die sie nun seit zwei Jahren jeden Morgen gestellt hatte: »Wo wünschen Sie heute morgen Ihr Frühstück einzunehmen, Madam?«

Mrs. Nelson drehte sich um und musterte das Mädchen mit einem Blick, der bis in die Seele zu dringen schien.

»Der Wind nimmt zu, Tilly, und der Tag wird wieder scheußlich werden, aber ich frühstücke hier.«

Das Mädchen entfernte sich und kam gleich darauf mit einem Tablett zurück. Sie stellte es auf ein kleines verwittertes Tischchen und staubte den Stuhl ab. Mrs. Nelson war mit der Anordnung von Tisch und Stuhl unzufrieden und wies Tilly an, die Möbel näher zum Ende des Balkons zu rücken, von wo aus man die Straße nach Broken Hill überblicken konnte. Das Mädchen hob den Deckel von einer Schüssel mit Rührei und Schinken, während sich die alte Dame Tee und Milch einschenkte.

»Wann bist du heute nacht schlafen gegangen?« fragte Mrs. Nelson.

»Es war nach ein Uhr, Madam.«

Mrs. Nelson entging nicht die leichte Röte auf Tillys Gesicht.

»Na, dann mußt du kräftiger sein, als ich es in deinem Alter war. Mit wem hast du getanzt?«

Nun errötete das Mädchen vollends. »Mit meinem Freund – hauptsächlich, Madam.«

Mrs. Nelson richtete sich unmerklich auf.

»Weiß dein Vater eigentlich, daß du einen Freund hast?«

»O ja, Madam. Es . . . es ist Harry West.«

»Oh!«

Für zehn Sekunden schien sich Mrs. Nelson nur für ihr Frühstück zu interessieren. Inzwischen wurde Tilly immer nervöser, und genau dies hatte die alte Dame beabsichtigt. Tilly liebte und fürchtete Mrs. Nelson gleichermaßen – und das ging nicht nur ihr so. Aber ihren Vater liebte und fürchtete sie noch mehr. Und es wäre Tilly auch nie in den Sinn gekommen, sich aufzulehnen.

»Harry West ist es also, wie?« sagte Mrs. Nelson nun in freundlichem Ton. »Nun ja, er ist ganz solide. Du hättest eine schlechtere Wahl treffen können. Du mußt ihn mal gelegentlich am Abend mit zu mir bringen. Du bist ein braves Mädchen, Tilly, und da gibt es verschiedenes, was ich ihm zu sagen habe. Waren Mr. und Miss Borradale auch beim Tanz?«

»Ja, Madam. Und der Doktor und Barry Elson und – ach, eigentlich waren sie alle da, Madam.«

»Und wie ging es Barry Elson?«

»Recht gut, Madam. Er konnte tanzen.«

»Gestern nachmittag hätte er jedenfalls nicht tanzen können. Mit wem hat er getanzt – hauptsächlich?«

»Mit Mabel Storrie. Er hat sie auch nach Hause gebracht. Sie gingen zu Fuß. Tom Storrie fuhr sie mit dem Wagen herüber, aber als die Tanzveranstaltung zu Ende war, konnte man ihn und den Lastwagen nicht finden.«

»Dann haben Barry und Mabel also ihren Streit begraben?«

»Ja, Madam, ich glaube schon.«

»Du glaubst!« rief die alte Dame unwirsch.

»Nun, Madam, Barry Elson hat sich den ganzen Abend sehr um Mabel bemüht, aber sie schien ziemlich reserviert. Ich kann es ihr nicht verübeln. Barry hatte kein Recht, sich gestern nachmittag so zu betrinken. Ich glaube nicht, daß ich es Harry sofort verzeihen würde, wenn er sich betränke, nur, weil ich ihm einmal die Meinung gesagt habe.«

»Eine kluge Frau sagt einem Mann nie die Meinung – solange sie nicht mit ihm verheiratet ist«, sagte Mrs. Nelson sarkastisch. »Und wo hat Tom Storrie mit dem Lastwagen gesteckt?«

»Ich glaube, er brachte Annie Myers nach Hause und hat sich nicht weiter um seine Schwester gekümmert. Brüder sind nicht besonders rücksichtsvoll.«

Mrs. Nelson beschäftigte sich wieder mit ihrem Frühstück, während das Mädchen geduldig darauf wartete, entlassen zu werden.

»Welches Kleid hattest du an?« lautete die nächste Frage.

»Das schwarze, Madam.«

»Hm. Das war klug. Ein farbiges Kleid steht dir nicht. Und was trug Mabel?«

»Ein Kleid aus blauem Satin. Sie sah fabelhaft aus, Madam. Ich wünschte –«

»Na, was wünschtest du? Heraus damit!«

Tilly zögerte und wurde rot. »Ach, nichts, Madam. Ich wünschte nur, ich wäre wie Mabel Storrie. Sie sah wundervoll aus gestern abend.«

Zum zweitenmal an diesem Morgen starrte die alte Dame das Mädchen durchdringend an.

»Jammere nicht nach etwas Unerreichbarem, mein Kind«, sagte sie sanft. »Du hast sehr schöne Augen. So – und nun geh. Sieh zu, daß alle Fenster geschlossen und verriegelt sind, und die Jalousien läßt du zu drei Vierteln herunter. Und schicke mir James herauf. Bleib so lange hinter der Theke, bis er zurück ist.«

»Jawohl, Madam, und vielen Dank.«

Mrs. Nelson runzelte die Stirn. »Wofür, mein Kind?«

»Daß ... daß Sie mir das über meine Augen gesagt haben, Madam.«

»Unsinn!« schnaubte die alte Dame. »Und lege dich heute nachmittag unbedingt zwei Stunden hin. Sonst schläfst du mir heute abend beim Servieren ein.«

Tilly verschwand. Sie war knapp über Zweiundzwanzig und besaß jene graziöse Geschmeidigkeit, die alle Frauen im australischen Busch zu eigen ist, weil sie von früher Jugend an gewöhnt sind, halbwilde Pferde zu reiten. Daß sie so häufig ›Madam‹ sagte, entsprang keiner Unterwürfigkeit, sondern ihrem liebevollen Respekt dem ›Oberhaupt‹ von Carie gegenüber.

Von Südosten näherte sich ein Reiter. Hinter dem Pferd stieg eine lange Staubfahne auf, die sich rasch mit dem niedrigfliegenden Sandschleier vermischte, der sich durch den auffrischenden Wind verdichtet hatte.

Ohne abzusteigen, öffnete und schloß der Reiter das Tor im Gemeindezaun und trieb sein Pferd sofort wieder zum Galopp an. Als er das Städtchen erreichte, ritt er zu den Stallungen hinter dem Hotel. Mrs. Nelson sah, daß es Fred Storrie war.

Inzwischen war es zehn Minuten vor neun. Ein Mann betrat den Balkon. In seinem auffallend weißen Gesicht leuchteten die tiefblauen Augen, sein pechschwarzes Haar hatte er über der hohen Stirn zu einer Welle gelegt. Er war rundlich und noch nicht vierzig Jahre alt. Hose und Weste bestanden aus dunklem Tweed, sein Hemd war am Hals offen, und an den Füßen trug er braune Lederslipper. Sobald er zu sprechen begann, wußte man, daß er aus London stammte.

»Morgen, Madam.«

»Guten Morgen, James.«

Mrs. Nelson wandte sich leicht herum, um ihren Schankkellner intensiver mustern zu können. James Spinks war seit acht Jahren bei Mrs. Nelson angestellt.

»Ist die Post heute morgen pünktlich, James?« fragte Mrs. Nelson streng.

»Ja, Madam. Fünf Fahrgäste. Nur Männer. Sie fahren alle weiter nach Allambee.«

»Hat Wachtmeister Lee vergangene Nacht irgendwelche Schwierigkeiten gemacht?«

»Nein. Nicht im geringsten. Leben und leben lassen – das ist Wachtmeister Lees Wahlspruch. Zu Weihnachten und bei einer Tanzveranstaltung drückt er auch mal ein Auge zu.«

»Ist Mr. Borradale vorbeigekommen?«

»Ja, Madam. Er erschien zusammen mit dem Doktor, als die Tanzerei gerade begann, und dann noch einmal gegen Mitternacht.«

»Gut, James. Wenn das Postauto weitergefahren ist, dann bitte Fred Storrie für eine Minute zu mir herauf. Das wäre alles.«

Als der Mann verschwunden war, widmete sich die alte Dame wieder ihrem Frühstück und der Beobachtung des Nogga Creek. Jahraus, jahrein hatte sie erst die Postkutschen von Cobb and Co. und nun die Postautos am Nogga Creek auftauchen und verschwinden sehen. Sie wußte, wo die Straße zwischen den Bäumen verschwand, bevor sie den Bach überquerte. Heute morgen nun war die Sicht schlecht, und auch ihr Augenlicht hatte gegen früher nachgelassen. Trotzdem bemerkte sie es sofort, als an der Stelle, an der das Postauto erscheinen mußte, kurz das Sonnenlicht reflektiert wurde.

Mit der Behendigkeit einer jungen Frau erhob sich Mrs. Nelson und verschwand in ihrem Wohnzimmer. Als sie wieder auf dem Balkon erschien, brachte sie ein starkes Fernglas mit. Und während sie es auf die Stelle richtete, an der sich heute morgen etwas Merkwürdiges zu ereignen schien, zitterten ihre Hände.

Durch das Glas konnte sie das moderne Postauto erkennen, das am diesseitigen Ufer angehalten hatte. Das war ungewöhnlich, und sie konnte es sich nicht erklären.

Für eine Frau, die über alles, was mit Carie und dem Postauto zusammenhing, bestens Bescheid wußte, mußte dieser Umstand zwangsläufig Neugier erwecken. Ohne auch nur einmal das Glas abzusetzen, starrte sie weiter angestrengt hinüber.

Mehr als eine Minute verging, bis Mrs. Nelson endlich einige Gestalten unter den Buchsbäumen neben der Straße sah. Dicht gedrängt schienen sie etwas Blauschimmerndes zu tragen, dann stiegen sie wieder ein, und das Postauto kam auf das Städtchen zugefahren.

Mrs. Nelson war überzeugt, daß der Wagen nicht wegen einer Panne angehalten hatte. Ein ungewöhnliches Vorkommnis mußte den Fahrer und die Passagiere veranlaßt haben, auszusteigen und hinüber zu den Bäumen zu gehen. Die Hände der alten Dame zitterten immer noch, als sie das Glas senkte und sich auf die Balkonbrüstung stützte. Ihr Gesicht war beinah so weiß wie ihr Haar.

Sie setzte sich hin und beobachtete, wie das Postauto die gewundene Straße entlangkroch. Die Räder waren durch die niedrigen Büsche verdeckt. Hinter dem Wagen stieg eine gewaltige Staubwolke hoch, die der Wind nach Osten trieb.

Ein alter Mann trat aus einem der Häuser und spähte die Straße entlang. Der Wachtmeister verließ die Polizeistation und musterte sein Revier. Eine streunende Kuh und zwei Ziegen trotteten über die einsame Straße. Und dann war, trotz des Windes, das sich nähernde Motorengeräusch zu hören.

Wie in den alten Zeiten der Kutschen von Cobb and Co., fuhren auch die Chauffeure der modernen Postautos am Hotel vorbei und hielten vor dem Postamt. Nach Ablieferung der Post fuhren sie zum Hotel zurück, wo Fahrgäste und Chauffeur frühstückten. Früher hatte man hier auch die Pferde gewechselt.

Zur Bestürzung von Mrs. Nelson und zum Erstaunen von Mr. Smith, Wachtmeister Lee und Opa Littlejohn fuhr das Postauto heute am Postamt vorbei und hielt erst vor dem Haus von Dr. Mulray an.

Der Opa wäre beinahe gestürzt, als er zum Postauto hinüberhumpelte. Der Bäcker, der Kaufmann, der Polizeibeamte und ein halbes Dutzend Frauen, die urplötzlich aus dem Nichts aufgetaucht zu sein schienen, eilten ebenfalls hinüber. Mrs. Nelson war erneut aufgestanden und hatte das Glas vor den Augen. Die Fahrgäste stiegen aus, und plötzlich schienen sie sehr still zu werden. Dann trat die robuste Gestalt von Dr. Mulray aus dem Haus, und jetzt schrie alles durcheinander. Der Wind trug den Klang der Stimmen in die andere Richtung, und Mrs. Nelson verstand kein Wort.

Einer der Fahrgäste trat neben den Wagen und nahm eine leblose Gestalt in einem blauen Kleid auf die Arme. Der Mann war kräftig, und er trug seine Last mühelos in das Haus. Dr. Mulray folgte ihm auf den Fersen.

Mrs. Nelson senkte das Glas. Immer wieder murmelte sie vor sich hin: »O Gott! O Gott! O Gott!«

Sie sah, wie Fred Storrie auf James' Rufen um die Ecke des Hotels gerannt kam. Im Sturmschritt lief er zum Haus des Arztes. Die Umstehenden starrten ihm nach, als er in der Tür verschwunden war.

3

»Martin, geht es dir heute morgen nicht gut?«

Die energische, aber angenehme Stimme drang in das Unterbewußtsein des jungen Mannes, der auf dem Bett lag. Rings um ihn schien alles zu vibrieren. Der Sturm warf sich mit aller Macht auf das solide Haus der Wirragatta-Station.

Martin Borradale regte sich, öffnete die grauen Augen und breitete die Arme aus. Das Licht, das von der hohen geschlossenen Fenstertür herüberdrang, leuchtete in gedämpftem Gelb.

Das Gesicht des Mädchens blieb im Schatten, und das ganze Zimmer wirkte trist.

Stella Borradale betrachtete ihren Bruder vom Fußende des Bettes aus. Ihr Gesicht war hübsch, der Morgenrock umhüllte ihre gutgewachsene, schlanke Gestalt.

»Hallo, Stella! Puh, fühle ich mich schrecklich! Kopfschmerzen, und alle Glieder tun mir weh. Als wäre ich nicht tanzen gewesen, sondern hätte die halbe Nacht Fußball gespielt.«

»Wieviel hast du in Carie getrunken?« fragte Stella ruhig.

Der junge Mann stöhnte. »Nicht viel. Vier Cocktails insgesamt. Aber die haben mich umgeworfen. Ich fühlte mich gestern den ganzen Tag über nicht auf dem Damm. Oh, wie ich diese Sandstürme hasse! Ist es heute wieder so schlimm?«

»Ziemlich. Wahrscheinlich wird es heute noch schlimmer als gestern. Ich habe dir Tee gebracht.«

»Wie spät ist es?«

»Kurz nach zehn. Aber du brauchst nicht aufzustehen, wenn du nicht willst – wenn du dich nicht gut fühlst.«

»Dann werde ich noch etwas schlafen, wenn ich den Tee getrunken habe. Wie es aussieht, wird wohl niemand arbeiten können. Ist ein Anruf oder ein Telegramm gekommen?«

»Nein. Diese Frage hast du in letzter Zeit häufig gestellt. Erwartest du ein Telegramm?«

Borradale zögerte kurz. »Hm, vielleicht. Ich erwarte den Besuch eines Mannes aus Brisbane. Eine persönliche Angelegenheit. Ich erwarte ihn seit einem Monat. Na ja, eines Tages wird er schon kommen.«

Stella wartete auf eine nähere Erläuterung, drang aber nicht weiter in ihn. Als sie sich dem Fenster zuwandte, konnte man die braunen Augen in ihrem lebhaften Gesicht erkennen. Ihr Bruder blickte ihr nach, als sie zur Tür ging, und es kam ihm nicht in den Sinn, daß sie sich über seine Geheimniskrämerei ärgern könnte.

Als sie verschwunden war, nippte er an dem Tee. Kurze Zeit später kehrte das Mädchen zurück, eine kleine Flasche in der Hand. Was sie da habe, verlangte er zu wissen.

»Aspirin, mein Lieber. Zwei Tabletten werden dich wieder in Ordnung bringen.«

»Hm, danke. Und wie hast du geschlafen?«

»Wundervoll, aber es war viel zu kurz. Kommst du später zum Frühstück?«

»Hm – nein. Ich werde bis Mittag schlafen und versuchen, nicht an den gräßlichen Sandsturm zu denken.« Martin lachte leise. »Zum Teufel mit Doktor Mulray! Ich mache mir nichts aus Alkohol, aber er mußte mich unbedingt mit ins Hotel schleppen, und auf einem Ball kann man natürlich nicht Bier trinken.«

Stella starrte hinaus in die wirbelnden Sandschleier, dann zog sie die Vorhänge wieder zu. Leise verließ sie den Raum und ging hinüber in ihr eigenes Zimmer.

Zwischen den beiden Geschwistern bestand ein inniges Verhältnis. Nie gab es irgendwelche Streitereien zwischen ihnen. Martin sah gut aus. Er war Anfang Dreißig, schlank und kräftig. Seine Schwester konnte man nicht als ausgesprochene Schönheit bezeichnen, aber sie wirkte doch sehr attraktiv. Sie war mehrere Jahre jünger als ihr Bruder. Beide liebten Pferde und Tennis. Beide hatten ausgezeichnete Schulen in Adelaide besucht, aber Martin hatte nicht studieren können, da sein Vater starb, als er gerade zwanzig geworden war. Das hatte seine sofortige Rückkehr nach Wirragatta notwendig gemacht.

Nachdem Stella die Schule absolviert hatte, half sie ihrem Bruder auf der Farm. Die Mutter war noch vor dem Vater gestorben, und so war der Besitz zu gleichen Teilen auf die beiden Geschwister übergegangen. Nie aber hatte man daran gedacht, die Farm auch tatsächlich aufzuteilen.

Wie schon sein Vater wirtschaftete auch Martin mit großem Erfolg. Glücklicherweise hatte er in den ersten fünf Jahren in dem alten Verwalter eine tüchtige Stütze. Erst als dieser besonnene Schotte starb, merkte Martin, was er ihm verdankte. Jetzt spürte er die volle Verantwortung auf seinen Schultern.

Für Stella war es selbstverständlich gewesen, den Haushalt zu übernehmen. In Wirragatta verlief – ebenso wie in Carie – ein Jahr so ruhig wie das andere. Trotzdem vegetierten die beiden jungen Leute nicht einfach dahin. Wirragatta konnte man keine gewöhnliche Schaffarm nennen – es war eher ein kleines Königreich, mit Männern, die nicht primitive Schafzüchter, sondern klug und belesen waren, hervorragende Reiter und mit einer guten Allgemeinbildung ausgestattet. Auch die benachbarten Schafzüchter waren aufgeschlossene Menschen mit modernen Ideen, was sich nicht nur in ihrer Kleidung und ihren Lebensgewohnheiten ausdrückte.

Wie Martin bereits vermutet hatte, war am zweiten Tag des

Sandsturms keine Außenarbeit möglich. Das Licht war so trüb, daß die Cowboys in ihren Hütten nicht einmal lesen konnten. Die Köche fluchten und mühten sich vergeblich ab, die Speisen vor den feinen Sandkörnern zu schützen. Selbst innerhalb des solide gebauten Wohnhauses, auch in Stellas Schlafzimmer, hing ein roter Staubschleier in der Luft. Stella las einen Roman. Sie hatte die Petroleumlampe anzünden müssen. Wirragatta besaß noch keinen Strom.

Der Sturm heulte um das Haus. Die Rechtecke der Fenster verfärbten sich zu einem immer düstereren Rot, je weiter der Tag voranschritt. Stellas Stuhl vibrierte, und die Petroleumlampe rußte, obwohl der Docht weit genug herausgeschraubt war. Sie verbrachte teils lesend, teils vor sich hindösend, den Vormittag.

Gegen zwölf erschien das Mädchen – mit feuchten, strähnigen Haaren, das Gesicht fleckig von Staub und Hitze –, um nach ihren Wünschen für das Mittagessen zu fragen. Da Stella wußte, welchen Schwierigkeiten sich die Köchin gegenübersah, schlug sie Tee und Toast vor. Stets schlug sie vor, nie befahl sie etwas.

»Hat heute morgen jemand angerufen – oder vorgesprochen?« fragte sie und langte nach den Zigaretten.

»Nein, Miss Borradale. Ach so – aber das zählt ja nicht. Gegen elf kam ein Tramp und fragte nach Mr. Borradale. Die Köchin schickte ihn weg. Er soll wiederkommen, wenn sich der Sturm gelegt hat. Sie wollte Mr. Borradale an einem solchen Tag nicht stören.«

»Armer Mann«, sagte Stella mitfühlend. »Hat die Köchin ihm wenigstens etwas zu essen gegeben?«

Das Mädchen schüttelte den Kopf.

»Na schön, Mary, dann bring Tee und Toast. Ich werde nachsehen, was Mr. Borradale macht.«

Als Stella eintrat, stand ihr Bruder am Fenster und starrte hinaus in den roten Dunst, der die nur wenige Meter entfernten Orangenbäume völlig verhüllte.

»Hallo, Stella!« sagte Martin und wandte sich um. »Eine richtige Hölle da draußen, wie?«

»Ganz recht«, erwiderte sie. »In Anbetracht der Schwierigkeiten für die Köchin – und wegen ihrer schlechten Laune – werde ich mich zu Mittag mit Tee und Toast begnügen.«

»Das genügt mir ebenfalls. Kann man es mir aufs Zimmer

bringen? Ich habe wenig Lust, mich erst anzuziehen. Hat jemand angerufen?«

»Nein. Ein Tramp hat um elf vorgesprochen. Die Köchin sagte ihm, er solle warten, bis der Sturm vorbei sei. Er wollte dich sprechen.«

»Aha – wahrscheinlich möchte er Arbeit.« Martin seufzte. »Gott sei Dank, daß ich kein Tramp bin.«

Kurz nach vier Uhr an diesem Nachmittag trieb ein Mann sein Pferd durch den heißen Sandsturm und ritt hinaus nach Wirragatta. Als das Mädchen Stella den Tee brachte, sagte sie, daß Wachtmeister Lee Mr. Borradale zu sprechen wünsche.

»Heute!« rief Stella überrascht und blickte aus dem Fenster »Bei diesem Wetter! Sagen Sie der Köchin, ich bäte darum, Mr. Lee im Morgenzimmer Tee zu servieren.«

Beunruhigt ging sie hinüber in Martins Zimmer. Wenn der Polizeibeamte an einem solchen Tag herausgeritten kam, statt zu telefonieren, mußte es sich um eine ernste Angelegenheit handeln. Sie fand ihren Bruder auf dem Bett ausgestreckt vor. Er sah ihr sofort an, worum es sich handelte, und sein Mund bildete einen schmalen Strich.

»Lee ist da?« fragte er scharf. »Wo ist er?«

»Ich lasse ihm im Morgenzimmer eine Kleinigkeit servieren. Möchtest du Tee, bevor du mit ihm sprichst?«

»Ja. Ich werde mich sofort anziehen.«

Er versuchte, seine Nervosität zu verbergen, aber er konnte Stella nichts vormachen.

»Glaubst du – wieder?« flüsterte sie. »Die anderen beiden wurden ebenfalls bei derartigen Sandstürmen umgebracht.«

Sekundenlang starrten sich die beiden an. Dann sagte Martin mit erzwungener Ruhe: »Hoffen wir, daß es nicht der Fall ist.«

Als der mit Staub bedeckte und verschwitzte Polizeibeamte eine Viertelstunde später ins Arbeitszimmer gebeten wurde, fand er Martin frisch vor.

»Hallo, Lee! Was um alles in der Welt hat Sie an einem derart scheußlichen Tag zu uns herausgebracht?« Der Schafzüchter wies auf einen Stuhl neben dem Schreibtisch. »Ich hoffe, es handelt sich um nichts Ernstes?«

Wachtmeister Robert Lee war ein großer, schlanker Mann mit schütterem, hellbraunem Haar und einem Bärtchen von der gleichen Farbe. Seine blaßblauen Augen schauten etwas verwundert in die Welt, als könne er nicht begreifen, warum sich die Menschen immer wieder dadurch in Schwierigkeiten brachten, daß sie die Gesetze brachen.

»Sir«, begann er. »Als vor zwei Jahren Alice Tindall ermordet wurde und vorigen März der junge Marsh, haben Sie mir als amtierender Richter mit Rat und Tat zur Seite gestanden. Ich dachte mir, daß Sie mir bei dem neuerlichen Verbrechen Ihre Hilfe nicht versagen werden.«

»Aber gewiß, Lee. Was ist denn geschehen? Doch hoffentlich nicht wieder ein Mord?«

»Heute in den frühen Morgenstunden wurde Mabel Storrie beinahe erwürgt. Diesmal hat der Mörder seine Tat allerdings nicht zu Ende geführt. Bevor ich auf die näheren Einzelheiten eingehe, bitte ich Sie, mir einige Fragen zu beantworten.«

»Aber gern.« Die Augen des Schafzüchters bildeten schmale Schlitze.

»Wann sind Sie und Miss Borradale in der vergangenen Nacht nach Hause gekommen?«

»Das weiß ich nicht genau. Auf jeden Fall nach Mitternacht.«

»Vielleicht weiß es Miss Borradale genauer«, meinte der Wachtmeister und bewies damit, daß seine Frau zu recht behauptete, er sei dickköpfig. »Ich möchte es gern genau wissen.«

»Ich werde sie fragen. Einen Augenblick.«

Während Martin das Zimmer verließ, brachte Lee sein großes Notizbuch zum Vorschein und ging die Aufzeichnungen durch, die er sich seit Ankunft des Postautos aus Broken Hill gemacht hatte.

»Meine Schwester sagt, es sei fünfundzwanzig Minuten nach zwölf gewesen.« Martin war zurückgekehrt und ließ sich in einen Sessel fallen.

»Hm. Sie waren gestern abend mit dem Wagen in der Stadt. Auf welchem Weg kehrten Sie zurück?«

»Auf dem direkten.«

»Das heißt also, Sie nahmen die Straße nach Broken Hill bis zum Gemeindezaun und fuhren dann durch das Tor Ihres eigenen Zaunes direkt hierher?«

»Ja. Warum interessieren Sie sich so sehr für das, was wir taten?«

»Weil Sie auf dem von Ihnen beschriebenen Weg jemandem begegnet sein könnten, der Ihnen verdächtig vorkam.«

»Nein. Wir haben niemanden gesehen. Der letzte waren Sie, als Sie unter der Lampe vor dem Hoteleingang standen.«

Lee steckte seufzend sein Notizbuch ein. Martin sah ihm deutlich an, wie er sich bemühte, alle ihm bisher bekannten Tatsachen zu ordnen. Es wäre sinnlos gewesen, ihn jetzt zu drängen. Dann richtete sich der Wachtmeister mit einem Ruck auf und zog seine Uniformjacke straff.

»Gestern abend kurz nach acht fuhren Mabel Storrie und ihr Bruder mit dem Lastwagen ihres Vaters nach Carie«, begann er. »Als heute morgen um halb zwei der Ball zu Ende war, konnte niemand Tom Storrie finden. Barry Elson begleitete das Mädchen also zu Fuß nach Hause. Man hat sie beobachtet, wie sie die Hotelhalle verließen. Ich selbst sah sie kurz nach halb zwei am Hotel vorübergehen. Kurz hinter dem Tor im Gemeindezaun gerieten sie in Streit. Mabel weigerte sich, sich von ihrem Freund küssen zu lassen, weil er getrunken hatte. Sie lehnte seine Begleitung ab, und in seiner Verärgerung ließ er sie allein weitergehen. Das war auf halbem Weg zum Nogga Creek. Fred Storrie und seine Frau machten sich keine ernstlichen Sorgen, als sie heute morgen feststellten, daß Mabel noch nicht zu Hause war. Sie fanden lediglich Tom schnarchend im Bett vor. Er gab an, Mabel verfehlt zu haben. Er glaube, sagte er, sie übernachte bei ihrer Tante in der Stadt. Einer der Passagiere des Postautos entdeckte das Mädchen etwa zwanzig Meter von der Straße entfernt. Man brachte sie sofort zu Doktor Mulray, wo sie jetzt von ihrer Mutter und der Haushälterin des Doktors gepflegt wird.«

»Schrecklich, Lee. Wie geht es denn dem unglücklichen Mädchen heute nachmittag?«

»Schlecht. Sie ist nicht nur um ein Haar erwürgt worden – sie hat auch noch einen furchtbaren Schlag auf die Stirn bekommen. Bis jetzt hat sie das Bewußtsein noch nicht wiedererlangt. Nach Aussage ihrer Mutter sprach gestern nachmittag ein Tramp bei ihnen vor. Er bat um etwas Fleisch und hat es erhalten. Er habe verlauten lassen, am Catfish Hole kampieren zu wollen. Bis jetzt ist er noch nicht in der Stadt aufgetaucht, und als ich zum Catfish Hole kam, fand ich keine Spur von ihm.«

»Das ist wahrscheinlich der Mann, der heute morgen hier war«, unterbrach ihn Martin. »Er sucht offensichtlich Arbeit. Man hat ihm gesagt, er soll warten.« Der junge Mann beugte sich vor und sah den Polizeibeamten mit grimmiger Entschlossenheit an. »Dieses Ungeheuer von einem Würger muß endlich gefaßt werden, Lee!«

Der Wachtmeister seufzte. »Ich habe heute morgen bereits nach Broken Hill telegrafiert.« In seiner Stimme schwang Verzweiflung.

»Dann wollen wir nur hoffen, daß sie diesmal einen Intelligenteren schicken als das letztemal. Soll ich den Tramp rufen lassen?«

»Ja, bitte, Sir. Vielleicht kann er uns etwas sagen.«

Auf Martins Klingeln erschien das Dienstmädchen. Sie bekam den Auftrag, hinüber ins Büro zu gehen und den Buchhalter zu bitten, den Tramp zu suchen und ins Arbeitszimmer zu bringen.

»Vor zwei Monaten erinnerte ich mich, daß der gegenwärtige Chef der Polizei von Queensland ein alter Freund meines Vaters war«, sagte Martin leise, als sich die Tür hinter dem Mädchen geschlossen hatte. »Ich schilderte ihm die beiden Morde, die sich hier zugetragen haben, und fragte an, ob er uns nicht einen erstklassigen Beamten von Sydney herüberschicken könne. In seinem Antwortschreiben ließ er mich wissen, daß nach Absprache mit dem Polizeichef von Neusüdwales ein bestimmter Mann geschickt würde, sobald dieser einen gerade zu bearbeitenden Fall abgeschlossen habe.«

4

Die Tür des Arbeitszimmers öffnete sich, und zwei Männer traten ein. Der erste war der Buchhalter von Wirragatta, ihm folgte der Tramp. Martin und der Wachtmeister interessierten sich ausschließlich für den letzteren. Nachdem sich die Tür hinter dem Buchhalter wieder geschlossen hatte, musterte der Fremde die beiden Männer am Schreibtisch. Er war mittelgroß, hatte eine sehr dunkle Hautfarbe und hellblaue Augen. Wenn er lächelte, bildeten seine schneeweißen Zähne einen scharfen Kontrast zu seiner Hautfarbe. Als er zu sprechen begann, hob Martin unmerklich die Brauen.

»Gentlemen, Sie wünschen mich zu sprechen?« sagte der Tramp.

»Allerdings«, knurrte Lee. »Setzen Sie sich doch auf den Stuhl. Ich habe Ihnen ein paar Fragen zu stellen.«

Der Tramp zog sich den Stuhl so nahe heran, daß er Martin und dem Polizeibeamten offen ins Gesicht sehen konnte.

»Ich bin Fachmann in der Beantwortung von Fragen«, stellte er beiläufig fest. Und nach kurzer Pause fügte er hinzu: »Und auch im Stellen von Fragen.«

Lee runzelte über diese Dreistigkeit die Stirn und warf dem Schafzüchter einen kurzen Blick zu.

»Wo haben Sie in der vergangenen Nacht kampiert?« brummte Lee.

»An dem unteren Ende des Wasserlochs, das – soviel ich weiß – Catfish Hole heißt.«

»Um welche Zeit sind Sie dort angekommen?«

»Da ich keine Uhr besitze und die Sterne nicht zu sehen waren, kann ich Ihnen die genaue Zeit nicht sagen. Aber es muß ungefähr sechs gewesen sein. Nicht später als sieben Uhr.«

»Was haben Sie gemacht, als Sie dort ankamen?«

»Mein Lager errichtet und Fleisch gegrillt. Nach Eintritt der Dunkelheit legte ich meine Decken auf eine Art zusammen, daß jeder, der Böses im Schilde führt, denken muß, ich schliefe darunter. Dann habe ich mich heimlich davongeschlichen und mich mit dem Rücken gegen einen Baum gesetzt. Das war zwar unbequem, aber sicher.«

»Warum verhielten Sie sich so?«

»Gestern begegnete ich einem Tramp, der die Nacht zuvor bei Ihnen im Gefängnis verbracht hatte. Und da ich auch noch anderweitige Informationen über einen unbekannten Mörder erhalten hatte, entschied ich, daß ein dicker Baumstamm im Rükken ein guter Schutz sei.«

»Ach! Wie heißen Sie eigentlich?«

»Joseph Fisher.«

»Ich will nicht Ihr Pseudonym, ich will Ihren richtigen Namen wissen.«

»Hm, eigentlich bin ich gar nicht würdig genug, diesen Namen zu tragen, aber die Verantwortung dafür liegt nicht bei mir.« Die spöttischen blauen Augen verwirrten Martin, während Lee sich darüber ärgerte. »Ich bin Kriminalinspektor Napoleon Bonaparte.«

Lees Verärgerung machte deutlich sichtbarer Überraschung Platz.

»Inspektor Bonaparte!« Er schnappte hörbar nach Luft.

»Ich wäre Ihnen dankbar, wenn Sie mich ganz einfach Bony

nennen. Wenn ich nicht irre, sind Sie Wachtmeister Lee, und Sie, Sir, Mr. Martin Borradale. Ich habe für Sie einen Brief von Colonel Spender in Brisbane. Für Sie, Lee, habe ich ebenfalls ein Schreiben.«

Offensichtlich war das Schreiben in dem blauen Umschlag nur kurz, denn Lee legte es bereits nach wenigen Sekunden weg und starrte Bony an, während Martin für den Brief des Colonel bedeutend länger brauchte.

»Offensichtlich sind Sie in meiner Eigenschaft als Tramp an mir interessiert, Lee. Warum? Fahren Sie fort, mir Fragen zu stellen.« Als Lee sich erhob, setzte er schnell hinzu: »Nein, bitte, behalten Sie doch Platz. Ich werde den Fall übernehmen, wenn Sie mit Ihren Fragen fertig sind.«

»Gut, Sir –«

»Nochmals – nennen Sie mich Bony.«

»Gut, dann also Bony, Sir«, erwiderte Lee und reckte das Kinn vor. »Haben Sie heute nacht irgend etwas Ungewöhnliches wahrgenommen?«

»Eigentlich nicht. Gegen acht Uhr abends fuhr ein Lastwagen die Straße nach Carie entlang. Ich nahm an, daß die junge Dame von der Nachbarfarm von ihrem Bruder zu diesem Ball gebracht wurde. Sie erzählte mir davon, als sie mir Fleisch gab. Dann, ungefähr gegen zwei Uhr heute morgen, kam ein Wagen von Carie zurück. Ich vermute, daß es dieselben Leute waren.«

»Sonst haben Sie nichts gesehen oder gehört?«

»Nein.«

»Keine Frau schreien hören?«

»Nein. Aber Moment – kurz vor Einbruch der Dunkelheit flog ein Brachvogel über mich hinweg und stieß einen klagenden Ruf aus. Und in der Nacht, etwa eine Stunde bevor der Wagen aus Carie zurückkam, hörte ich den Brachvogel noch einmal. Diesmal allerdings dicht bei der Straße. Dieser zweite Schrei könnte natürlich auch von einer Frau ausgestoßen worden sein. Warum stellen Sie diese Frage?«

»Weil Mabel Storrie um ein Haar erwürgt worden wäre, und zwar an der Stelle, an der die Straße den Bach durchquert. Weniger als eine Viertelmeile von dem Punkt entfernt, an dem Sie kampiert haben.«

Bonys lange braune Finger waren damit beschäftigt, eine Zigarette zu drehen. Nun hielten sie inne.

»Tatsächlich! Dann ist dies also das dritte Verbrechen dieser

Art. Aber einen Moment – ich hätte zuvor gern die Einzelheiten aller Verbrechen in der genauen zeitlichen Reihenfolge. Berichten Sie mir bitte von dem ersten Mord.«

»Dann haben Sie den Brief nicht gelesen, den ich vor zwei Monaten Colonel Spender schrieb?« fragte Martin.

»O doch, Mr. Borradale. Aber ich möchte trotzdem gern die Einzelheiten von Wachtmeister Lee hören. Also – ich bin ganz Ohr, Lee.«

»Gut, Sir – äh, Bony. Es war vor zwei Jahren in der Nacht des zehnten November, als Alice Tindall am Ufer vom Junction Waterhole erwürgt wurde. Dieses Wasserloch liegt ungefähr eine halbe Meile flußaufwärts von hier, dicht unterhalb der Stelle, an der sich Thunder Creek und Nogga Creek zum Wirragatta-River vereinigen. Alice Tindall war ein Mischlingsmädchen, neunzehn Jahre alt und sehr hübsch. Sie wohnte bei ihrer Mutter, die mit den Stammesgenossen in einem Lager dicht am Junction Waterhole lebte. Sie hatte den Abend des zehnten November hier auf der Farm mit dem Personal verbracht, und am nächsten Morgen entdeckte einer der Eingeborenen ihre Leiche am Ufer des Wasserlochs gegenüber dem Lager. In der Nacht, in der das Verbrechen verübt wurde, herrschte genauso ein schrecklicher Sandsturm wie in der vergangenen. Die Leichenschau ergab, daß sie ermordet worden war.«

»Gab es ein mutmaßliches oder nachgewiesenes Motiv?«

»Nein. Das Mädchen hatte weder Geld noch Schmuck bei sich. Und da sie sehr hübsch und überall beliebt war, gibt es auch keinerlei Anhaltspunkte für eine eventuelle Feindschaft.«

»Wer hat damals die Ermittlungen geführt, Sie?«

»Ich tat, was ich konnte. Sergeant Simone aus Broken Hill übernahm den Fall. Er konnte ihn nicht klären.«

Die bitteren Linien um Lees Mund veranlaßten Bony zu der Frage: »Ist dieser Simone tüchtig?«

»Nun ja, ich nehme an, daß er ein guter Polizeibeamter ist.«

»Aha, ein guter Polizeibeamter, aber ein schlechter Kriminalist, wie? Sie sagten, daß die Stammesangehörigen dieses Mädchens neben dem Wasserloch kampierten. Ich vermute, daß die Gabe der Eingeborenen, Spuren lesen zu können, voll ausgenutzt wurde?«

»Gewiß. Aber sie hatten ja keine Chance. Wie ich bereits sagte, gab es in der Nacht des zehnten November einen ebenso heftigen Sandsturm, wie wir ihn im Augenblick erleben, und am elften November war es noch viel schlimmer als heute. Der Sturm verwischte alle Spuren. Und außerdem hat es Simone auch nicht richtig angepackt. Er verstand nicht, mit den Schwarzen umzugehen. Zwei Tage später machten sie sich aus dem Staub und sind nie mehr zurückgekehrt. Sie fürchteten Simone mehr als den blauen Teufel oder die Todesfee oder wie sie sonst die bösen Geister des Busches nennen.«

»Dann fanden also weder Sie noch Simone eine brauchbare Spur?«

»Ganz recht. Nicht die geringste.«

»Und nun das zweite Verbrechen, bitte.«

»Es geschah in der Nacht des siebzehnten März dieses Jahres. Bei dem Opfer handelte es sich um einen jungen Mann, der gerade nach Carie zurückgekehrt war, nachdem er seine Lehre bei einem Klempner abgeschlossen hatte. Er war ein guter Handwerker und fand viel Arbeit im Bezirk. Als der Mord geschah, baute er gerade Wassertanks für Fred Storrie, deshalb wohnte er auch bei den Storries. Den Abend des siebzehnten verbrachte er in Carie, und auf dem Rückweg zur Farm wurde er erwürgt. Storrie nahm natürlich an, daß er über Nacht in Carie geblieben sei. Erst um halb zehn am nächsten Morgen fand ein Tramp die Leiche. Sie lag zwischen den beiden Toren im Gemeindezaun.«

»Und diesmal waren keine Eingeborenen da, die den Spuren hätten nachgehen können?«

»Nein. Sie waren ja, wie gesagt, verschwunden. Und selbst wenn wir Spurensucher zur Verfügung gehabt hätten, würden sie uns kaum etwas genützt haben.«

»Oh! Warum nicht?«

»Weil die Wetterbedingungen genauso schlecht waren wie beim Tode von Alice Tindall.«

»Und wer führte diesmal die Ermittlungen?« fragte Bony scharf.

»Ebenfalls Sergeant Simone.«

»Resultate?«

»Keine. Der junge Mann war ebenfalls ohne erkennbares Motiv umgebracht worden. Dasselbe wie bei dem Mädchen.«

»Und vergangene Nacht wurde Mabel Storrie beinahe erwürgt. Dieselben Wetterbedingungen wie damals«, stellte Bony fest.

Wachtmeister Lee nickte düster.

»So ist es. Sie besuchte gestern abend mit ihrem Bruder den Ball in Carie. Als die Veranstaltung zu Ende war, konnte man weder den Bruder noch den Lastwagen finden, und deshalb ging sie mit ihrem Freund zu Fuß nach Hause. Unterwegs gerieten sie in Streit, und auf halbem Weg trennten sie sich. Heute morgen wurde das Mädchen von einem Fahrgast des Postautos entdeckt. Sie ist um ein Haar erwürgt worden und erhielt einen heftigen Schlag auf die Stirn, der zu ihrer Bewußtlosigkeit führte, aus der sie bisher nicht erwacht ist. Wenn sie mit dem Leben davonkommt, kann sie von Glück sagen.«

»Sie haben sich mit Broken Hill in Verbindung gesetzt?«

»Ja«, erwiderte Lee. »Und wenn die wieder Simone schicken, werden sie ihr blaues Wunder erleben.«

Bony lachte. »Wollen wir also hoffen, daß sie ihn schicken, Schließlich haben sie dort ja keine Ahnung, daß ich hier bin. Was haben Sie eigentlich gegen ihn?«

»Sergeant Simone mag ein guter Polizeibeamter in jeder größeren Stadt sein«, erwiderte Lee ohne Zögern, »aber er hat keine Vorstellung davon, wie man einen derartigen Fall im Busch abwickelt. Er tut zu sehr von oben herab, und das kann kein Buschbewohner vertragen.«

Bony nickte zustimmend.

»Ich bekomme eine immer bessere Meinung von Ihnen, mein lieber Lee«, sagte er lächelnd. »Ich glaube, dieser Fall wird mir Vergnügen machen. Ich muß mich bei Ihnen bedanken, Mr. Borradale, daß Sie meinen verehrten Chef, Colonel Spender, von diesen Verbrechen in Kenntnis setzten. ›Bony‹, sagte der Colonel zu mir, ›der Sohn eines alten Freundes von mir ist sehr beunruhigt, weil dort ein Unhold die Leute erwürgt. Fahren Sie hin und machen Sie ihm den Garaus‹. ›Wem?‹ erwiderte ich darauf. ›Dem Unhold oder dem Sohn Ihres Freundes?‹ Jedenfalls bin ich jetzt hier.«

Lee riß ungläubig die Augen auf. Offensichtlich schien er seinen Ohren nicht zu trauen, und Bony lachte amüsiert.

»Dieser Würger scheint klug zu sein«, fuhr er fort. »Das findet man selten bei einem Mörder. Im allgemeinen gehört der Mörder zu der Kategorie der dümmsten Verbrecher, und darum macht er auch meist Fehler. Aber auch der kluge Mörder macht mindestens einen eklatanten Schnitzer. Allerdings wird dies nicht immer bemerkt. Es liegt also eher am Versagen der Kriminalisten als an der Intelligenz des Verbrechers, wenn dieser ungestraft davonkommt. Und nun gestatten Sie bitte . . .«

Bony stand auf und beugte sich über den Schreibtisch.

»Hier läßt sich eine wunderbare Skizze anfertigen«, murmelte er und fuhr mit dem Finger durch die Staubschicht. Eine grobe Karte der Umgebung entstand. Martin und der Wachtmeister waren überrascht von der Genauigkeit des Planes.

»Wann waren Sie zuletzt in der Gegend?« fragte Lee.

»Ich bin zum erstenmal hier, aber ich habe in Broken Hill verschiedene Karten genau studiert. Nun zeigen Sie mir bitte einmal, wo die drei Opfer gefunden wurden.«

Lee tippte mit dem Finger auf die entsprechenden Punkte.

»Aha.« Bony trat einen Schritt zurück, als gäbe es ein Meisterwerk zu bewundern. »Hm – sehr interessant.«

Wachtmeister Lee starrte den Inspektor an, der Martin zulächelte. Der junge Farmer erwiderte das Lächeln. Er hatte bereits von Inspektor Napoleon Bonaparte gehört. Er wußte, daß der Mischling im Ruf unerhörter Tüchtigkeit stand.

»Ich bin sehr froh, daß Colonel Spender gerade Sie zu uns geschickt hat«, sagte er ernst. »Wenn wir Ihnen irgendwie helfen können, soll dies mit Freuden geschehen. Alle Bewohner dieser Gegend werden Ihnen dankbar sein, wenn Sie uns von diesem Ungeheuer befreien.«

»Ohne die Mitarbeit der Bevölkerung ist die Tätigkeit des Kriminalbeamten sehr mühsam«, erwiderte Bony. »Darum danke ich Ihnen für dieses Anerbieten, Mr. Borradale. Zunächst einmal möchte ich Sie bitten, dafür zu sorgen, daß niemand erfährt, wer ich bin. Ich werde für Sie arbeiten – als wandernder Gelegenheitsarbeiter, unter dem Namen Joseph Fisher. Setzen Sie mich auf Ihre Lohnliste. Beauftragen Sie mich, den Grenzzaun vom toten Stachelgras zu säubern. Von Ihnen, Lee, möchte ich eine Liste mit den Namen jedes Mannes und jeder Frau Ihres Bezirks. Später werde ich dann die Wetterberichte der letzten fünf Jahre durchsehen. Aber nochmals: Niemand darf erfahren, wer ich bin.«

5

Zufällig traf Wachtmeister Lee einige Meilen westlich von Carie am Grenzzaun der Wirragatta-Station auf Donald Dreyton, und Dreyton erfuhr auf diese Weise von dem brutalen Überfall auf Mabel Storrie. Als Lee auf seinem grauen Wallach weiterritt, blickte Dreyton ihm zwar nach, aber vor seinem geistigen Auge schien er ganz andere Bilder zu sehen.

Hinter dem Grenzreiter standen zwei Lastenkamele und ein Reitkamel. Es war der erste November. Dreyton trug braune Hosen, ein weißes Baumwollhemd und einen breitkrempigen Hut, dazu elastische Reitstiefel. Gesicht und Arme des Mannes waren sonnengebräunt, und man schätzte ihn unwillkürlich auf über Vierzig, obwohl er erst die Dreißig überschritten hatte. Der Aufenthalt im Freien bei Tag und Nacht hatte seine Haut so gegerbt, daß die lebendigen blaugrauen Augen einen scharfen Kontrast dazu bildeten. Seine schmale Nase, die geschwungenen Lippen und die breite Stirn deuteten auf überdurchschnittliche Intelligenz, und die beiden scharfen senkrechten Linien zwischen den Brauen verrieten einen regen Geist.

Dreyton ritt nur selten. Das lag an seinem Reitkamel, das sich beharrlich weigerte, niederzuknien, und auch im Stehen niemanden aufsteigen lassen wollte. Und da es am Drahtzaun viel zu tun gab, bewältigte Dreyton jeden Tag zehn bis vierzehn Meilen seines hundertdreiundachtzig Meilen umfassenden Abschnitts zu Fuß. Diesen weiten Märschen hatte er wohl seinen elastischen Gang zu verdanken.

Nachdem er sich die Pfeife angezündet hatte, setzte er seinen Kontrollgang nach Carie und dem Gutshaus von Wirragatta fort.

Es war fast vier Uhr, als er am Eckpfosten zwischen den beiden schwarzen Toren im Gemeindezaun ankam. Deprimiert besah er sich den Wall aus Stachelgras, der vom Sturm gegen den Zaun geschleudert und aufgetürmt worden war. Der Grenzzaun verlief von hier aus südlich bis zum Nogga Creek, wo Dreytons Kontrollabschnitt aufhörte. Die Luft war so klar, daß er die Bäume am Bachufer deutlich erkennen konnte. Nelsons Hotel und die Bäckerei Smith schienen nur einen Steinwurf entfernt zu liegen.

Als er sich nach Süden in Bewegung setzte, lächelte Dreyton. Es war ein etwas schiefes Lächeln. Er wußte genau, daß er jetzt vom Balkon des Hotels aus beobachtet wurde. Zwischen ihm und Mrs. Nelson herrschte ein Zustand bewaffneter Neutralität, der dadurch hervorgerufen wurde, daß die alte Dame alles über Donald Dreyton wissen wollte, während er nichts über sich erzählte.

Nach einigen Schritten bemerkte er den Mann, der mit einer Heugabel die angewehten Stachelgrasbüschel über den Zaun warf. Dreyton war froh, daß ihm diese Arbeit erspart blieb. Vom Bach aus war der Zaun bereits zweihundert Meter weit gesäubert, und der Arbeiter wartete, auf die Gabel gestützt, das Herannahen des Mannes mit den drei Kamelen ab.

Die blauen Augen in dem dunkelbraunen Gesicht registrierten jede Einzelheit an der Erscheinung des Grenzreiters, und schließlich glitt ein Lächeln über das Gesicht des Mischlings.

»Guten Tag«, grüßte Dreyton.

»Guten Tag«, erwiderte Joe Fisher alias Bony alias Kriminalinspektor Napoleon Bonaparte. »Heute ist das Wetter wirklich herrlich im Vergleich zu gestern. Dieser Sturm hat mich wenigstens mit Arbeit versorgt.«

»Das sehe ich«, meinte Dreyton sarkastisch.

»Und den ganzen Tag über wurde ich beobachtet – da drüben von dem Hotel aus. Ich hoffe, ich habe einen guten Eindruck gemacht. Der Mann – oder die Frau – besitzt ein Fernglas.«

Der Grenzreiter lachte amüsiert und klärte den Arbeiter darüber auf, wer die Neugierige sei. Er musterte Bony ebenfalls scharf, aber keiner der beiden wußte so recht, wie er den anderen einschätzen solle. Dadurch verstärkte sich natürlich das gegenseitige Interesse.

»Mrs. Nelson ist überaus neugierig«, erklärte Dreyton. »Ihr gehört praktisch das ganze Städtchen. Aber das genügt ihr nicht – sie möchte auch noch die Menschen besitzen. Sie sind wohl fremd hier?«

»Ja. Ich habe mich nach Arbeit umgesehen, und bei Mr. Borradale hatte ich Glück. Haben Sie schon von diesem Mädchen gehört – von Mabel Storrie?«

»Nur gerüchteweise.«

»Ah – Sie sind Engländer, ja?«

»Gewiß. Verrät mich mein Akzent?«

»Weniger Ihr Akzent als vielmehr Ihre typisch englische Reserviertheit. Ich sah Wachtmeister Lee am Zaun entlang nach

Westen reiten, und da müßten Sie ihm begegnet sein. Er hat Ihnen bestimmt von Mabel Storrie erzählt, aber Sie behaupten, nur gerüchteweise davon gehört zu haben.«

»Sie sind wohl so eine Art Sherlock Holmes des Busches, wie?«

»Ja, das bin ich«, erwiderte Bony völlig ernst.

Dreyton lächelte.

»Dann haben Sie gewiß auch den Tatort untersucht?« fragte er sarkastisch.

»Selbstverständlich. Ich bin nämlich ebenfalls sehr neugierig.«

»Und haben Sie den Mörder gefunden?«

»Noch nicht.«

Dreyton lächelte gönnerhaft. »Sie sind ein komischer Vogel.«

Bony hatte den gleichen Gedanken. Für ihn war dieser Grenzreiter ein eigenartiger Mensch. Nur selten war er Männern wie Donald Dreyton begegnet. Er wußte nicht, was er von dem Grenzreiter halten sollte.

»Wie lange arbeiten Sie schon auf der Wirragatta-Station?« fragte Bony.

»Seit zwei Jahren. Drei Tage, nachdem ich hier angefangen hatte, wurde dieses Mischlingsmädchen am Junction Waterhole ermordet. Haben Sie davon gehört?«

Bony nickte. »Das war also Ihre erste Bekanntschaft mit dem australischen Busch?«

»Allerdings. Der Augenblick war natürlich höchst ungünstig gewählt. Dieser Polizist, der die Untersuchung führte, glaubte nämlich, ich sei der Mörder.«

»Möchten Sie die Stelle sehen, wo man Mabel Storrie überfallen hat?« fragte Bony.

»Nein, vielen Dank. An den Einzelheiten bin ich nicht interessiert. Es war auf der Straße, ja?«

»Ganz recht, auf der Straße.« Bony nickte. »Der Mörder glaubte, sie sei tot, und ließ sie auf der Straße liegen.«

Wieder lachte Dreyton gönnerhaft. »Tut mir leid, Sherlock Holmes, aber da irren Sie. Mabel Storrie wurde rund zwanzig Meter neben der Straße von einem Fahrgast des Postautos entdeckt.«

»Zugegeben, mein lieber Watson. Trotzdem ließ sie der Mörder auf der Straße liegen. Als sie zu sich kam, lief sie blindlings weiter, etwa zwanzig Meter zur Seite. Dann stolperte sie über eine Baumwurzel, und beim Fallen schlug sie mit der Stirn auf. Sie blieb bewußtlos liegen, bis man sie fand.«

Dreytons blaugraue Augen zogen sich zusammen. »Woher beziehen Sie Ihre Informationen? Lee wußte davon nichts.«

»Lee? Ach so, der Polizeibeamte. Vielleicht weiß er nichts, vielleicht wollte er Ihnen auch nichts sagen. Kommen Sie mit, dann werde ich Ihnen beweisen, daß ich recht habe. Auch, wenn die alte Dame auf dem Balkon vor Neugier umkommen sollte. Soeben sah ich wieder ihr Fernglas im Sonnenlicht aufblitzen.«

Bony kletterte über den Zaun und ging am Bachufer entlang. Schließlich blieb er am Rand einer größeren Sandfläche stehen. Aus dem Sand ragte eine Baumwurzel hervor, darum herum sah man die Eindrücke vieler Schuhe. An dieser Stelle hatte man das Mädchen gefunden.

»Die Fußspuren stammen von den Leuten, die sich heute morgen hier umsahen«, erklärte Bony. »Rekapitulieren wir also: Das Mädchen geht in stockdunkler Nacht zu Fuß nach Hause. Sie benutzt natürlich die Straße, und auf der Straße wird sie überfallen. Bedenken Sie, daß sich der Mörder keinerlei Mühe gegeben hat, damals die Leichen von Alice Tindall und Frank Marsh zu verstecken. Da es sich zweifellos um denselben Täter handelt, können wir annehmen, daß er auch Mabel Storrie einfach liegenließ und dann das Weite suchte. Es bestand für ihn kein Grund, sie zu der Stelle zu schleppen, an der sie später gefunden wurde. Er dürfte zwar gewußt haben, daß ihr Bruder mit dem Lastwagen vorbeikommen würde, aber er dürfte ebenfalls gewußt haben, daß der Sandsturm seine Spuren augenblicklich verwischte.«

»Klingt durchaus vernünftig«, mußte Dreyton zugeben.

»Natürlich. Die Spuren des Würgers waren sehr schnell verweht, aber ebenso die Spuren seines Opfers. Bis auf eine Stelle. Kommen Sie mit.«

Bony winkte den Grenzreiter heran und führte ihn zur Straße hinüber, bis zu einer Stelle, wo der Boden aus Lehm bestand: eine kleine, von der Sonne ausgetrocknete Pfütze.

»In diesem Lehm sind die Eindrücke von Blockabsätzen zu sehen«, erklärte er. »Die Blockabsätze von Mabel Storries Schuhen. Diese Schuhe trug sie unterwegs. Die Tanzsandaletten mit den dünnen Absätzen hatte sie bereits im Hotel gewechselt.«

»Ich habe gute Augen, aber erkennen kann ich nichts«, erwiderte Dreyton.

»Nein? Dann treten Sie doch einmal etwas zurück und beugen Sie sich tiefer herunter. So – und nun blicken Sie auf der Oberfläche entlang.«

Der Grenzreiter tat, wie geheißen, und nun glaubte er tatsächlich, schwache Eindrücke zu erkennen.

»Gewiß, irgendeine vage Vertiefung kann ich sehen. Aber –«

»Ich sehe die Eindrücke ganz klar. Schauen Sie – ich will einen deutlicher machen.«

Dreyton trat dicht zu Bony und sah zu, wie dieser mit einem Streichholz den Umriß eines Blockabsatzes nachzog.

»Ich muß mich bei Ihnen entschuldigen«, murmelte Dreyton, »weil ich Sie vorhin scherzhafterweise Sherlock Holmes nannte. Donnerwetter! Sie müssen ja Augen haben wie ein Luchs.«

»Diese Gabe vererbte mir meine Mutter. Wenn Miss Storrie wieder zu sich kommt und sich noch erinnern kann, wird sie uns gewiß erzählen, wie sie von der Straße aufgestanden und davongelaufen ist, bis sie stolperte und hinstürzte. Von da an wird sie sich natürlich an nichts mehr erinnern können. So, und nun muß ich mich an die Arbeit machen, sonst werde ich gleich am ersten Tag wieder 'rausgeschmissen.«

Bony arbeitete weiter. Er blickte Dreyton nach, der mit seinen Kamelen die Straße am Bach entlang zum Farmhaus marschierte, bis er schließlich hinter den Buchsbäumen entschwand. Obwohl er immer noch nicht recht wußte, was er von dem Mann halten sollte, war sein Eindruck von ihm doch recht gut. Ein Gentleman, dachte Bony. Seine gegenwärtige Stellung schien allerdings wenig zu ihm zu passen.

»Ich möchte gern wissen, was dieser Mann früher getan hat«, murmelte Bony vor sich hin. »Schließlich ist er erst vor zwei Jahren hierhergekommen.«

Eine halbe Stunde lang warf er noch die leichten Stachelgrasbälle über den Zaun, wo sie vom Wind gepackt und davongeweht wurden.

Es war fünf Uhr, als er die Gabel schulterte, den Wassersack vom Zaun löste und sich auf den Heimweg zur Farm machte. Auf der Straße am Bach konnte er deutlich die frischen Spuren der Kamele erkennen. Ab und zu sah er auch einen einzelnen Stiefelabdruck, aber die Kamele, die hinter dem Mann hergetrottet waren, hatten dessen Spuren weitgehend ausgelöscht.

Schließlich gelangte Bony zu der Biegung des Baches, während die Straße nun nach Südwest zum Junction Waterhole weiterlief. Links von der Straße stand eine Reihe Buchsbäume. Zwischen ihren Stämmen hindurch konnte er am Ende einer kleinen Niederung die Bäume am Ufer des Thunder Creek erkennen, dem er sich nun mit jedem Schritt näherte. Rechts von der Straße wuchs auf der Blaubuschebene ein großer, einzeln stehender Tigerholzbaum, in dessen Zweigen ein Krähenschwarm gewaltigen Spektakel vollführte.

Als Bony die Stelle erreichte, die auf einer geraden Linie zwischen dem Tigerholzbaum und dem nächsten Buchsbaum lag, entdeckte er, daß Dreytons Kamele hier eine Zeitlang gerastet hatten. Bony suchte nach einer Erklärung. Für den Grenzreiter konnte kein Grund bestanden haben, hier anzuhalten. Dies gehörte nicht mehr zu seinem Kontrollbereich.

Bony stellte fest, daß Dreytons Fußspuren zu einem Buchsbaum am Bachufer führten, und als er ihnen folgte, entdeckte er, daß der Mann um den Baum herumgegangen sein mußte. Erstaunt stellte er weiter fest, daß Dreyton an dem Stamm emporgeklettert war – die Anzeichen dafür waren nicht zu übersehen.

Warum hatte er das getan? Im allgemeinen gehört es nicht zu den Aufgaben eines Grenzreiters, auf Bäume zu klettern. Außerdem hatte Dreyton einen anstrengenden Tag hinter sich. Er mußte also auf diesem Baum etwas entdeckt haben, was ihm sehr interessant erschienen war.

Bony erstieg den Baum ebenfalls, bis zu der Stelle, wo Dreyton offensichtlich haltgemacht hatte.

Als er später seinen Heimweg fortsetzte, fragte er sich, ob Dreytons Klettertour und die auf dem Tigerholzbaum zeternden Krähen in Zusammenhang zu bringen waren.

6

Wenn man die nach Broken Hill führende Straße am Bach entlang zur Wirragatta-Station ging, gelangte man zunächst zu den Viehpferchen. Nach einer scharfen Biegung des Wirragatta River erblickte man die Werkstätten, die Männerquartiere und die Bürobaracke, dann erst tauchte das von einem weißen Staketenzaun umgebene, bungalowartige Gutshaus inmitten der Orangenbäume auf.

Donald Dreyton mochte das Gefühl haben, nach einer langen

und beschwerlichen Wüstenwanderung eine palmenbestandene Oase erreicht zu haben. Es war noch nicht ganz fünf Uhr, und die Arbeitszeit noch nicht beendet. Von der Schmiede erklang der Amboß. Die beiden Windräder pumpten rasselnd und quietschend das Wasser in die auf hohen Gerüsten stehenden Tanks. Die Stimmen der Vögel, die sich bei jeder menschlichen Niederlassung ansiedelten, vermittelten ein Gefühl von Frieden und Geborgenheit.

Vor den Männerquartieren bog Dreyton von der Straße ab und folgte einem Pfad durch das ausgetrocknete Flußbett zum Ufer eines Teiches, neben dem die Farmgebäude standen. Auf der anderen Seite des Flusses befand sich eine kleine Wellblechhütte, die für die beiden Grenzreiter reserviert war.

Nachdem er die Kamele in ihren Pferchen untergebracht hatte, rasierte und wusch er sich. Dann, in weißem Hemd, Gabardinehose und Tennisschuhen, überquerte Dreyton abermals das Flußbett und ging mit wiegenden Schritten zum Büro. Die tief im Westen stehende Sonne vergoldete die Wipfel der Eukalyptusbäume, die den Teich umsäumten. Da die Farm tiefer als die Blaubuschebene lag, konnte man von hier aus Carie nicht sehen.

Im Büro saßen Martin Borradale und Allen, der Buchhalter, an ihren Schreibtischen. Bei Dreytons Eintritt blickte der Schafzüchter auf. Sofort erhellte sich sein sorgenvolles Gesicht.

»Hallo, Donald! Wieder zurück?«

»Ja, Mr. Borradale. Wie ich feststellen mußte, habe ich an der Straße nach Broken Hill einen Assistenten erhalten.«

»Machen Sie sich deshalb keine Sorgen. Er hat keinen festen Arbeitsvertrag. Wie steht es draußen?«

»Alles in Ordnung. Ich schlage vor, daß man mir mit dem Wagen ein Dutzend Rollen Maschendraht an das Fünfzig-Meilen-Tor bringt. Von dort aus kann ich sie dann an die Stellen holen, wo ich sie brauche.«

»Ja, gewiß.« Borradale war sofort einverstanden. »Wir fahren sowieso nächste Woche Futter hinaus.« Er tippte mit dem Bleistift auf den Schreibtisch. »Ich glaube, ich kann zwei Leute hinausschicken, die dann die Arbeiten erledigen. Es würde Sie zu sehr aufhalten, wenn Sie das selbst machten. Sind Kaninchen in diesen Abschnitten?«

»Nein. Aber ich hörte, daß sie dreißig Meilen im Nordwesten in riesigen Mengen auftreten.«

»Ja, stimmt. Ich werde also einen Wagen und Leute hinausschicken. Haben Sie von Mabel Storrie gehört?«

»Ja. Scheußliche Sache. Wie geht es ihr?«

»Schlecht, wie ich hörte. Man hat sie heute morgen nach Hause geschafft. Sie wurde nicht nur um ein Haar erwürgt – dieser Verbrecher hat ihr auch noch einen Schlag auf den Kopf versetzt. Jetzt sind natürlich alle nervös.«

»Kann ich mir denken. Dieser neue Mann – Fisher heißt er wohl – ist der Ansicht, ihre Kopfverletzung stamme von einem Sturz und nicht von dem Würger. Sie sei von der Straße aufgestanden und halbbetäubt davongelaufen, wobei sie dann über eine Baumwurzel stolperte.«

»Tatsächlich?« Borradale stieß einen Seufzer aus und starrte den Grenzreiter an.

»Ein selstsamer Mensch, dieser Fisher«, stellte Dreyton mit Überzeugung fest. »Ist er Mischling?«

»Ja. Ein bemerkenswerter Bursche. Er hat in der Nacht, als Mabel Storrie überfallen wurde, am Catfish Hole kampiert. Und dann war er zufällig hier, als Lee am nächsten Nachmittag vorbeikam. Wir haben ihn ins Verhör genommen. Er hat wie ein Rechtsanwalt argumentiert und uns bewiesen, daß er unmöglich der Mörder sein kann.«

Dreyton lächelte. »Er hätte Detektiv werden sollen. Als Farmhilfsarbeiter vertut er nur unnütz seine Zeit. Er scheint auch eine gute Erziehung zu haben. Sind alle Mischlinge so wie er?«

»Kaum«, erwidert Martin sarkastisch. »Zweifellos hat der Mann eine gute Schulbildung. Aber wie steht es mit Ihnen? Hätten Sie Lust, hier im Büro zu arbeiten?«

Dreyton schloß kurz die Augen, dann blickte er den Buchhalter an.

»Allen möchte so schnell wie möglich nach Adelaide zu seiner Mutter, die erkrankt ist«, erklärte der Farmer. »Ich dachte sofort an Sie. Sie müssen die Arbeit am Grenzzaun doch langsam satt haben.«

»Durchaus nicht, Mr. Borradale.« Dreyton lächelte. »Aber wenn Mr. Allen fahren möchte, springe ich selbstverständlich ein.«

»Tatsächlich? Wunderbar!«

»Aber nur unter einer Bedingung.« Der Grenzreiter lächelte auf seine reservierte Art.

»Und die wäre?«

»Daß Sie sich ernsthaft bemühen, einen anderen Buchhalter zu finden. Wirklich, ich fühle mich draußen am Zaun viel wohler als hier im Büro.«

Der zufriedene Ausdruck wich aus Martins Gesicht.

»Schön, wie Sie wollen, Donald. Ich werde mein Bestes tun. Aber Sie sind schon ein komischer Kauz, daß Sie dieses harte Leben als Grenzreiter der Büroarbeit vorziehen.«

»Es ist gar nicht so hart. Probieren Sie es doch selbst einmal.«

»Lieber nicht.« Martin schwang mit dem Sessel herum und blickte den Buchhalter an. »Wann möchten Sie fahren, Allen? Morgen früh mit dem Postauto?«

»Ja, wenn es möglich wäre, Mr. Borradale. Der Zustand meiner Mutter macht mir wirklich Sorge.«

»Dann wäre das also abgemacht, Donald. Sie beginnen morgen früh hier.«

»Ja. Und Sie vergessen nicht, an die Agentur wegen eines neuen Buchhalters zu schreiben?«

»Schon gut«, meinte Martin resigniert.

Vielleicht hätte er noch etwas hinzugefügt, wenn nicht in diesem Augenblick vor der offenen Tür auf der Veranda leichte Schritte erklungen wären. Stella Borradale trat ein. Sie trug Tenniskleidung und hatte zwei Schläger unter den Arm geklemmt. Als sie Dreyton bemerkte, glitt ein Lächeln über ihr Gesicht.

»Hallo, Donald!« sagte sie liebenswürdig, aber ein wenig reserviert. »Sie sind noch am Leben? Ich hatte schon gefürchtet, daß Sie in diesem Sandsturm umgekommen sein könnten.«

»Ich habe mir sehnlichst gewünscht, ein Kaninchen zu sein, Miss Borradale«, erwiderte Dreyton lächelnd. »Mit einem Adler hätte ich allerdings nicht tauschen mögen. Wie ich beobachten konnte, hockten sie auf abgestorbenen Bäumen und schienen sich ziemlich scheußlich zu fühlen.«

»Sie können sich nicht scheußlicher gefühlt haben als ich«, meinte Stella. »Abgesehen von den Unannehmlichkeiten, die jeder Sandsturm mit sich bringt, war ich von der Furcht besessen, daß irgend etwas passieren würde. Dieses Gefühl hat mir den ganzen Tanzabend verdorben, und ich war froh, als wir wieder nach Hause fuhren. Sind die Kriminalbeamten eigentlich noch nicht angekommen, Martin?«

Ihr Bruder schüttelte den Kopf.

»Hoffentlich schicken sie einen besseren Mann als Sergeant Simone«, fuhr sie rasch fort. »Ich finde ihn unsympathisch.«

»Wahrscheinlich würde dieser Mischling, dieser Joe Fisher, die Sache bedeutend besser machen«, warf Dreyton ein.

»Ich habe ihn noch gar nicht zu Gesicht bekommen«, erwiderte das Mädchen, wobei sie Dreyton musterte.

»Donald übernimmt vorübergehend Mr. Allens Platz«, brach Martin schließlich das Schweigen. »Mr. Allen verläßt uns morgen.«

»Ach! Das tut mir aber leid, daß Sie gehen, Mr. Allen. Ich hoffe, daß sich das Befinden Ihrer Mutter inzwischen weitgehend gebessert hat. Wir werden Sie beim Tennis und beim Bridge sehr vermissen.«

»Dafür haben wir ja jetzt Donald«, entgegnete ihr Bruder, und in seiner Stimme schwang deutliche Genugtuung über diese Tatsache.

»Aber ich habe schon über ein Jahr lang nicht mehr Tennis gespielt«, protestierte Dreyton.

»Das ist Ihre eigene Schuld«, erwiderte Stella. »Sie wollten ja unbedingt als Grenzreiter arbeiten.«

Der Personalkoch schlug auf seinen Triangel.

»Essen Sie doch mit uns«, lud Martin den Grenzreiter ein.

»Sehr freundlich, Mr. Borradale«, entgegnete Dreyton hastig, »aber noch bin ich nicht Ihr Buchhalter. Ich muß mich heute abend erst in Carie neu einkleiden. Schließlich kann ich mich nicht in Slacks hinter den Schreibtisch setzen. Sie entschuldigen mich bitte, Miss Borradale, aber Hang-Dog-Jack regt sich so leicht auf, wenn man zu spät zum Essen kommt.«

Sie nickte ihm lächelnd zu, und Dreyton verließ das Büro. Bruder und Schwester starrten sich sekundenlang schweigend an.

Hang-Dog-Jack wartete bereits in der langen Baracke, die als Eßraum für die Arbeiter diente. Fünf Männer saßen auf den beiden Bänken an dem langen Tisch. Einer von ihnen war Bony. Der Koch lehnte an dem Tisch, auf dem ein Eisentopf mit Suppe und Platten mit Braten und Gemüse standen. Hang-Dog-Jack war eine ungewöhnliche Persönlichkeit – sowohl was seine Fähigkeit als Koch als auch seine äußere Erscheinung anbetraf.

Er war wie ein Faß gebaut, hatte zu kurze Beine und zum

Ausgleich dafür kräftige, anomal lange Arme. Sein häßliches, quadratisches Gesicht wurde von einem schwarzen Haarbüschel gekrönt. Zu der flachen Nase, dem breiten, ausdruckslosen Mund und dem fliehenden Kinn bildeten die breite Stirn und die ruhigen braunen Augen einen angenehmen Kontrast. Wie er zu seinem Spitznamen gekommen war, konnte niemand mit Bestimmtheit sagen. Einige behaupteten, der Name beziehe sich auf sein Aussehen, andere hingegen, daß er tatsächlich einmal einen Hund erhängt habe.

»Suppe?« knurrte er Dreyton an.

Der Grenzreiter wich einen Schritt zurück, und sofort nahm der Koch eine drohende Haltung ein.

»Willst du unbedingt eine Prügelei?« fuhr er auf Dreyton los. »Dann komm mit 'raus vor die Tür.«

»Ich halte nichts von einer Prügelei mit dir«, spöttelte der Grenzreiter. »Gib mir also lieber Suppe und schenk mir ein freundliches Lächeln.«

Der Koch schöpfte die Suppe auf einen Teller. Dreyton griff nach Besteck und Teller und nahm am Tisch Platz.

Zu Bonys Rechter saß Harry West, Tillys Freund. Er bestürmte Dreyton sofort mit der Frage, ob er eine gescheckte Stute mit einem Füllen gesehen habe. Bill the Cobbler, ein alter Mann mit einer Glatze, beschwor Dreyton, für ihn einen Brief zu schreiben, an eine Witwe in Adelaide, die ihn zu ›erpressen‹ versuche.

Und Young-and-Jackson – diesen Spitznamen hatte er erhalten, weil er sich, wenn er einmal nach Melbourne kam, nur an dieses eine berühmte Hotel erinnern konnte – fragte, ob Dreyton Dogger Smith gesehen habe.

Der Grenzreiter spürte deutlich, daß trotz dieser munteren Reden eine nervöse Spannung herrschte. Er nickte Bony zu, der ihn amüsiert anlächelte. Niemand erwähnte Mabel Storrie. Harry West wollte schließlich noch wissen, ob Dreyton ebenfalls eine Wette für den ›Melbourne Cup‹ abschließen wolle.

»Ich halte nichts von Wetten«, warf Hang-Dog-Jack ein.

»Warum hast du dann zwei Scheine ausgefüllt?« hielt Harry West ihm entgegen.

»Trotzdem halte ich nichts davon.«

»Wovon hältst du eigentlich was?« erkundigte sich Bill the Cobbler.

»Ich halte überhaupt von nichts etwas.«

»Auch nicht von Bier?« meinte Young-and-Jackson und zwinkerte mit seinen grünen Augen.

»Nein, auch nicht von Bier – wenn ein kleines Glas Sixpence kostet.«

7

Wachtmeister Lee und Bony saßen sich an dem mit Papieren überladenen Tisch gegenüber. Dichte Rauchwolken stiegen zu der von der Decke herabhängenden Petroleumlampe auf. Sie befanden sich im Dienstraum der Polizeistation, und die Uhr zeigte auf einundzwanzig Uhr fünfzig.

»Ich beneide Sie nicht um Ihren Marsch nach der Stadt«, meinte der Polizeibeamte. Als Bony lediglich lächelte, fügte er hinzu: »Und noch weniger beneide ich Sie um den Rückweg zur Wirragatta-Station.«

»Es ist eine ruhige Nacht, also kein Grund zur Nervosität«, entgegnete Bony. »Haben Sie schon gehört, ob ein Beamter aus Broken Hill unterwegs ist?«

»Nein. Ich rechne auch nicht damit, daß man mich erst benachrichtigt. Wahrscheinlich wird Simone auch diesen Fall übertragen bekommen, da er ja alle Einzelheiten der beiden anderen Morde kennt.«

Bony blies langsam den Rauch von sich und betrachtete den großen, schlanken Beamten, der die Stirn runzelte.

»Warum ist Ihnen dieser Simone so unsympathisch?«

Lee zögerte kurz, aber dann sprach er ganz offen.

»Simone ist ein Leuteschinder. Auch mir versucht er das Leben schwerzumachen. Er weiß genau, daß meine Frau aus Carie stammt und nur höchst ungern von hier fortginge, falls ich versetzt würde. Er weiß genau, daß mein Schwiegervater Halbinvalide und meine Schwiegermutter bettlägerig ist. Immer wieder reibt er mir auf seine hinterhältige Weise unter die Nase, ich hätte zu viele persönliche Bindungen im Ort, und das sei für einen Polizeibeamten nicht gut. Er weiß genau, daß er uns in der Hand hat, und macht sich in unserem Wohnzimmer breit. Die Zigarrenasche wirft er einfach auf den Teppich. So was bringt meine Frau natürlich zur Verzweiflung, und mich ärgert es. Aber wenn ich etwas sage, kommt er mir sofort mit versteckten Drohungen. Und außerdem – ich sagte es Ihnen ja bereits – ist er hier draußen im Busch als Kriminalbeamter völlig unbrauchbar.«

»Nun schön, wenn er kommt, werden wir gewiß unseren Spaß mit ihm haben, und wenn der Spaß zu weit geht, können wir ihn ganz einfach nach Broken Hill zurückschicken, wo man ihn gewiß sehr schätzt. Übereifrige Polizeibeamte bereiten mir immer Vergnügen – wenigstens eine Zeitlang. Sie haben so etwas Naives an sich. Simone wird gewiß meine Aussage haben wollen. Schließlich bin ich ja sehr verdächtig und habe in der Nähe des Tatortes kampiert. Nehmen Sie also Federhalter und Papier und schreiben Sie, was ich Ihnen diktiere. Ein Protokoll ist für einen übereifrigen Polizeibeamten das wichtigste Dokument, mein lieber Lee.«

Mit grimmigem Lächeln griff Lee nach dem Federhalter. Schließlich besaß er ein Schreiben seines höchsten Chefs, das ihn anwies, Inspektor Bonaparte jede gewünschte Unterstützung zu gewähren. Er spürte genau, daß er jetzt einen machtvollen Verbündeten gegen den verhaßten Sergeanten besaß, und das war Balsam für seine verwundete Seele.

Nachdem die Aussage protokolliert und unterschrieben war, sagte der Inspektor: »So, nun können wir in aller Ruhe das Erscheinen dieses Herrn aus Broken Hill abwarten. Sie werden ihm natürlich nicht verraten, wer ich bin. Und nun hören Sie zu: Alles, was ich Ihnen jetzt sage, bleibt unter uns.«

Wachtmeister Lee hatte die Hautfarbe seines Gegenübers völlig vergessen. Die kraftvolle Persönlichkeit dieses Mischlings, der die Universität besucht und dessen Ruf als Kriminalist weit verbreitet war, faszinierte ihn.

»Haben Sie eine Liste aller Personen aufgestellt, die während der letzten drei Jahre in Carie oder der Umgebung gewohnt haben?« fragte Bony.

Lee legte mehrere Bogen vor den Inspektor hin. »Ich bin eben damit fertiggeworden.«

»Gut. Alle Namen . . .? Auch Ihrer und der Ihrer Frau?«

Das Gesicht des Wachtmeisters überzog sich mit tiefer Röte. »Nun, ich dachte –«

»Dann muß ich Sie beide noch hinzufügen«, murmelte Bony. »So – jetzt haben wir also alle Namen. Mehr als siebzig Leute, die in jener Zeit hier gelebt haben, als die drei Verbrechen verübt wurden. Wenn Sie außer Ihrem Namen keinen vergessen haben, muß der Täter hier verzeichnet sein.«

Bony drehte sich eine neue Zigarette. Es gab Gelegenheiten, bei denen er sich zum Kettenraucher entwickelte.

»Ich bin sicher, Lee«, fuhr er fort, nachdem er sich die Zigarette angezündet hatte, »daß dieser Fall sehr interessant wird. Theoretisch besteht natürlich die Möglichkeit, daß derjenige, der Mabel Storrie überfiel, nicht mit dem Mörder von Alice Tindall und Frank Marsh identisch ist, sondern lediglich dessen Methode kopiert hat. Aber ich glaube doch, daß alle drei Verbrechen von derselben Person verübt wurden. Ich habe Simones Berichte gelesen und wundere mich nicht, daß er keinen Erfolg hatte. Hier draußen im Busch ist er ganz einfach überfordert. Aber ich, Lee, bin hier in meinem Element. Hat Simone Sie eigentlich in seine Arbeit eingeweiht?«

Lee grinste. »Sagen wir lieber – er prahlte mir etwas vor.«

»Hat er Ihnen gegenüber jemals geäußert, daß der Mörder die Angewohnheit zu haben scheint, auf Bäume zu klettern?«

»Auf Bäume zu klettern?! Nein.«

»Was halten Sie eigentlich von Donald Dreyton?«

»Dreyton ist ein hochanständiger Mensch«, erwiderte Lee. »Er trinkt nicht übermäßig und ist überall beliebt.«

»Ja, ich hatte den gleichen Eindruck von ihm. Und dennoch – erzählen Sie mir alles, was Sie über ihn wissen.«

»Damit kann ich Ihnen dienen. Er kam aus Broken Hill – und zwar drei Tage vor Alice Tindalls Ermordung. Er hatte nur einen großen Koffer bei sich und stieg im Hotel ab. Am nächsten Morgen bekam er auf der Wirragatta-Station Arbeit als Farmgehilfe. Am Tage nach der Ermordung des Mädchens übernahm er den Posten des Buchhalters, da dieser wegging. Er arbeitete dann acht Monate lang im Büro, bis er schließlich als Grenzreiter den Kaninchenzaun übernahm, und diese Tätigkeit hat er bis heute ausgeübt.«

»Und was war er, bevor er hierherkam?«

Lee lachte kurz auf. »Da haben Sie mich erwischt. Das weiß ich nicht. Niemand hat eine Ahnung davon. Er hat uns nichts erzählt, und Sie wissen ja, daß man hier im Busch keine unerwünschten Fragen stellt nach der Vergangenheit eines Menschen.«

»Hm. Wenn ein Mann nicht über seine Vergangenheit

spricht, ist sie wohl auch meist danach. Warum hat er eigentlich den Posten im Büro gegen diese Tätigkeit am Zaun eingetauscht?«

»Wahrscheinlich bekam er die Schreibtischarbeit satt.«

»Besaß er Buscherfahrung, als er herkam?«

»Meines Erachtens nicht«, erwiderte Lee. »Nein, er war wohl ein absolutes Greenhorn.«

Bony saß eine Weile schweigend da und beobachtete gedankenverloren einen Nachtfalter, der um die Lampe flatterte.

»Ich weiß einfach nicht, was ich von Donald Dreyton halten soll«, meinte er schließlich. »Natürlich ist mir klar, daß er Engländer ist und zweifellos der sogenannten Oberschicht angehört. Aber in der englischen Gesellschaft gibt es innerhalb dieser Klasse noch so viele Abstufungen, und darum weiß ich als Australier einfach nicht, wohin ich ihn tun soll. Ist er Soldat, Seemann, Rechtsanwalt, Pfarrer, Diplomat? Wie ist es zu erklären, daß er die anstrengende Arbeit am Zaun der angenehmen Bürotätigkeit vorzieht? Ich denke, daß mehr dahintersteckt als nur die Lust, einmal etwas anderes zu tun. Und dieser Eindruck hat sich bei mir noch verstärkt, als er heute den Büroposten erneut angeboten erhielt, ihn aber nur vorübergehend annehmen will.«

»Sicher ist etwas an dem dran, was Sie da sagen, Sir – Bony. Trotzdem – ich glaube nicht, daß er etwas mit den Morden zu tun hat.«

»Woher wissen Sie das?« kam blitzschnell die Frage, und als Lee keine Antwort wußte, fuhr Bony fort: »Auf der Liste, die Sie für mich aufgestellt haben, befindet sich der Name des Mannes, der zwei Menschen getötet und Mabel Storrie um ein Haar das gleiche Schicksal bereitet hätte. Wir müssen jetzt über alle diese Leute, die auf unserer Liste stehen, Nachforschungen anstellen, über ihre Vergangenheit, wo sie sich zur Tatzeit aufhielten und so weiter. Ohne Geduld und Ausdauer ist man ein schlechter Kriminalist. Mir geht es nicht anders als Simone – ich habe keinerlei Spuren, bei denen ich mit meinen Ermittlungen beginnen könnte. Der Mörder hat weder ein falsches Gebiß noch eine Waffe zurückgelassen. Es sind auch keine Fingerabdrücke festzustellen – außer vielleicht auf Mabels Kleid. Seine Fußspuren wurden vom Sandsturm verwischt. Ich weiß nur, daß er Schuhe mit Gummisohlen trug und aus irgendeinem Grund auf die Bäume am Ufer des Nogga Creek geklettert ist – und zwar in der Nacht, in der Mabel Storrie überfallen wurde.

Obwohl wir also praktisch gar nichts wissen, wollen wir doch versuchen, uns ein Bild von der Persönlichkeit des Mörders zu machen. Daß er die Örtlichkeiten, besonders am Nogga Creek und am Wirragatta River, sehr gut kennt, steht außer Zweifel. Er operiert in dunklen, sternlosen Nächten. Und nach Meinung von Doktor Mulray greift er stets von hinten an. Er wählt für seine Verbrechen immer die Nacht nach einem stürmischen Tag, wenn der Sonnenuntergang darauf schließen läßt, daß der Sandsturm auch am darauffolgenden Tag anhalten wird. Dies deutet auf ungewöhnliche Klugheit. An der Stelle, an der die Straße sich zum Bachbett hinuntersenkt, bilden die Äste der umstehenden Bäume eine Brücke über die Straße. Ich habe Beweise, daß jemand am Catfish Hole auf einen Baum gestiegen ist und in den Zweigen immer weiterkletterte, bis er sich über der Mitte der Fahrbahn befand. Von dort aus sprang er Mabel Storrie an, als sie gerade unter ihm vorüberging. Alice Tindall überfiel er auf die gleiche Weise, unten am Junction Waterhole. Demnach muß er kräftig und gewandt sein.«

»Da käme eigentlich Hang-Dog-Jack in Frage!« platzte Lee heraus.

»Was seine physischen Kräfte anbelangt, schon – aber geistig doch wohl kaum. Vergessen Sie nicht, daß Marsh nicht unter einem Baum, sondern in der Ebene in der Nähe der beiden Tore im Gemeindezaun ermordet wurde. Dieser Teil des Rätsels ist nicht leicht zu lösen, aber es wird mir schon gelingen. Und nun wollen wir einmal die Tatzeit näher beleuchten. Jedes dieser Verbrechen wurde in einem Zeitraum von drei Stunden begangen: zwischen elf Uhr abends und zwei Uhr morgens. Ich habe das Gefühl, daß diese Tatsache von größter Bedeutung ist. In diesem Teil Australiens gibt es jedes Jahr eine größere Anzahl Sandstürme, die einen Tag andauern. Manche halten zwei Tage an, aber ihre Anzahl ist schon geringer, und Stürme, die drei Tage hindurch wehen, kommen nur selten vor. In neunundneunzig von hundert Fällen kann man am Abend erkennen, ob der nächste Tag schön sein wird oder ob der Sturm anhält. Am Ende eines schönen Tages hingegen kann man nicht feststellen, ob der nächste Tag einen Sandsturm bringen wird oder nicht. Jeder, der sich also in diesem Teil Australiens auskennt, weiß auch über dieses Wetterphänomen Bescheid. Unser Mörder schlägt nur zu, wenn der Sonnenuntergang erkennen läßt, daß der kommende Tag einen Sandsturm bringen wird. Sie sagten vorhin, Dreyton sei ein Greenhorn gewesen, als er hierherkam. Demnach können wir ihn von der Liste der Verdächtigen streichen. Aber nun zu Hang-Dog-Jack. Wie lange arbeitet er schon hier im Bezirk?«

»Mindestens fünf Jahre. Er war früher Seemann, aber inzwischen kennt er sich im Busch aus.«

»Seemann! Hm – eigentlich vielversprechend. Also schön, versuchen wir, uns ein klareres Bild von dem Mörder zu machen. Seine Angewohnheit, auf Bäume zu klettern, verrät Kraft und Beweglichkeit sowie eine genaue Kenntnis bestimmter Bäume. Seine Intelligenz wird durch die Tatsache bewiesen, daß er Schuhe mit Gummisohlen trägt, seine Opfer überraschend aus der Höhe anspringt und für sein Verbrechen stets eine Nacht aussucht, die seinen Plänen insofern gelegen kommt, als seine Spuren am nächsten Morgen verwischt sein werden. Am wichtigsten ist aber wohl die Tatsache, daß er am Tatort keine einzige Spur zurückläßt, die in einem normalen Mordprozeß als Beweismittel dienen könnte. Und trotzdem hinterläßt er Spuren.«

»Und das Motiv?« flüsterte Wachtmeister Lee.

»Ich habe erwartet, daß Sie diesen Punkt anschneiden würden«, fuhr Bony fort. »Das Motiv! Durch die Wiederholung seines Verbrechens beging der Mörder einen fatalen Fehler. Getrennt betrachtet, könnte jedes Verbrechen aus den verschiedensten Motiven begangen worden sein. Betrachten wir sie hingegen im Zusammenhang, gibt es überhaupt kein Motiv, außer der Lust am Morden. Die Opfer sind zwei Frauen und ein Mann. Nichts wurde ihnen geraubt, und die drei standen in keinerlei Verbindung zueinander. Ich glaube, daß bei der Auswahl seiner Opfer der Zufall eine große Rolle spielte. Wahrscheinlich überkommt diesen Menschen in gewissen Zeitabständen der Drang, zu töten. Vermutlich jedesmal bei einem Sandsturm. Er sucht sich also den Zeitpunkt nicht aus, obwohl es für ihn wichtig ist, zu wissen, daß auch am folgenden Tag Sturm herrschen wird. Es ist durchaus möglich, daß der Mörder jedesmal, wenn ein Sandsturm zwei Tage andauerte, auf der Suche nach einem Opfer unterwegs war. Aber nicht immer spielte ihm der Zufall eins in die Hände.«

Wachtmeister Lees Lippen bildeten einen schmalen Strich.

Bony lächelte. »Wer ist eigentlich der älteste Einwohner im Bezirk?«

»Opa Littlejohn, soviel ich weiß«, erwiderte Lee.

»Wie steht es mit seinem Gedächtnis?«

»Schlecht – besonders, wenn er sich nicht erinnern will. Er ist ein Schwätzer, und alles, was Sie mit ihm sprechen, trägt er brühwarm zu Mrs. Nelson. Er fungiert als Geheimpolizei.«

»Oh! Und wer ist der zweitälteste Einwohner?«

»Dogger Smith. Er arbeitet im Augenblick auf der Wirragatta-Station. Der Bursche hat die Körpermaße eines Riesen und die Vitalität eines Mannes von fünfzig, aber die meisten sind der Ansicht, daß er achtzig sein muß. Er ist länger hier in der Gegend, als ich auf der Welt bin. Der scheint überhaupt nicht sterben zu wollen. Er kann Ihnen spannende Geschichten aus den Pioniertagen erzählen. Interessieren Sie sich für die alten Zeiten?«

»Soweit sie Carie betreffen – ja. Sehr sogar. Und dieser Doktor Paul Mulray – was ist er für ein Mensch?«

»Er ist ungefähr sechzig Jahre alt, einsdreiundsiebzig groß, und sein Umfang dürfte einen Meter zwanzig betragen. Falls Sie Schach spielen können, wird er alles für Sie tun und Ihnen alles geben, was Sie haben wollen. Ich spiele leider nicht Schach.«

Bony lachte laut auf. »Lee, Sie gefallen mir immer besser.«

8

An diesem frühen Novembermorgen erlebte zumindest ein Mann den Busch in all seiner Pracht: Es war zehn Minuten vor acht, als Bony die Straße nach Broken Hill und damit seinen Arbeitsplatz erreichte. Im Süden spielte eine leichte Brise mit den schlanken Blättern der Bäume am Ufer des Nogga Creek. Darüber erhob sich der azurblaue Himmel. Nach Westen und Osten breitete sich die Blaubuschebene aus. Sie glich einem taubengrauen Teppich, der sich bis zu der Stadt im Norden erstreckte.

Hell hob sich das Dach von Nelsons Hotel gegen den Himmel ab. Die Luft war so kristallklar, daß Bony jede einzelne Rille des roten Wellblechdaches erkennen konnte und daneben, in scharfem Kontrast, das blauschimmernde Dach der Bäckerei. Winzig waren die Menschen, die Kühe und Ziegen, die sich auf Caries einziger Straße bewegten.

Jenseits des Nogga Creek ertönte das kraftvolle Surren eines starken Motors. Bony hörte, wie der Fahrer herunterschaltete, das Bachbett durchquerte, und wie sich der Wagen schließlich am diesseitigen Ufer heraufschob. Das Sonnenlicht brach sich in der Windschutzscheibe und an den Chromteilen. Auch Mrs. Nelson auf ihrem Balkon mußte es bemerken.

Es war ein großer Wagen. Ein junger Mann saß am Steuer, eine Zigarette im Mundwinkel. Außer ihm befanden sich noch drei Leute im Wagen. Er winkte Bony lässig zu, und einer der Passagiere rief ein paar Worte herüber. Dann war das Auto in einer riesigen Staubwolke verschwunden.

Eine Stunde später erschien zwischen den Bäumen des Nogga Creek ein Mann auf einer gescheckten Stute. Der Reiter saß steif im Sattel, und seine Gerte schlug in gleichmäßigem Rhythmus auf die rechte Flanke des Tieres. Doch das Pferd schien davon keine Notiz zu nehmen, ebensowenig wie von dem fortwährenden : »Vorwärts, Jenny!«

Jenny schien sich längst entschieden zu haben, welche Geschwindigkeit sie einhalten wollte: drei Meilen pro Stunde und nicht mehr. Als sie sich Bony gegenüber befand, blieb sie plötzlich stehen und schien auf der Stelle eingeschlafen zu sein.

Unter buschigen Brauen hervor wurde Bony von einem Paar ruhiger, grauer Augen gemustert. Die Bäckchen des Mannes schienen aufgebläht, und sein Bauch ruhte auf dem Sattelknauf.

Als ob er sich eine halbe Meile von dem Arbeiter am Zaun entfernt befände, rief er mit voller Lautstärke: »Guten Tag! Wer, zum Teufel, sind Sie? Ich habe Sie noch nie gesehen!«

Offensichtlich schien es der Reiter als eine persönliche Beleidigung zu empfinden, daß hier ein Mensch war, den man ihm noch nicht vorgestellt hatte. Wieder klatschte die Gerte auf die Flanke des Tieres. Die Stute erwachte, brachte ihren Herrn steifbeinig zum Zaun und schlief sofort wieder ein.

»Guten Morgen, Doktor«, sagte Bony höflich. »Schon so früh unterwegs?«

»Früh! Das nennen Sie früh? Es ist doch schon neun Uhr vorbei.« Die Bäckchen blähten sich gefährlich, als würden sie jeden Moment platzen. »Früh! Ich bin schon seit drei Stunden unterwegs. Wer sind Sie?«

Dieser Mann war es offensichtlich gewöhnt, daß man ihm ohne Widerrede gehorchte.

»Mein Name ist Fisher, Doktor. Joe Fisher«, erwiderte Bony

ruhig. »Ich bin neu hier. Deshalb haben Sie mich wohl nie vorher gesehen.«

»Woher, zum Teufel, wissen Sie dann, wer ich bin?«

»Man hat mir gesagt, wie Sie aussehen, Doktor.«

»Ah – wie ich aussehe, was?«

»Ja. Und außerdem hörte ich, daß Sie eine gescheckte Stute reiten.«

Die feisten Bäckchen blähten sich zweimal, und die Stimme des Mannes überschlug sich fast.

»Kein Wort gegen meine Jenny! Sie hat mich vierzehn Jahre lang treu und brav getragen – bei gutem und schlechtem Wetter. Und sie wird erst sterben, wenn ich gestorben bin. Sie ist das beste Pferd in ganz Neusüdwales, und jeder bekommt meine Reitgerte zu spüren, der das Gegenteil zu behaupten wagt. Sie sind also Joseph Fisher, wie? Sie haben in der Nacht, in der Mabel Storrie überfallen wurde, am Catfish Hole kampiert. Haben Sie es getan?«

»Doktor – ich bitte Sie!«

»Irgend jemand muß es doch getan haben. Warum nicht Sie?«

»Wie geht es Miss Storrie heute morgen?«

»Sie erholt sich, das arme Kind. Sie hat einen furchtbaren Schlag auf die Stirn bekommen, und das braucht seine Zeit.«

»Ist sie wieder bei Bewußtsein?«

»Ab und zu hat sie ein paar lichte Augenblicke, aber ich fürchte weniger die Folgen dieser brutalen Mißhandlung als den seelischen Schock.«

»Ja, es wird schwer für sie sein, mit diesem schrecklichen Erlebnis fertigzuwerden. Hat sie den Täter wenigstens beschreiben können?«

»Nein. Sie konnte ihn ja nicht sehen. Er fiel sie hinterrücks an. Legte die Finger über ihre Kehle und drückte im Nacken mit den Daumen zu. Ich kann Ihnen sagen, so was ist scheußlich. Wir bezahlen einen Haufen Steuern, aber der Staat ist nicht imstande, uns einen anständigen Kriminalisten zu schikken, der dieses Ungeheuer hinter Schloß und Riegel bringt. Um uns Buschleute kümmert sich ja kein Mensch. Die schicken diesen Sergeant Simone. Ein tüchtiger Mann, dieser Sergeant Simone. Er wird Sie ansehen, und wenn ihm Ihre Nase nicht gefällt, wird er Ihnen auf den Kopf zusagen, daß Sie der Mörder sind. Behauptet dieser Mensch doch glatt, er könne Schach spielen, und als ich ihn dann zu einer Partie einlud ... Ach was, der Mann ist ein Trottel!«

»Sie spielen Schach, Doktor?«

»Natürlich. Und wenn es nach mir ginge, müßte zunächst einmal jeder Polizist sechs Monate lang Schach spielen, um seinen Verstand zu schulen. Dann würden auch gute Kriminalisten da sein, wenn man sie braucht. Sie können es wahrscheinlich auch nicht.«

»Doch, so mittelmäßig.«

»Ach, Sie spielen Schach?« Wieder blähten sich die feisten Bäckchen. »Wenn das so ist, dann hoffe ich, daß Sie mir das Vergnügen Ihres Besuches machen. Ich bin praktisch jeden Abend zu Hause. Stehe Ihnen stets zu Diensten, Sir. Haben Sie heute abend Lust?«

»Sehr freundlich von Ihnen, Doktor. Mit dem größten Vergnügen.«

»Das Vergnügen ist ganz auf meiner Seite. Aber der Himmel stehe Ihnen bei, wenn Sie nicht besser spielen als dieser jämmerliche Sergeant. Sonst hätten Sie nichts zu lachen, falls Sie einmal einen Arzt brauchen – und schließlich braucht ja jeder Mensch mal einen Arzt. Also – auf Wiedersehen! Vorwärts, Jenny!«

Jenny öffnete schläfrig die Augen und setzte sich in Bewegung. Bony blickte lächelnd hinter ihr und ihrem Meister drein. Noch eine ganze Weile vernahm er das: »Vorwärts, Jenny!«

Bony zog die Liste aus der Hosentasche. Er hatte zwar das Gefühl, etwas voreilig zu handeln, aber trotzdem strich er den Namen von Dr. Mulray durch.

Gegen elf Uhr sah er einen Sportzweisitzer im Sonnenlicht aufblitzen. In rascher Fahrt fuhr er von der Wirragatta-Station am Bach entlang zum Gattertor. Bony war zu weit entfernt, um der Dame am Steuer noch rechtzeitig das Gatter zu öffnen. Sie war also gezwungen, auszusteigen, das Tor selbst zu öffnen, hindurchzufahren, nochmals auszusteigen und das Tor wieder zu schließen. Sie fuhr auf der Straße in südlicher Richtung davon. Als der Wagen zwischen den Bäumen am Bach verschwand, war Bony überzeugt, daß es sich um Stella Borradale gehandelt haben mußte. Und als wenige Sekunden später das Motorengeräusch verstummte, wußte er, daß sie die Storries besuchte.

Zum Mittagessen ging Bony zu den Bäumen hinüber. Er hatte

gerade Holz gesammelt, um ein Feuer für den Teekessel anzuzünden, als er den Wagen zurückkommen hörte. Als Stella diesmal am Zaun ankam, hielt ihr Bony bereits das Tor auf. Nachdem sie hindurchgefahren war, stoppte sie, und Bony trat an den Wagenschlag.

»Sie sind Joseph Fisher?« fragte sie.

»Ja, Madam, der bin ich. Leider war ich vorhin zu weit entfernt, um Ihnen das Tor öffnen zu können.«

»Von wo kommen Sie eigentlich?« fragte sie. Sie hatte selbstverständlich das Recht zu dieser Frage, aber als sie sie gestellt hatte, kam sie sich plötzlich impertinent vor und blickte zur Seite. Sie wurde ärgerlich auf sich selbst.

»Ich stamme aus Queensland«, sagte er lächelnd. »Man fand mich als Säugling neben meiner toten Mutter im Schatten eines Sandelholzbaumes. Ich wurde zu einer Missionsstation gebracht und von der Schwester aufgezogen. Die beste Frau, die je gelebt hat.«

Stella musterte ihn plötzlich mit einem seltsamen Ausdruck in den Augen, den er sich nicht erklären konnte.

»Nach Ihrer Aussprache zu schließen, müssen Sie eine recht gute Erziehung genossen haben«, meinte sie.

»Ja. Ich habe – nun ja, eine gute Erziehung bekommen.«

»Was Sie nicht sagen! Und Ihr Name ist Joseph Fisher?«

Bony verbeugte sich, und plötzlich lachte Stella Borradale laut auf.

»Und Sie sind von so weit hergekommen, um bei uns Arbeit zu suchen? Es ist doch ein weiter Weg von – sagen wir, von Banyo, das meines Wissens an der Bahnlinie zwischen Brisbane und Sandgate liegt.«

Sie sah, wie die blauen Augen ihres Gegenübers überrascht blinzelten, und nun war sie sicher, wer vor ihr stand.

»Banyo!« wiederholte Bony. »Sagten Sie ›Banyo‹, Miss Borradale?«

»Gewiß. Hören Sie, Joe – mir gefällt Ihr Pseudonym gar nicht. Ihr richtiger Name ist bei weitem schöner, Mr. Napoleon Bonaparte.«

Bony gab sich geschlagen. Er lachte ebenfalls.

»Sie haben gewonnen, Miss Borradale. Aber nun erzählen Sie mir, wie Sie draufgekommen sind.«

»Ich habe zwei und zwei zusammengezählt. Mein Bruder erwartet schon seit langem einen mysteriösen Besucher. Schließlich tauchten Sie auf, und er hielt zusammen mit Wachtmeister Lee und Ihnen eine lange Besprechung ab. Und als Sie mir nun erzählten, daß Sie von Brisbane kämen, und einen Sandelholzbaum und eine Missionsschwester erwähnten, wußte ich Bescheid. Ich habe eine Freundin, eine gewisse Mrs. Trench aus Windee. Von ihr erfuhr ich einiges über einen gewissen Kriminalinspektor Bonaparte. Ich hätte gleich sehen müssen, daß Sie kein gewöhnlicher Farmarbeiter sind. Sie sind hergekommen, um die beiden Morde und den Überfall auf Mabel Storrie aufzuklären.«

»Sie wissen also Bescheid, und darum darf ich wohl auf Ihre Mithilfe rechnen?«

»Aber selbstverständlich. Was in meinen Kräften steht, soll gern geschehen.«

»Die einzigen, die meine Identität kennen, sind Ihr Bruder und Wachtmeister Lee. Wenn ich mich hier als Farmarbeiter ausgebe, dann nicht, um mich interessant zu machen. Meine Aufgabe ist es, einen Mörder zu finden, der unerkannt unter normalen Menschen lebt. Es darf darum niemand erfahren, daß ich Kriminalbeamter bin.«

»Ich werde kein Sterbenswörtchen verraten«, versicherte Stella ernst.

»Zu niemandem?«

»Zu niemandem. Sie können sich auf mich verlassen. Ich habe von Mrs. Trench und ihrem Mann so viel über Sie gehört, daß meine Furcht vor dem Würger jetzt bereits im Schwinden begriffen ist. Glauben Sie, daß Sie ihn finden werden?«

»Ich habe noch jede mir gestellte Aufgabe gelöst.«

»Und darf ich Sie – natürlich nur, wenn wir unter uns sind – Bony nennen, wie es Mrs. Trench tut?«

»Gewiß. Ich bitte Sie sogar darum.«

Von Carie herüber drang Motorengeräusch, das sich langsam näherte. Als Bony sich umwandte, sah er den Wagen bereits am Tor des Gemeindezauns.

»Das ist vermutlich Sergeant Simone«, sagte er. »Er traf gestern abend ein.«

»Oh!« rief Stella mit gespieltem Entsetzen. »Dann mache ich lieber, daß ich wegkomme. Sergeant Simone verachtet Frauen. Es ist wirklich schade, daß Simone immer erst dann auftaucht, wenn ein Verbrechen begangen wurde, und nicht vorher.«

»Darf ich wissen, warum Sie das schade finden?«

»Weil dann vielleicht er das Opfer sein würde. Au revoir, Bony. Und fürchten Sie nichts – ich schweige wie ein Grab. Halten Sie mich bitte über den Stand der Ermittlungen auf dem laufenden, ja?«

Für den Bruchteil einer Sekunde sah Bony noch ihr lachendes Gesicht, dann schoß der Wagen unter Zurücklassung einer Staubfahne davon. Er dachte an die Liste in seiner Tasche. Auch Stella Borradales Name war darauf verzeichnet. Es war absurd, aber schließlich enthielt die Liste auch den Namen von Mrs. Nelson. Er ging zurück unter die Bäume, um das Feuer anzuzünden und den Tee zu kochen, als der Wagen aus Richtung Carie anhielt.

»He, Sie! Kommen Sie mal 'rüber!« rief eine barsche Stimme.

9

Hinter dem geschlossenen Gattertor standen drei Männer. Bony erkannte Wachtmeister Lee und den schmächtigen jungen Mann, den er am Vorabend kennengelernt hatte. Aber der riesige dicke Mann im hellgrauen Flanellanzug war ihm noch nicht begegnet, und er war es, der ihn mit barscher Stimme zu sich gerufen hatte.

Er hatte das Gebaren eines Feldwebels, der einen jungen Rekruten zur Rede stellt. Trotz der Zigarre zwischen seinen Zähnen war seine Aussprache klar, und was er sagte, unmißverständlich. Bony hatte Sinn für Humor. Er gehorchte dem Befehl, ohne es sich jedoch verkneifen zu können, dem Wachtmeister zuzuzwinkern. Sorgsam schloß er das Gattertor hinter sich, während die kräftigen weißen Zähne des Mannes im Flanellanzug wütend auf der riesigen Zigarre herumkauten und seine harten Augen ihn von oben herab musterten.

»Wie heißen Sie?« fragte Sergeant Simone.

»Joseph Fisher – wie Wachtmeister Lee Ihnen zweifellos bereits verraten haben dürfte«, erwiderte Bony gelassen. Und da er spürte, daß dieser Tonfall den anderen ärgerte, fügte er noch hinzu: »Und wer sind Sie?«

»Es ist völlig egal, wer ich bin und was Wachtmeister Lee mir erzählt hat. Sie beantworten meine Fragen – und damit basta! Wie heißen Sie?«

»Joseph Fisher.«

»Sie haben in der Nacht, in der Miss Storrie überfallen wurde, am Catfish Hole kampiert?« Die Frage kam wie ein Peitschenhieb.

»So ist es«, erwiderte Bony aufreizend lässig.

»Um welche Zeit haben Sie Ihr Lager errichtet?«

»Das kann ich nicht sagen!«

»Und um welche Zeit haben Sie es am nächsten Morgen verlassen?«

»Das kann ich ebenfalls nicht sagen.«

»Jetzt hören Sie mal gut zu. Es wäre besser für Sie, zu reden, und zwar schnellstens. Sonst können Sie noch Ihr blaues Wunder erleben. Ich lasse mir von Niggern und Halbniggern keinen Schmus vormachen. Sie sehen ganz so aus, als könnten Sie dieses letzte Verbrechen auf dem Kerbholz haben. Und jetzt sind Sie auch noch so unverschämt, mir meine Zeit zu stehlen.«

Der schmächtige junge Mann wirkte unglücklich, aber Wachtmeister Lee sah man es deutlich an, daß er sich köstlich amüsierte. Er genoß dieses Schauspiel.

»Mein lieber Sergeant –«, begann Bony, doch Simone schnitt ihm sofort das Wort ab.

»Ich bin nicht Ihr lieber Sergeant!« brüllte er, ohne die Zigarre aus dem Mund zu nehmen. »Um wieviel Uhr sind Sie an dem betreffenden Abend zum Catfish Hole gekommen?«

Bony seufzte mit betonter Verzweiflung. »Aber ich sagte doch schon – ich weiß es nicht. Die Sonne war nicht zu sehen, und eine Uhr besitze ich nicht. Und weil später auch keine Sterne da waren, kann ich wirklich nicht sagen, um welche Zeit dieser Lastwagen nach Carie fuhr und später zurückkehrte.«

»Dann schätzen Sie eben – verstanden?«

»Natürlich, schätzen kann ich es ja. Es muß wohl ungefähr halb sieben gewesen sein, als ich beim Catfish Hole ankam. Gegen halb acht fuhr dann der Lastwagen nach Carie, und er kam ungefähr um halb drei zurück. Viertel vor zwei hörte ich den Schrei eines Brachvogels – er muß etwa von hier, von dieser Stelle, gekommen sein. Die Nacht war stürmisch, und ich habe vor mich hingedöst, deshalb könnte dieser Schrei auch von Miss Storrie ausgestoßen worden sein. Ich sagte dies bereits Wachtmeister Lee. Es steht alles in dem Protokoll, das ich vor dem Wachtmeister unterzeichnete.«

»Hm!« brummte der dicke Sergeant und biß ein Stück von

der Zigarre ab. »Von diesem Protokoll halte ich gar nichts. Ich habe eine gute Nase dafür, wenn etwas faul ist, und an dieser Aussage ist etwas faul.«

»Ich glaube aber nicht, daß ich etwas ausgelassen habe«, murmelte Bony.

»Nichts ausgelassen? Schon möglich. Die ganze Aussage ist wahrscheinlich erfunden. Ich nehme an, daß Ihnen jemand gesagt hat, was Sie zu Protokoll geben sollen.«

»Wie kommen Sie denn darauf?« fragte Bony nachsichtig.

»Das will ich Ihnen sagen, Freundchen«, erwiderte der Sergeant leutselig. »Eine Schwester von mir arbeitet in der Redaktion einer literarischen Zeitschrift. Und wenn meine Schwester das Protokoll und Sie sehen würde, würde sie unter Garantie sagen: Da stimmt etwas nicht!«

»Großer Gott! Ich hoffe, ich habe das Partizip richtig angewandt.«

»Wie war das?«

»Ich hoffe, daß die Partizipien stimmen. Das Partizip hat mir immer Schwierigkeiten gemacht in der Schule.«

»Sie wollen wohl witzig werden, he? Ich will Ihnen sagen, was mich stutzig macht an diesem Protokoll. So wie Sie es formuliert haben, ist es überhaupt nicht in Einklang zu bringen mit Ihrer Person – mit einem Mischling und Hilfsarbeiter.«

»Oh, dann ist es ja gut, Sergeant. Einen Augenblick dachte ich tatsächlich, mir sei ein Schnitzer unterlaufen mit den Partizipien«, entgegnete Bony mit dem ernstesten Gesicht der Welt, und sogar der junge Mann mußte lächeln. »Wirklich, ich habe die Aussage diktiert, und Wachtmeister Lee hat die Niederschrift angefertigt.«

»Na schön, auf das Protokoll kommen wir später noch einmal zu sprechen. So, und jetzt gehen wir los – aber keine Dummheiten, wenn ich bitten darf. Sie zeigen mir die Stelle, wo Sie am Catfish Hole kampiert haben.«

Die vier Männer marschierten unter den Buchsbäumen hindurch zum unteren Ende des Catfish Hole. Dort angekommen, deutete Bony auf die Asche des Lagerfeuers, die inzwischen teilweise vom Sand begraben war. Dann wies er auf einen dicken Baumstamm, gegen den gelehnt er die Nacht verbracht hatte. Der Stamm war so dick, daß kein Mensch ihn von hinten hätte umfassen können. Simone sah sich alles genau an, dann blickte er auf Bony herab.

»Von wo kommen Sie?« brüllte er. »Los, 'raus mit der Sprache!«

»Ich kam von Broken Hill.«

»Von dort sind Sie nicht. Ich habe Sie nie dort gesehen.«

»Stimmt. Ich kam auf dem Weg von der Barrakee-Station durch Broken Hill. Ich arbeitete in Barrakee.«

»So, so! Barrakee. Na, das werden wir noch nachprüfen. Wem gehört Barrakee?«

»Mr. Thornton.«

»Hm!« Mit einem wütenden Grunzen wandte sich Simone an den jungen Mann. »Also, Elson, wann haben Sie Miss Storrie verlassen und sie allein weitergehen lassen?«

»Ich weiß die genaue Zeit nicht«, erwiderte Barry Elson. Er war ein dunkler, gutaussehender Typ. Man sah ihm an, daß er ein guter Reiter sein mußte. »Ich schätze, es war ungefähr zwanzig vor zwei.«

»Wirklich sehr ritterlich von Ihnen, ein wehrloses junges Mädchen in einer solchen Nacht allein zu lassen, besonders wenn man weiß, daß der Würger umgeht«, sagte Simone in beleidigendem Tonfall. »Bis jetzt haben wir lediglich Ihr Wort, daß Sie, falls Sie sich überhaupt von ihr getrennt haben, nicht hinter ihr hergerannt sind und sie niedergeschlagen haben. Sie sind ganz schön nervös, mein Lieber. Ich sehe nämlich ganz gut, und ich lasse weder Sie noch Mr. Fisher aus den Augen.«

»Ich habe ganz den Eindruck, daß Sie Ihre Augen zu sehr auf uns richten, Sergeant, und dabei gewisse Tatsachen übersehen. Miss Storrie wurde von dem Mann überfallen, der Alice Tindall und Frank Marsh ermordete. Zu dem Zeitpunkt, als Alice Tindall jedoch ermordet wurde, befand Mr. Elson sich auf Urlaub in Adelaide, und ich war mehrere hundert Meilen entfernt.«

Simone nahm zum erstenmal die völlig zerkaute Zigarre aus dem Mund.

»Da haben wir wohl einen ganz großen Kriminalisten vor uns, wie?« knurrte er sarkastisch. »Demnach sind Sie und Mr. Elson absolute Unschuldslämmer? Aber jetzt will ich Ihnen mal was sagen. Der Mörder von Alice Tindall und Frank Marsh hat den Überfall auf Mabel Storrie nicht begangen. Wäre er es gewesen, würde das Mädchen jetzt nicht mehr am Leben sein. Sie wurde von einem Mann überfallen, der den Würger lediglich imitierte. Ich will Ihnen noch etwas verraten. Der Würger von damals war zweifellos ein sehr kräftiger Mann, und der Bursche, der sich an Mabel Storrie vergriff, war das ganz bestimmt nicht. Deshalb kam sie mit dem Leben davon. Sie beide brauchen sich also nicht einzubilden, daß Sie außer Verdacht sind.«

»Es gibt da natürlich noch einige weitere Tatsachen zu berücksichtigen«, warf Bony gleichmütig ein. Die Sache bereitete ihm einen Riesenspaß, und er vermutete, daß Wachtmeister Lee die Situation ähnlich genoß.

»Ich brauche weder Ihre Tatsachen noch interessieren mich Ihre Ideen!« brüllte Simone los und zertrampelte seine Zigarre. »Ich führe die Untersuchung, falls Sie es noch nicht gemerkt haben sollten. Also, Fisher – woher wissen Sie eigentlich, daß Mr. Elson in Adelaide war, als Alice Tindall ermordet wurde?«

»Das will ich Ihnen sagen«, begann Elson, wurde aber sofort zum Schweigen gebracht.

»Sie reden nur, wenn Sie gefragt sind. Also – Fisher –«

»Ich traf Mr. Elson gestern in Carie«, erklärte Bony geduldig. »Es scheint, daß er vielen Leuten verdächtig vorkommt, und deshalb fragte ich ihn, ob er sich noch entsinnen könne, wo er sich aufhielt, als Alice Tindall und Frank Marsh ermordet wurden. Da es unzweifelhaft der Mörder dieser beiden war, der Miss Storrie umzubringen versuchte, andrerseits Mr. Elson damals nicht hier in der Gegend war, ist es höchst unwahrscheinlich, daß er ausgerechnet das Mädchen umbringen wollte, das er liebt. Eigentlich liegt es klar auf der Hand.«

»Für mich liegt klar auf der Hand, daß Sie zwei unter einer Decke stecken«, schnaubte der Sergeant. »So, und nun wollen wir uns den Tatort ansehen.«

Trotz seiner massigen Gestalt marschierte der Sergeant mit weiten Schritten davon. Mit seinem bulldoggenhaften Wesen war er das völlige Gegenteil von Wachtmeister Lee. Man konnte sich lebhaft vorstellen, wie er gegen bewaffnete Verbrecher rücksichtslos vorging – aber hier im Busch war er wirklich fehl am Platz.

Lee zwinkerte Bony aufmunternd zu, dann marschierte er an Simones Seite voraus. In kleinem Abstand folgten Barry Elson und Bony.

»Vielen Dank, Joe«, flüsterte der junge Mann.

Bony lächelte. Sein erster Eindruck von dem Verwalter der benachbarten Westall-Station war überaus günstig gewesen, aber langjährige Erfahrung hatte ihn gelehrt, daß sowohl der erste als auch der zweite Eindruck trügen konnten. Den Namen des Doktors hatte er nur deshalb von der Liste gestrichen, weil Mulray seiner körperlichen Verfassung nach als Täter einfach nicht in Frage kommen konnte. Dasselbe galt für Mrs. Nelson und Opa Littlejohn und noch einige andere. Ihre Namen würde er zu gegebener Zeit streichen.

Bony war vor allem deshalb von Elsons Unschuld überzeugt, weil der junge Mann am Abend vorher sehr rückhaltlos und ehrlich über das Vorgefallene gesprochen hatte. Er hatte Bony erzählt, er sei jahrelang der Don Juan der ganzen Gegend gewesen, und nun, nachdem er sich ernsthaft in Mabel Storrie verliebt habe, werde er diesen Ruf nicht mehr los. Ohne jeden Grund habe ihm Mabel vorgeworfen, er würde mit anderen Mädchen flirten. In der Hitze des Augenblicks habe sie ihm sogar den Ring zurückgegeben. Um die Sache noch schlimmer zu machen, habe er sich am Tag, als der Ball stattfand, betrunken, sei allerdings am Abend wieder nüchtern gewesen und habe den Entschluß gefaßt, sich mit ihr auszusprechen.

Dann war es zu dem unseligen Spaziergang gekommen, nachdem Tom Storrie und der Lastwagen nicht aufzufinden gewesen waren. Am Gemeindezaun hatte Elson nochmals einen verzweifelten Versuch unternommen, sich mit dem Mädchen auszusöhnen, aber wieder warf Mabel ihm vor, er sei ja betrunken. Es war jedoch wohl vor allem sein Ruf als Herzensbrecher, der immer noch zwischen ihnen stand. Sie stritten eine Weile, und dann – Elson gab es ganz offen zu – versuchte er von dem Mädchen einen Kuß zu erpressen, indem er ihr Angst zu machen versuchte. Die Nacht sei dunkel, der Würger treibe sein Unwesen ...

Mabel Storrie war kein Mädchen, das sich einschüchtern ließ. Sie erwiderte, daß sie auf seine weitere Begleitung verzichte. Und nun sei er so idiotisch gewesen, sie tatsächlich allein weitergehen zu lassen. Er selbst sei nach Carie zurückgekehrt. Niemand hatte ihn gesehen, als er das Hotel betrat, niemand beobachtete, wie er sein Zimmer aufsuchte ...

Als nun die vier Männer zu der Stelle gingen, wo Mabel aufgefunden worden war, fragte sich Bony ernstlich, ob Barry Elson nicht vielleicht doch in der Erregung das Mädchen gewürgt haben könnte.

»Soweit ich mich erinnere, Lee, ist diese Mabel Storrie eine ganz stramme Maid«, sagte Sergeant Simone.

»Ja, sie dürfte hundertfünfunddreißig Pfund wiegen«, meinte

Lee, während sie an der sandigen Stelle anlangten, die Bony bereits zusammen mit Donald Dreyton in Augenschein genommen hatte.

»Hm!« brummte der Sergeant und warf einen ärgerlichen Blick auf den Kookaburra, der von einem Ast aus die vier Männer aufdringlich anstarrte. »Es war sehr finster in der Nacht, wie?«

»So finster wie in einem Kaninchenbau.«

»Dann verstehe ich nicht, warum sie von der Straße weggelaufen sein soll. Normalerweise hält man sich in der Dunkelheit mitten auf der Fahrbahn. Sie muß von ihrem Angreifer beiseite geschleppt worden sein. Und das bedeutet, daß der Täter nicht mit dem Würger identisch ist. Der Würger hat nie einen Versuch gemacht, seine Opfer zu verstecken.« Die grünen Augen funkelten abwechselnd Bony und Barry Elson an. »Nein, sie ist nicht selbst an diese Stelle gelaufen. Sie wurde hingescheift, weil ihr Angreifer genau wußte, daß ihr Bruder mit dem Lastwagen vorbeikommen würde.«

In diesem Augenblick stieß der Kookaburra ein kehliges Gelächter aus.

»Sie wurde auf der Straße überfallen, und lief, nachdem der Täter von ihr abgelassen hatte, hier herüber. Dann stürzte sie über eine Baumwurzel und verletzte sich am Kopf«, entgegnete Bony.

»Sie sind mächtig klug, Mr. Fisher, wie? Woher wollen Sie das denn wissen? Sind Sie vielleicht ein Spurenleser?«

»Soll ich Ihnen den Beweis erbringen?«

»Reden Sie schon, aber machen Sie es nicht so spannend.«

»Nun gut.« Bony erläuterte kurz, welchen Weg das Mädchen genommen hatte. »Hier auf dieser kleinen lehmigen Stelle sind noch die Eindrücke ihrer Schuhe zu erkennen.«

»Zeigen Sie sie mir.« Simone stapfte zu der angegebenen Stelle.

Bony deutete auf den Umriß des Blockabsatzes, den er mit einem Streichholz nachgezogen hatte.

»Jemand hat das eingezeichnet!« knurrte Simone wütend.

»Das war ich«, gestand Bony. »Aber hier ist noch einer, und hier ebenfalls, und die habe ich unberührt gelassen.«

Der Sergeant bückte sich. Er konnte nichts erkennen.

»Nichts ist hier. Diese eine Spur haben Sie selbst eingezeichnet, um die Polizei irrezuführen.«

»Wenn Sie sich einmal hierherbemühen und dicht über dem Erdboden entlangblicken, werden Sie vier Eindrücke eines Absatzes erkennen, die ich nicht nachgezogen habe«, forderte Bony den Sergeanten höflich auf.

Unter beträchtlicher Anstrengung bückte sich Simone so weit, daß er knapp über dem Boden entlangblicken konnte. Dann fuhr er in die Höhe.

»Ich kann überhaupt nichts sehen«, sagte er grob. »Hier sind keine Fußeindrücke, und das wissen Sie ganz genau. Nein, Mr. Fisher! Sie wollen nur Ihren Spaß haben, aber das kann Sie teuer zu stehen kommen!«

Nachdem er zur Seite getreten war, ging Wachtmeister Lee zu der angegebenen Stelle und bückte sich.

»Ich glaube, ich kann die Eindrücke erkennen«, sagte er nach einigen Sekunden, aber es klang nicht sehr überzeugend.

»Sie können überhaupt nichts erkennen, Lee«, tobte der Sergeant. »Sie bilden sich das nur ein, weil dieser Nigger behauptet, es seien Spuren da. Kommen Sie, Schluß mit diesem Theater. Wir wollen jetzt das Opfer vernehmen. Sie gehen mit, Elson, damit Sie sich von den Folgen Ihres schäbigen Benehmens selbst überzeugen können. Das gleiche gilt für Sie, Fisher. Vergessen Sie nicht, daß ich Sie zwei auf der Stelle einsperren lassen kann. Diesmal fahre ich nicht nach Broken Hill zurück, ohne einen Gefangenen mitzubringen.«

Der Kookaburra riß weit seinen Schnabel auf und ließ sein spöttisches Gelächter ertönen.

10

Am Tage nach seiner Bekanntschaft mit Sergeant Simone unternahm Bony eine gründliche Inspektion der Bäume entlang des Nogga Creek. Eine leichte Brise bewegte das Laub. Bony war erleichtert darüber. Dadurch würde es der alten Dame mit ihrem Fernglas schwerfallen, zu beobachten, was sich hier in den Bäumen tat. Trotzdem ging er äußerst vorsichtig zu Werke.

Er begann mit dem Baum, auf den der Grenzreiter gestiegen war. Hoch oben fand er einen abgebrochenen Zweig, der nur noch mit einem Streifen Rinde am Ast festhing. Der Zweig war so elastisch, daß ihn auch der stärkste Sturm nicht abgebrochen haben konnte. Ebensowenig konnte es ein Galah oder ein Kakadu gewesen sein, dazu war die Bruchstelle zu breit. Blieb also nur eine Erklärung: Ein Mensch hatte sich hier zu schaffen gemacht.

Bony untersuchte den abgebrochenen Zweig näher. Die Rinde hatte noch ihre sanfte grüne Farbe, und aus der Beschaffenheit des Saftes konnte Bony schließen, daß mindestens zehn Tage vergangen sein mußten, seit dieser Zweig beschädigt worden war. Das bedeutete: Er war bereits abgebrochen gewesen, als Dreyton hinaufkletterte.

Die Frage, was der Grenzreiter auf diesem Baum gesucht hatte, verlangte jetzt energisch nach Antwort. Hatte Dreyton etwas in den Zweigen entdeckt, das ihn zu einer Kletterpartie anregte? Waren es die Krähen gewesen, die auf diesem Buchsbaum gesessen und sich gezankt hatten? Krähen sind neugierige Vögel. Sie stürzen sich sofort auf jeden unbekannten Gegenstand und streiten sich darum. Nach Dreytons Kletterpartie waren sie nicht mehr zu dem Buchsbaum zurückgekehrt, und das legte den Schluß nahe, daß Dreyton den Gegenstand – falls einer vorhanden gewesen war – mitgenommen hatte.

Aber das alles waren Mutmaßungen. Fest stand hingegen, daß jemand auf diesen Baum gestiegen war, bevor Mabel Storrie überfallen wurde.

Wem von den Leuten aus dieser Gegend war es zuzutrauen, daß er auf Bäume stieg? Den Kindern natürlich, denn die Buben und Mädchen von Carie würden nicht anders sein als andere Kinder. Aber bis zum Städtchen war es eine ganze Meile, und so weit würden die Kinder nicht laufen, um ein paar Vogeleier und wilden Honig zu holen. Und auf der Wirragatta-Station und auf der Farm der Storries lebten nur Erwachsene. Auf Wirragatta allerdings arbeiteten zwei junge Männer, die gern nach jungen Galahs suchten.

Bony wollte sich jetzt zunächst vergewissern, ob die Nester der Galahs ausgeraubt waren. Dazu brauchte er weder die Leute aus der Stadt noch die auf der Farm auszufragen.

Überaus sorgfältig untersuchte er von seinem Standplatz aus Ast um Ast und Zweig um Zweig. Schließlich erregte ein Ast des Nachbarbaums sein Interesse. Mühelos kletterte er hinüber.

Vorsichtig kletterte Bony weiter. Nach ungefähr achtzehn Metern gelangte er zu einer größeren Lücke zwischen den Bäumen. Während er langsam nach unten kletterte, stellte er einwandfreie Anzeichen dafür fest, daß dieser Baum wiederholt erstiegen worden war.

Zu Fuß ging Bony im trockenen, tiefliegenden Bachbett zur Straße nach Broken Hill. Hier war er vor jedem Beobachter sicher. Noch volle zwei Stunden kletterte er in den Bäumen herum und stellte immer wieder die gleichen Spuren fest.

Die ganze folgende Woche hindurch setzte Bony seine Klettertouren zu den ungewöhnlichsten Stunden fort. Er kannte nun den Nogga Creek vom Junction Waterhole bis zum Catfish Hole und den Thunder Creek bis kurz vor der Farm der Storries. Die Ergebnisse dieser Untersuchungen waren höchst aufschlußreich für ihn. Besonders die Galahs und ihre Lebensgewohnheiten waren für seine Ermittlungen interessant.

Diese Papageien mit rosa Brust und grauem Rücken bevorzugen Buchsbäume zum Nisten. Viele Jahre lang hatten sie auch die Bäume an den Ufern der beiden Bäche dazu benützt.

Während des Spätsommers, im Herbst und auch im Winter leben diese Vögel in großen Scharen beisammen. Gemeinsam suchen sie in den weiten Ebenen nach Futter und schlafen auf den umstehenden Bäumen. Gegen Ende Juli beginnt dann die Paarungszeit. Ihre schrillen Schreie werden noch schriller und lauter. Sie schlagen gewaltig mit den Flügeln und führen eine regelrechte ›Schau‹ auf, wie etwa der Leierschwanz oder der Pfau. Innerhalb einer Woche haben sich dann die Paare gefundn, und der Schwarm löst sich auf. Während der nun folgenden Werbung werden die Nisthöhlen in den Bäumen zur Aufnahme der Eier gesäubert und hergerichtet.

Zahllose Generationen von Galahs benützen jedes Frühjahr dieselben Nisthöhlen, die oft so tief sind, daß man mit dem Arm kaum den Boden erreicht.

Waren früher die Wildkatzen die einzigen Feinde der jungen Vögel, sind es heute die streunenden Hauskatzen. Aber die Galahs verstehen sich zu schützen. Wenn die Nisthöhlen bereitet werden, entfernen sie die Baumrinde rings um den Eingang sowohl vom Stamm als auch von den umliegenden Ästen. Dann schlagen sie unermüdlich mit ihren Flügeln gegen das nackte Holz, bis es spiegelblank poliert ist. Jetzt findet keine Katze mehr Halt, um sich dem Nest nähern zu können. Diese Arbeit wird jedes Jahr aufs neue getan.

Entlang der Ufer des Nogga und Thunder Creek fand Bony viele Galahnester. Um diese Jahreszeit war die Nistperiode bereits beendet, und die inzwischen flügge gewordenen Jungen mit ihren Eltern in den großen Schwärmen untergetaucht. Bony konnte eindeutig feststellen, daß die Nisthöhlen östlich vom Catfish Hole, entlang des Thunder Creek und Nogga Creek junge Vögel beherbergt hatten. In den Bäumen zwischen Junction Waterhole und Catfish Hole waren derartige Hinweise nicht zu finden. Im Gegenteil – Gras und Federn in den Nisthöhlen waren alt und trocken. Diese Nester schienen seit mindestens zwei Nistperioden nicht mehr benützt worden zu sein. Es war dies jener Abschnitt, wo Bony festgestellt hatte, daß jemand in den Bäumen herumgeklettert war.

Die polierten Stellen rings um die Nisthöhlen waren teilweise schon wieder von Rinde überwuchert. Bony nahm sein Taschenmesser und experimentierte so lange, bis er überzeugt war, daß seit vier Jahren keine Galahs mehr in diesen Bäumen genistet hatten. Ganz gleich, wer auch immer sich hier zu schaffen gemacht hatte – die Vögel waren durch ihn verscheucht worden. Seit vier Jahren! Alice Tindalls Ermordung lag jedoch nur zwei Jahre zurück.

Trotzdem war Bony überzeugt, daß derselbe Mann, der Alice Tindall ermordet und Mabel Storrie schwer verletzt hatte, in diesen Bäumen herumgestiegen war.

Was aber mochte der Grund für eine so seltsame Verhaltensweise sein? Was bewog einen Menschen, auf Bäume zu klettern und sich von Ast zu Ast zu schwingen? Und warum ausgerechnet hier und nicht auch noch an anderen Stellen am Bachufer? Was bezweckte er damit? Er tat es sicherlich nicht, um Spuren am Boden zu vermeiden. Für seine Verbrechen wählte er ohnehin nur solche Nächte, auf die am nächsten Tag ein Sandsturm folgte.

Den einzigen, den Bony sich als Tarzan vorstellen konnte, war der Koch von Wirragatta – Hang-Dog-Jack.

Über diesen Punkt dachte er nach, als er nach Beendigung seines Tagwerks am Bach entlang zur Unterkunft zurückmarschierte. Plötzlich überholte ihn Harry West auf einem temperamentvollen Pferd. Das Tier war in Schweiß gebadet und hatte Schaum vor dem Maul, trotzdem vollführte es noch die wildesten Kapriolen.

»Tag, Joe!« rief Harry. Er sprang vom Pferd, hängte sich die Zügel über den Arm und schritt neben Bony her.

Harry West war jung und hochgewachsen. Er sah gut aus

und stand in dem Ruf, der beste Reiter der Gegend zu sein. Bony hatte schnell herausgefunden, daß Harry all das gut konnte, was ihm Spaß machte. Harry konnte mit dem Kleinkalibergewehr Krähen im Fluge abschießen, und er konnte mit einer Peitsche in die Tischplatte gespießte Nadeln wegschlagen, ohne das darumgestreute Mehl aufzuwirbeln. Aber obwohl er die gesetzlich vorgeschriebene Zeit auf der Schulbank abgesessen hatte, war er nicht imstande, auch nur den einfachsten Brief zu schreiben. Es bereitete ihm keine Schwierigkeit, Hunderte von Schafen zu zählen, die durch einen Laufgang getrieben wurden, aber bei einer einfachen Addition versagte er kläglich. Seiner Meinung nach war jede Arbeit, die man nicht vom Rükken eines Pferdes aus besorgen konnte, entwürdigend. Darum spielte Bony mit dem Gedanken, Harry West von seiner Liste zu streichen.

»Er ist gekommen, Joe«, sagte Harry, und sein gebräuntes Gesicht rötete sich, während er Bony mit dem Ellbogen in die Rippen stieß.

»Wer ist gekommen, Harry?« fragte Bony ruhig.

»Wer? Der Ring natürlich. Er kam mit der Morgenpost.«

»Ah«, murmelte der Inspektor. Er wußte jetzt Bescheid. Kurz nach seiner Ankunft in Wirragatta hatte er Harry West wegen der Beschaffung eines Verlobungsringes beraten müssen. Sie hatten schließlich gemeinsam aus dem Katalog eines Juweliers einen Platinring mit viereckigen Brillanten ausgesucht.

»Ein Prachtstück«, schwärmte Harry. »Wenn sie mir einen Ring mit einem runden Brillanten geschickt hätten, würde ich ihn postwendend zurückgehen lassen. Wirklich eine prima Idee von dir, an einen viereckigen Brillanten zu denken. Ich wußte gar nicht, daß es so was gibt.«

»Man sieht sie nicht so häufig wie die runden, und deshalb riet ich ja auch dazu. Daß es aber ein Platinring sein mußte, war gegen meinen Rat. Hundert Pfund sind viel Geld für einen Ring.«

»Für meine Tilly ist mir nichts zu teuer. Außerdem ist es ein Notgroschen für schlechte Zeiten. Dann können wir ihn ja versetzen.«

»Ich bewundere deine Voraussicht, Harry, aber deinen Pessimismus teile ich nicht. Nachdem ich das Vergnügen hatte, deine Zukünftige kennenzulernen, muß ich allerdings zugeben, daß ein billiger Ring eine Beleidigung für sie gewesen wäre.«

»Vielen Dank, Joe«, sagte Harry. Seine Stimme klang so, als habe man ihm gerade den Ritterschlag erteilt. »Verdammt, wenn ich doch auch so reden könnte wie du.«

»Das macht die Übung, Harry.«

»Ich habe keine Zeit dazu.«

»Unterhalten wir uns über Tilly. Du möchtest sie also heiraten?«

»Aber klar«, erwiderte der junge Mann ohne Zögern. »Gestern hörte ich, daß Alec, unser Obercowboy, sich in Broken Hill zur Ruhe setzen möchte. Er bewohnt eins der Häuschen für die Verheirateten.«

»Aha, das sind die auf der anderen Seite des Flusses? Du glaubst, daß du es bekommen wirst?«

»Ich bin nicht sicher, Joe. Heute morgen habe ich dem Boss angedeutet, daß ich gern heiraten und mich am Wirragatta niederlassen möchte. Natürlich bin ich noch etwas jung, aber wenn der alte Alec weggeht, könnte ich durchaus seine Stelle einnehmen. Möchtest du den Ring mal sehen?«

»Ja, gern.«

Volle zwei Minuten lang bewunderten sie das kostbare Stück, während das Pferd stampfte und ungeduldig an den Zügeln zerrte. Der Preis für den Ring war für einen Farmarbeiter hoch.

»Meinst du, daß er gut genug für sie ist?« fragte Harry skeptisch.

»Aber gewiß. Ein herrlicher Ring. Dann willst du also tatsächlich heiraten und dich hier häuslich niederlassen?«

»Ganz recht – zusammen mit Tilly.«

»Nun, ich glaube nicht, daß du es bereuen wirst.«

Eine Weile schritten sie schweigend nebeneinander her, dann fragte Harry ernst: »Was hältst du nun eigentlich von meinem Mädchen, Joe?«

»Wenn sie lächelt, hat sie nette Grübchen. Es wird an dir liegen, daß sie ihr ganzes Leben lang lächelt. Wie alt warst du eigentlich, als du nach Wirragatta kamst?«

»Siebzehn. Ich bin jetzt reichlich fünf Jahre hier.«

»Dann bist du doch sicher wie die anderen Jungen auf die Bäume am Bach geklettert und hast dir Galaheier geholt?«

»Dazu hatte ich nie Zeit«, antwortete Harry. »Mein Interesse galt nur den Pferden.«

Wieder gingen sie eine Weile schweigend nebeneinander her, bis Bony schließlich sagte: »Als damals die Schwarzen, die hier ihr Lager hatten, plötzlich verschwanden, muß es doch sehr ruhig geworden sein. Wie ich hörte, war dieser Stamm ziemlich groß?«

»Stimmt. Es müssen ungefähr fünfzig Leute gewesen sein. Nachdem dann die arme Alice Tindall ermordet worden war, sind alle verschwunden. Ich kann es ihnen nicht verdenken. Der alte Billy Snowdrop, ihr Häuptling, hatte immer schon angekündigt, daß einmal so etwas passieren würde. Ein ulkiger Kauz. Er behauptete, sein Stamm sei von einem Buschgeist verflucht, der in den Bäumen lebe. Ich traf ihn später einmal wieder, und seine erste Frage war, ob ich etwas von dem Buschgeist gesehen oder gehört hätte, von dem Alice umgebracht worden sei.«

»Interessant«, murmelte Bony.

11

Hang-Dog-Jack schlug auf seinen Triangel und rief die Arbeiter zum Abendessen. Martin Borradale betrat das Büro, wo Donald Dreyton noch über den Büchern saß.

»Ist es nicht Zeit, Schluß zu machen?«

Dreyton blickte lächelnd auf.

»Ja, ich wollte gerade aufhören.« Er langte nach Pfeife und Tabaksbeutel. »Sind die Storries nach Adelaide gefahren?«

»Ja. Ich war gerade mit Stella drüben. Wir haben uns von ihnen verabschiedet. Man hat Mabel recht bequem im Lastwagen untergebracht. Doktor Mulray und ihre Mutter begleiten sie – der Doktor allerdings nur bis Broken Hill. Mabel schien es schon recht gut zu gehen, aber den Schock hat sie natürlich noch nicht überwunden. Mrs. Nelson war recht großzügig zu ihr.«

»Na, Sie haben sich auch nicht gerade geizig gezeigt«, erwiderte Dreyton trocken. »Ich erinnere mich, einen Scheck über hundert Pfund verbucht zu haben.«

»Die Storries werden es nötig haben. Mrs. Nelson hat ihnen ebenfalls hundert Pfund gegeben und Storrie außerdem die fälligen Hypothekenzinsen erlassen. Das alles müßte eigentlich langen, Mabel beste ärztliche Versorgung und Pflege zu sichern. Mulray meint, daß mindestens eine Operation nötig sein wird.«

Borradale schwieg. Dreyton bemerkte, daß sich das Gesicht des Schafzüchters gerötet hatte.

»Hören Sie, Donald, ich habe mit meiner Schwester über Sie gesprochen.«

»Tatsächlich?« ewiderte Dreyton höflich.

»Wir möchten zu gern wissen, warum Sie nicht im Büro arbeiten wollen. An sich geht uns das nichts an, aber andererseits sind wir vielleicht imstande, das, was Sie daran hindert, aus der Welt zu schaffen.«

Martin hatte keine Ähnlichkeit mit seiner Schwester, höchstens in seinen Manieren, und auch seine Augen blickten genauso klar und ruhig wie die von Stella. Dreyton schaute weg, weil er Martins forschendem Blick nicht länger standhalten konnte.

»Ich will ganz offen mit Ihnen reden«, sagte der Schafzüchter, als Dreyton immer noch schwieg. »Allen war ein guter Buchhalter und ein netter Kerl, aber er brachte es nicht fertig, einmal zu vergessen, daß er Buchhalter war – weder bei uns im Haus noch auf dem Tennisplatz. Wir haben Ihre Gesellschaft, die Gespräche mit Ihnen sehr vermißt, Donald.«

Dreyton zog leicht die Brauen hoch, schwieg aber beharrlich.

»Ach, zum Teufel, Sie sind uns ein Rätsel«, rief Martin erregt. »Über alles reden Sie, nur nicht über sich selbst. Sie schlagen eine bequeme Arbeit und ein angenehmes Leben aus, obwohl die Tätigkeit eines Grenzreiters anstrengender ist als die eines Cowboys. Sie müssen das doch inzwischen sattbekommen haben.«

Über Dreytons steinernes Gesicht glitt ein Lächeln. Er stand auf und reckte sich.

»Keineswegs«, erwiderte er. »Ich bin zäh wie Leder und kerngesund. Ich sehe jeden Morgen die Sonne aufgehen, und wenn ich mich am Abend hinlege, kann ich die Sterne betrachten, bevor ich einschlafe. Ich kann lesen und habe genügend Zeit und Ruhe, über das Gelesene nachzudenken. Gewiß, ich vermisse Tennis und gutes Essen und nicht zuletzt Ihre angenehme Gesellschaft, aber ich glaube, Mr. Borradale, bei diesem Leben gewinne ich mehr als ich verliere.«

Man sah es Dreyton an, daß dies seine Überzeugung war.

»Dann wollen Sie also tatsächlich nur vorübergehend im Büro bleiben, Donald?«

»Sie sind wirklich sehr freundlich zu mir, Mr. Borradale. Als ich halbverhungert zu Ihnen kam, gaben Sie mir Brot und Arbeit. Ich muß Ihnen also jetzt undankbar erscheinen. Und deshalb möchte ich einen Punkt richtigstellen: Sie irren, wenn Sie glauben, ich könnte außerhalb des Büros vergessen, daß ich Ihr Angestellter bin. Ich vergesse es nicht einen Augenblick lang. Und Sie und Miss Borradale vergessen es ebenfalls nicht, aber Sie sind zu liebenswürdig, mich das merken zu lassen. Sie sagen, ich sei Ihnen ein Rätsel. Ich kann Ihnen die Lösung dieses Rätsels nicht sagen, aber soviel sollte ich Ihnen vielleicht eingestehen: Das, was Sie besitzen, besaß ich einst ebenfalls, und wenn ich dies alles ständig vor Augen habe, dann reißt das alte Wunden auf.«

»Ich vermutete etwas Ähnliches«, sagte Martin leise. »Aber Sie sollten sich trotzdem nicht unterkriegen lassen.«

»O nein, ich jammere ja auch nicht, Mr. Borradale. Ich wollte Ihnen lediglich mein Verhalten erklären. Draußen in der Einsamkeit fühle ich mich wieder als Mensch, dort kann ich die Vergangenheit vergessen. Draußen bin ich mein eigener Herr und brauche niemanden um etwas zu bitten. Bin ich jedoch mit Ihnen und Miss Borradale zusammen, kann ich nicht umhin, an früher zu denken, und das ist nicht gut, wie Sie selbst zugeben werden. Aber ich freue mich, wenn ich Ihnen durch meine Arbeit im Büro wenigstens vorübergehend behilflich sein kann.«

»Ich danke Ihnen für Ihre Offenheit«, erwiderte Martin und erhob sich. »Jedenfalls sollen Sie wissen, daß Sie Stella und mir sehr sympathisch sind, und falls Sie es sich doch noch überlegen sollten, brauchen Sie es nur anzudeuten. Die Stelle des Buchhalters steht Ihnen jederzeit offen. Übrigens – dieser Joe Fisher will die Wetterberichte einsehen. Ich habe nichts dagegen. Er glaubt, durch ein genaues Studium Dürreperioden und gute Jahre vorhersagen zu können.«

Als Bony wenige Minuten später eintrat, schloß Dreyton gerade die Bücher in den Safe.

»Guten Abend, Mr. Dreyton«, sagte Bony.

»Hallo, Joe! Was kann ich für Sie tun?«

»Mr. Borradale hat mir erlaubt, die Wetterberichte einzusehen.«

»Hier sind sie. Aber Sie wissen ja, wie wertvoll sie für uns sind, und darum muß ich Sie bitten, sie in einwandfreiem Zustand zurückzugeben.«

»Mr. Borradale kann sich auf mich verlassen«, versicherte Bony.

Dreyton blickte auffällig nach der Uhr, aber der Inspektor tat, als bemerke er es nicht.

»Man kann mit ziemlicher Sicherheit Trockenperioden oder starke Regenfälle vorhersagen, wenn man die Ameisen und Vögel und ganz besonders die Papageien beobachtet«, fuhr er fort. »Bei den Galahs habe ich hier eine Eigentümlichkeit entdeckt. Obwohl sie mit absoluter Regelmäßigkeit am Thunder Creek vom Catfish Hole bis hinunter zum Fluß die Bäume zum Nisten benützt haben, mieden sie doch die Bäume am Nogga Creek während der letzten vier Jahre.«

Kein Muskel zuckte in Dreytons Gesicht.

»Tatsächlich?« meinte er gelangweilt, und wie ein Mantel senkte sich die englische Reserviertheit über ihn. »Und worauf führen Sie diesen Umstand zurück?«

»Nun, das ist schwer zu sagen, Mr. Dreyton. Aber es ist so interessant, daß ich es gern herausfinden möchte. Galahs benützen bekanntlich, wie viele andere Vögel, jedes Jahr dieselben Nisthöhlen. Man könnte ihnen ihre Plätze nur dadurch verleiden, indem man systematisch die Eier und die junge Brut ausnimmt. Sammeln Sie eigentlich Vogeleier?«

Dreyton lachte amüsiert. »Natürlich nicht.«

»Oder fangen Sie vielleicht junge Galahs für Ihre Freunde?«

»Aber nein!«

»Nun, dann frage ich mich – Sie entschuldigen meine Neugier –, warum Sie neulich nachmittags am Nogga Creek auf einen Baum geklettert sind.«

»Woher wollen Sie wissen, daß ich auf einen Baum geklettert bin?« Dreytons Frage kam ein wenig zu hastig.

»Die Anzeichen dafür waren unverkennbar. Ich bemerkte auch, daß Sie sich Mühe gegeben haben, nicht von Mrs. Nelson beobachtet zu werden.«

Dreyton schien den Atem anzuhalten.

»Sie sind ein merkwürdiger Mensch, Joe«, sagte er bedächtig, aber mit schneidender Stimme. »Ich glaubte tatsächlich, in diesem Baum etwas entdeckt zu haben. Aber es war nur ein Stück Zeitung.«

»Ein Stück Zeitung – und das hatte die Neugier der Krähen geweckt?« murmelte Bony.

»Ja. Sie machten gewaltigen Lärm und flogen davon, als ich

mich näherte. Aber jetzt seien Sie so nett, Joe, und gehen Sie. Ich bin schon sehr spät dran.«

»Ein Stück Zeitungspapier«, wiederholte Bony, und seine Stimme klang enttäuscht. »Und ich hatte so sehr gehofft, es wäre ein Stück grauer Flanellstoff gewesen, das Sie gefunden haben. Sie wissen schon, an dem abgebrochenen Zweig ...«

Dreyton trat dicht vor Bony hin und musterte ihn scharf.

»Was, zum Teufel, geht es Sie eigentlich an, was ich tue oder lasse? Wollen Sie mich vielleicht erpressen?«

»Nein, ganz bestimmt nicht«, erwiderte Bony ruhig. »Ich bin nun mal von Natur aus neugierig. Ich vermutete gleich, daß die Entdeckung, die Sie in dem Baum machten, sehr interessant gewesen sein muß. Ich frage mich nur, wie dieser Fetzen Stoff – dunkelgrauer Flanellstoff, nicht wahr? – an diesen abgebrochenen Zweig gekommen sein könnte? Die Höhe beträgt immerhin gut neun Meter. Aber wahrscheinlich wollte jemand Vogeleier ausnehmen. Er suchte wohl Galahs, die dort gar nicht nisten.«

»Zweifellos«, sagte Dreyton betont gleichgültig. »Und nun gehen Sie, Joe.«

»Ach ja, natürlich. Entschuldigen Sie, wenn ich Sie aufgehalten habe«, murmelte Bony. »Ich vermute, Sie wollen mir diesen Flanellfetzen nicht zeigen?«

»Da vermuten Sie richtig, Joe. Vergessen Sie die Sache. Sie ist weder für Sie noch für sonst jemanden wichtig. Und wenn Sie glauben, daß ich in den Bäumen nach abgerissenen Stoffetzen suche, überschätzen Sie mich.«

»Sehr schön, Mr. Dreyton. Und vielen Dank für die Wetterberichte. Ich werde sorgfältig damit umgehen. Aber wenn Ihnen der Stoffetzen nochmals in die Hände kommen sollte – er war doch dunkelgrau, nicht wahr?«

»Ja, ganz recht. Aber nun gehen Sie. Ich möchte abschließen.«

In diesem Augenblick klingelte das Telefon. Dreyton fluchte verhalten, während Bony vor sich hin lächelnd zur Veranda schlenderte. An dem abgebrochenen Zweig hatte er einen grauen Faden entdeckt, und Dreytons widerwilliges Eingeständnis bewies, daß sich die Krähen tatsächlich um einen grauen Flanellstoffetzen gezankt hatten.

Er hatte gerade das Ende der Bürobaracke erreicht, als Dreyton ihn zurückrief.

»Hallo, Joe, einen Augenblick!«

Bony kehrte um.

»Wachtmeister Lee möchte mit Ihnen sprechen«, sagte Dreyton schroff. »Aber machen Sie es kurz, bitte.«

Bony nahm den Hörer und meldete sich.

»Sergeant Simone war heute nachmittag auf der Farm von Westall«, erklärte der Wachtmeister. »Gerade ist er zurückgekommen und hat Barry Elson mitgebracht. Er hat ihn verhaftet. Wegen Mordversuchs an Mabel Storrie.«

Als Bony schwieg, rief Lee: »Hallo! Sind Sie noch da?«

»Gewiß, Lee. Ich wundere mich über Simones Vorgehen. Wann will er denn seinen Gefangenen nach Broken Hill bringen – wissen Sie das?«

»Heute abend. Er tankt eben seinen Wagen auf. Elson sitzt in der Zelle, meine Frau macht gerade Tee für ihn.«

»Bringen Sie ihm den Tee?«

»Ja.«

»Dann sagen Sie dem jungen Mann, er soll sich keine Sorgen machen. Ich bin wahrscheinlich heute am Abend bei Ihnen.«

Nachdem er den Hörer aufgelegt hatte, drehte er sich um. Dreyton stand wartend an seinem Schreibtisch.

»Das war Wachtmeister Lee, Mr. Dreyton. Er hat gesagt, daß Sergeant Simone Barry Elson wegen des Überfalls auf Mabel Storrie verhaftet hat.«

»Simone ist ein Riesenkamel«, knurrte Dreyton, und seine Augen funkelten.

»Vielleicht – vielleicht auch nicht. Wenn er mich verhaftet hätte, wäre er auf jeden Fall ein Riesenkamel.«

12

Es war ein Abend in der zweiten Novemberwoche. Mrs. Nelson saß in einem Sessel am äußersten Ende des Balkons. Die kleinen weißen, blaugeäderten Hände lagen untätig auf ihrer Strickarbeit im Schoß. Diese Stunde vor Anbruch der Nacht barg Ruhe und Frieden, doch Mrs. Nelsons Kummer ließ sich nicht beschwichtigen. Die alte Dame war durch die letzten Ereignisse im Innersten beunruhigt.

Im Süden zog sich der Nogga Creek wie ein grünes Band dahin. Jetzt, nach Sonnenuntergang, schien er langsam in den taubengrauen Himmel unterzugehen. Smiths Bäckerei und die

Häuser links vom Hotel waren mit Tupfen aus trübem Rot und Braun übersät. Eine Ziegenherde hatte den Sand aufgewirbelt, der nun als brauner Schleier in der Luft hing. Er hüllte Opa Littlejohn ein, der sich aufgeregt mit Mr. Weaver unterhielt, ebenso die spielenden Kinder und die ungewöhnlich große Anzahl schwatzender Frauen. Er hüllte Bony und Wachtmeister Lee ein, die vor der Polizeistation standen.

Was war das für ein Nachmittag gewesen! Die kleine Frau auf dem Balkon fühlte sich ganz erschöpft. Sie hatte beobachtet, wie Sergeant Simone auf der Straße nach Allambee verschwunden war. Zwei Stunden lang hatte sie sich den Kopf zerbrochen, was das zu bedeuten habe. Schließlich war der Wagen zurückgekommen, und neben dem Sergeanten hatte Barry Elson gesessen.

Und dann war dieser alte Narr, Opa Littlejohn, zur Polizeistation gehumpelt, aber anstatt ihr augenblicklich Bericht zu erstatten, hatte er nur herumgegafft. Mrs. Nelson wollte gerade James hinüberschicken und ihn nachsehen lassen, was eigentlich los war, als Sergeant Simone wieder auf die Straße gefahren kam und vor der Benzinzapfsäule am Kaufhaus anhielt.

Danach hatte der Wagen dann eine geschlagene Stunde lang vor der Polizeistation gestanden, während sich der unsympathische Kriminalbeamte mit Wachtmeister Lee unterhielt. Die sonst so leere Straße war bevölkert. Unbeweglich starrten die Leute hinüber zum Gefängnis, das Mrs. Nelson von ihrem Balkon aus allerdings nicht sehen konnte.

Schließlich war dann der Sergeant mit Barry Elson erschienen. Beide waren in den Wagen gestiegen und auf der Straße nach Broken Hill davongefahren.

Tilly kam auf den Balkon und berichtete mit gedämpfter Stimme, was die alte Dame längst vermutet hatte. Tillys erleichterter Gesichtsausdruck verriet es, und auch den Leuten auf der Straße sah man es an. Die Angst vor dem Würger war den Bewohnern von Carie genommen.

Um halb acht war dann dieser fremde Mischling, der draußen auf der Wirragatta-Station arbeitete, aufgetaucht und zur Polizeistation gegangen, wo er sich nun schon eine halbe Stunde aufhielt. Was tat er da? Worüber mochte er sich mit Lee unterhalten? Mrs. Nelson schickte nach James, und James erhielt sehr bestimmte Anweisungen.

Mrs. Nelsons Antipathie gegen Simone war weniger auf dessen Beruf zurückzuführen als vielmehr auf seine hartnäckige Weigerung, sie über den Stand der Ermittlungen zu unterrichten. Donald Dreyton mochte sie ebenfalls nicht, weil er ebenso schweigsam war wie Simone. Sie wußte nichts über seine Vergangenheit, und das ärgerte sie. Besonders erbost aber war sie über diesen Joe Fisher, denn bisher war es ihr nicht nur unmöglich gewesen, etwas über ihn herauszubekommen – er war auch noch nicht einmal ins Hotel gekommen, um bei einem Drink mit James zu schwatzen.

Die Blaubuschebene wechselte erneut ihre Farbe, verblaßte langsam von Orangerot zu Dunkelgrau. In den Hinterhöfen stritten sich die Hennen gackernd um die besten Schlafplätze. Mr. Smith setzte sich auf die Stufen vor seinen Bäckerladen, und Opa Littlejohn machte es sich auf einer Kiste vor dem Haus seines Sohnes bequem. Bony verließ die Polizeistation und ging hinüber zum Hotel. Mrs. Nelson lehnte sich erleichtert zurück, um ihren Besucher zu erwarten.

Die Dunkelheit sank jetzt vollends herab, und Erde und Himmel schienen ineinander überzugehen. Während sich die Ebene mit dem Schleier der Nacht überzog, wurde es im Städtchen immer stiller. Einer nach dem anderen verschwand von der Straße, und in den Häusern flammten die Lichter auf.

Ein gestärktes Kleid raschelte, und Tilly erschien.

»Mr. Fisher, Madam«, meldete Tilly.

»Es war sehr freundlich von Ihnen, mich einzuladen, Mrs. Nelson«, sagte Bony.

Die Augen der alten Dame blitzten interessiert auf. Die sanfte, angenehme Stimme des Mischlings setzte sie in ziemliches Erstaunen.

»Ich möchte alle meine Gäste persönlich kennenlernen. Tilly wird Ihnen einen Stuhl bringen, wenn Sie Lust haben, sich ein paar Minuten mit einer einsamen alten Frau zu unterhalten.«

»Nichts würde mir mehr Vergnügen bereiten. Aber gestatten Sie, daß ich mir den Stuhl selbst hole?«

Bony wandte sich um und nahm Tilly den Stuhl ab, den sie aus dem Wohnzimmer heranbrachte. Als James ihm diese Einladung überbracht hatte, war er sehr neugierig gewesen.

»Ich hörte, Mr. Fisher, daß Sie in der Nacht, in der Barry Elson um ein Haar die arme Mabel Storrie umgebracht hätte, am Catfish Hole kampierten? Wußten Sie eigentlich von den Verbrechen, die sich schon früher hier ereignet haben?«

»Ja. Aber für meine Person fürchtete ich nichts. Wer würde sich schon an einem armen Mischling vergreifen? Ich nehme an, daß Sie ebenso wie alle anderen erleichtert sind, daß man diesen Elson endlich erwischt hat?«

»Selbstverständlich bin ich erleichtert. Nun können wir wenigsten wieder ruhig schlafen. Wo kommen Sie eigentlich her?«

Diese Frage hatte Bony erwartet. »Ich arbeitete einige Jahre in Barrakee am Darling River, und vorher weiter oben am Fluß bei Bourke. Ich wurde nördlich von Bourke geboren, aber dann bin ich vom Darling weggegangen, um meiner sehr anhänglichen Stammesverwandtschaft zu entfliehen. Hier in dieser Gegend bin ich zum erstenmal.«

»Nach Ihrer Sprache zu urteilen, scheinen Sie eine gute Erziehung zu haben.«

»Ja, die verdanke ich einem Mr. Whitelow.«

»Ist das ihr Vater?«

»Die Frage kann ich leider nicht beantworten, Madam. Es war, glaube ich, Shakespeare, der einmal schrieb, daß auch der Weiseste nicht mit Sicherheit sagen könne, wer sein Vater sei.«

Nach einer kurzen Pause sagte Mrs. Nelson: »Sie sind zynisch, Mr. Fisher. Ich mag zynische Menschen nicht.«

»Entschuldigen Sie, Mrs. Nelson. Glauben Sie übrigens im Ernst, daß Barry Elson seine Freundin überfallen hat?«

»Wer soll es denn sonst gewesen sein? Ich habe schon einige Zeit darüber nachgedacht. Der junge Mann gefiel mir nie so recht, aber bis heute hätte ich ihm diese schrecklichen Verbrechen natürlich nicht zugetraut. Ich nehme an, Sergeant Simone hat Sie ebenfalls streng ins Gebet genommen?«

»Streng ist die richtige Bezeichnung«, gab Bony mit leisem Lachen zu. Zu gern hätte er das Gesicht der alten Frau erkannt, aber in der Dunkelheit sah er lediglich das Aufblitzen der goldenen Knöpfe an der schwarzen Seidenbluse, wenn das Licht vom Hoteleingang darauf fiel.

Mrs. Nelson wartete, daß Bony fortfahren würde, aber als er schwieg, sagte sie: »Mit Wachtmeister Lee scheinen Sie ja sehr viel besser auszukommen. Was hält er denn von Elsons Verhaftung?«

»Lee ist ein viel zu guter Polizeibeamter, als daß er mir sagen würde, was er denkt.«

»Na, ich weiß nicht«, entgegnete die alte Dame skeptisch.

»Lee ist ein großer Junge, aber er hat einen besseren Charakter als Sergeant Simone. Lees Devise lautet: Laßt ihr mich in Ruhe, laß ich euch in Ruhe. Simone hat mir gesagt, daß Lee hier zu bekannt sei und er deshalb seine Versetzung für ratsam halte.«

»Tatsächlich!«

»Jawohl. Aber da hat der Herr Sergeant einiges von mir zu hören bekommen. Bei Gelegenheit können Sie Lee einmal wissen lassen, daß er sich keine Sorgen zu machen braucht. Er und seine Frau haben nämlich Angst vor einer Versetzung. Was sollte auch schließlich aus Mrs. Lees alten Eltern werden? Aber erwähnen Sie das nur beiläufig, Lee braucht nicht zu wissen, daß ich Sie darum gebeten habe.«

»Ich verstehe«, erwiderte Bony. Aus dem angeblich geschlossenen Schankraum drangen das Klingeln der Registrierkasse und Stimmengemurmel herauf. Anscheinend feierten die Leute das Verschwinden von Sergeant Simone oder die Verhaftung von Barry Elson. Lee schien tatsächlich beide Augen fest zuzudrücken.

»Also«, fuhr Mrs. Nelson fort, »ich sagte Sergeant Simone gestern abend, als er hier auf meinem Balkon saß: ›Simone!‹ sagte ich, ›wie alle Diener der Öffentlichkeit haben Sie ziemliche Chefallüren. Aber ich alte Frau könnte Sie zerbrechen wie einen Strohhalm. Mir gehört nämlich der Hauptanteil an der ›Sydney Post‹, und ich brauche nur einen Reporter herkommen zu lassen und ihm zu erzählen, wie jämmerlich Sie bei der Aufklärung des Mordes an Alice Tindall versagt haben und dadurch praktisch verantwortlich sind für den Tod von Frank Marsh. Man würde Sie auslachen in Neusüdwales, und dann würde man Sie zum Teufel jagen. Sie sehen also, daß Sie mich noch nicht kennen. Von jetzt an merken Sie sich: Der Boss in diesem Bezirk bin ich!‹«

Bony lachte. Dann blieb es eine längere Zeit still.

13

Der folgende Tag war ein Sonntag. Kein Lüftchen wehte, aber der Himmel war mit einem opalisierenden Weiß überzogen, das ahnen ließ, daß in wenigen Tagen ein Sandsturm kommen würde.

Auf den Farmen ist es sonntags ruhig, besonders am Nachmittag. Selbst die Vögel scheinen den Tag des Herrn zu respektieren.

Den Vormittag hatten Bony und die übrigen Farmarbeiter damit verbracht, Wäsche zu waschen und sich die Haare zu schneiden. Und obwohl Hang-Dog-Jack wiederholt erklärt hatte, daß er am Sonntag nichts vom Essenkochen halte, servierte er dann doch das Mittagsmahl, allerdings mit einer Miene, als schulde man ihm dafür tiefen Dank.

Nachmittagstee gab es für die Arbeiter jedoch nicht. Bony kochte ihn deshalb selbst und teilte ihn mit Bill the Cobbler und Young-and-Jackson. Danach nahm er die Wetterberichte, seinen Schreibblock und einen Bleistift, überquerte den Fluß und ging zur Hütte der Grenzreiter.

Es war eine kleine Wellblechhütte, aber glücklicherweise befand sich gegenüber der Tür ein Schiebefenster, so daß ein kühler Luftzug wehte. Vor dem Fenster stand ein roher Tisch, und an den beiden Schmalseiten war je eine Koje angebracht. Als Sitz diente eine leere Kiste. Bony fand, daß diese Hütte, die lediglich von den beiden Grenzreitern während ihrer kurzen Anwesenheit benützt wurde, ein ideales Refugium darstellte.

Er machte sich an das Studium der Wetterberichte. Es waren hundertzwanzig, und zwar die Duplikate der jeden Monat an das Staatliche Wetteramt einzureichenden Formulare. Zu den Pflichten des Buchhalters gehörte es, täglich die nötigen Eintragungen vorzunehmen. An Hand dieser Unterlagen fertigte sich Bony eine graphische Darstellung über die Häufigkeit der Sandstürme an. Wie erwartet, stieg die Kurve Ende Oktober und Anfang November am höchsten an. Außerdem gab es noch deutliche Zacken im September, im März und im Februar.

Die drei Verbrechen, mit deren Aufklärung Bony beschäftigt war, geschahen in den Nächten vom 10. zum 11. November, vom 17. zum 18. März, und schließlich in der Nacht vom 30. auf den 31. Oktober, und zwar innerhalb eines Zeitraumes von vierundzwanzig Monaten.

Stets hatte ein orkanartiger Sturm geweht. Bony war jetzt mehr als zuvor davon überzeugt, daß der Würger durch einen Zufall seine Opfer gefunden hatte. Wahrscheinlich war er Hunderte von Malen bei einem Sandsturm unterwegs gewesen, bis er schließlich auf ein Opfer stieß.

Andrerseits hätte er natürlich durchaus gewußt haben können, daß sein Opfer zu einer ganz bestimmten Zeit einen ganz bestimmten Weg nehmen würde. Schließlich hatte jeder gewußt, daß Alice Tindall den bewußten Abend in der Küche der Wirragatta-Station verbrachte und zu ihrem Lager am Junction Waterhole zurückgehen würde. Auch Frank Marshs Anwesenheit in Carie war bekannt gewesen, ebenso wie die Tatsache, daß er zu den Storries zurückkehren würde, bei denen er arbeitete.

Es war ebenfalls kein Geheimnis gewesen, daß Mabel Storrie den Ball in Carie besuchte. Ihr Fall lag hingegen anders – sie war von ihrem Bruder ins Städtchen gebracht worden, und daß er sie nicht zurückfahren würde, war ein Umstand, den niemand hatte voraussehen können, ebensowenig wie die Tatsache, daß sie sich auf halbem Weg von ihrem Freund trennte und allein weiterging.

Sergeant Simone mochte Gründe für Elsons Verhaftung haben, aber Bony erschienen sie unzureichend. Er war überzeugt, daß sich die jungen Leute tatsächlich getrennt hatten und Elson allein ins Hotel zurückgekehrt war.

Vorsätzlicher Mord? Zufällige Opfer? Bony erwog beides. Angenommen, jemand hatte gewußt, daß Alice Tindall spät am Abend von der Schafstation zu dem Eingeborenenlager zurückging. Die Wetterbedingungen versprachen für den nächsten Tag einen Sandsturm. Außerdem war bekannt, daß sich Alice Tindall auf dem Heimweg nie begleiten ließ. Ihre Ermordung könnte also durchaus geplant worden sein. Das gleiche galt für Frank Marsh. In Mabel Storries Fall jedoch mußte es sich um reinen Zufall handeln. Und man konnte hier die Möglichkeit nicht außer acht lassen, daß sie von einem Menschen überfallen worden war, der den Würger lediglich zu imitieren versucht hatte. Aber beide Mädchen – Alice Tindall und Mabel Storrie – waren von einem Baum aus angefallen worden, und das legte wiederum den Schluß nahe, daß für diese beiden Verbrechen derselbe Täter verantwortlich war. Frank Marsh hingegen war fast eine Meile vom nächsten Baum entfernt in der Nähe des Gemeindezaunes ermordet worden.

Gewiß, hierzu konnte man einwenden, daß Marshs Leiche zwar in der Nähe des Gemeindezaunes gelegen hatte, aber daß dies nicht zu besagen brauchte, daß er auch tatsächlich dort ermordet worden war.

Bony befaßte sich noch einmal mit den ersten beiden Verbrechen. Das Wetter hatte die meisten Leute damals im Haus gehalten. Wenn man unterstellte, daß der Mörder über die Schritte seiner Opfer unterrichtet gewesen war, mußte er kurz vor der Ermordung Alice Tindalls auf der Wirragatta-Station und kurz vor der Ermordung Frank Marshs in Carie oder bei den Storries gewesen sein.

Dies war ein wichtiger Punkt. Diejenige Person, die sich beide Male zu den entsprechenden Zeitpunkten an den entsprechenden Orten aufgehalten hatte, mußte verdächtig erscheinen.

Vor der Hütte ließ eine Bachstelze ihren schrillen Warnruf ertönen. Bony wußte also, daß sich jemand näherte. Rasch sammelte er die Wetterberichte zusammen und schob sie in einen braunen Umschlag, als auch schon Stella Borradale in der Tür erschien. Bony hatte sich erhoben. Ihr Blick wanderte von ihm zum Tisch.

»Störe ich?« fragte sie höflich.

»Eine Störung kann manchmal durchaus angenehm sein«, erwiderte er lächelnd. »Kann ich etwas für Sie tun?«

»Ich sah, wie Sie vor einer Stunde weggingen, und da vermutete ich gleich, daß Sie hier Ihr Büro aufgeschlagen haben könnten. Ich habe Ihnen etwas auszurichten.«

»Wollen Sie Platz nehmen?« Bony rückte die Kiste zurecht.

Stella setzte sich. »Ich habe einen langen Brief von Marion Trench bekommen. Ich soll Sie von ihr, von ihrem Mann und Mr. Stanton herzlich grüßen. Ich hoffe, Sie nehmen es mir nicht übel, daß ich Marion von Ihrer Anwesenheit bei uns berichtete?«

»Aber keineswegs – wenn Sie darauf hingewiesen haben, daß ich inkognito hier bin. Ich denke gern an die Zeit in Windee zurück. Es war mein bisher größter Erfolg.«

»Darf ich fragen, warum Sie trotz der Verhaftung Barry Elsons mit Ihren Ermittlungen fortfahren?« fragte sie impulsiv.

Bonys Gesicht verschloß sich sofort.

»Verlangen Sie von einem Zauberkünstler, daß er seine

Tricks verrät?« erwiderte er schließlich lächelnd. »Aber ich will Ihre Frage trotzdem beantworten. Allerdings streng vertraulich. Ich bin ziemlich sicher, daß Barry Elson seine Freundin nicht überfallen hat.«

»Ich bin absolut sicher, daß er es nicht war«, rief sie heftig. »Aber hätten Sie denn diese Verhaftung nicht verhindern können?«

»Gewiß.«

»Und warum taten Sie es nicht? Bedenken Sie doch, wie diesem armen, unschuldigen Menschen zumute sein muß.«

»Barry Elson hat mir eingestanden, wie gemein es von ihm gewesen sei, Mabel Storrie allein nach Hause gehen zu lassen, besonders, da dieser Würger sein Unwesen treibt. Er muß seine Lektion lernen, und außerdem hat er so vielleicht Gelegenheit, sich vor den Storries und allen anderen zu rehabilitieren. Es tut mir leid, daß ich Ihnen im Augenblick nicht mehr sagen kann.«

»Können Sie meine Neugier wenigstens insofern befriedigen, indem Sie mir sagen, wie Sie mit Ihren Ermittlungen vorankommen? Wir scheinen ja beide der Meinung zu sein, daß der Würger noch auf freiem Fuß ist. Manchmal, besonders nachts, habe ich schreckliche Angst. Man weiß doch nie, wann dieses Ungeheuer wieder zuschlagen wird.«

»Ich kann Ihnen versichern, daß ich nicht eher nach Brisbane zurückkehre, bis ich den Mörder dingfest gemacht habe. Würden Sie mich bei meiner Arbeit unterstützen, indem Sie mir einige Fragen ganz offen beantworten? Streng vertraulich, natürlich.«

»Aber gewiß.«

»Es ist zwar nicht unbedingt notwendig, aber doch sehr nützlich, wenn die Leute auch weiterhin nicht erfahren, wer ich bin«, begann Bony. »Kein Mensch zeigt sich einem Polizeibeamten gegenüber, der Ermittlungen führt, unbefangen. Ich weiß nicht, weshalb das so ist – aber es ist nun einmal so. Sie haben also außer Mrs. Trench niemandem gesagt, daß ich –«

»Darauf habe ich Ihnen mein Wort gegeben.«

»Richtig. Entschuldigen Sie meine dumme Frage, Miss Borradale. Darf ich nun beginnen? Niemand wird uns stören. Ich habe einen Wachtposten vor der Tür.«

»Einen Wachtposten?«

»Eine Bachstelze. Sie verriet mir auch, daß Sie kamen. Nun zu meiner ersten Frage. Bitte vergegenwärtigen Sie sich doch noch einmal jenen Abend, an dem Alice Tindall ermordet wurde. Waren Sie und Ihr Bruder zu Hause?«

»Ja. Ich erinnere mich ganz genau.«

»Alice Tindall verließ das Haus kurz nach elf, um zum Eingeborenenlager zurückzugehen, ja?«

»Die genaue Zeit wurde ein für allemal von Sergeant Simone festgehalten«, erwiderte Stella. »Fünfundzwanzig Minuten nach elf. Es war ein schrecklicher Tag gewesen. Gegen neun Uhr kam auch noch ein Gewitter, und darum blieb Alice bei der Köchin, bis das Gewitter vorbei war, bei dem jedoch kein Regen fiel.«

»Befanden sich zu diesem Zeitpunkt Besucher auf Wirragatta?«

»Nein, niemand.«

»Sie können sich wahrscheinlich nicht mehr erinnern, wer alles damals bei Ihnen gearbeitet hat?«

»Nicht an alle. Hang-Dog-Jack war natürlich hier und Harry West und Young-and-Jackson. Mr. Dreyton arbeitete gerade vorübergehend im Büro.«

»Ach richtig! Mr. Dreyton ist ein sehr gebildeter Mann. Er erinnert mich immer irgendwie an Mr. Trench in Windee.«

»Oh! Wieso denn?«

»Als ich Mr. Trench kennenlernte, fing er Kaninchen und schoß Känguruhs. Wie Sie wissen, ist dies keine Beschäftigung für einen Mann von Stand und Bildung. Mr. Trench war damals ein ziemliches Rätsel für mich, und ich glaube, keinen Vertrauensbruch zu begehen, wenn ich Ihnen sage, warum er zum Fellesammler wurde: Mr. Stanton hatte zur Bedingung gemacht, daß Mr. Trench seine Tochter nur heiraten dürfe, wenn er sich vorher zwei Jahre lang bei härtester Arbeit bewähre. Zwischen Mr. Trench und Mr. Dreyton scheinen mir gewisse Parallelen zu bestehen. Beide sind Gentlemen, beide in England geboren. Können Sie mir verraten, warum es Mr. Dreyton vorzieht, am Grenzzaun zu arbeiten statt im Büro?«

Diese direkte Frage unmittelbar nach der Schilderung von Trenchs Motiv für seine Fellsammlertätigkeit ließ Stellas Atem stocken. Sie konnte nicht verhindern, daß ihr die Röte ins Gesicht schoß, und Bony hatte das Gefühl, sehr taktlos gewesen zu sein.

»Zwischen mir und Dreyton ist nichts. Weder mein Bruder noch ich wissen, warum Dreyton die Arbeit am Grenzzaun vorzieht. Wir haben lediglich eine Vermutung. Wir wollten ihn hier in unserer Nähe haben, weil er so gut Tennis spielt und Bridge. Neulich versuchte mein Bruder ihn erneut zu überreden, den Posten des Buchhalters für dauernd zu übernehmen, aber Dreyton erklärte, dieses Zusammenleben mit uns würde alte Wunden bei ihm aufreißen. Er hat selbst Besitz gehabt, bevor er nach Australien kam.«

Bony saß reglos. Abwesend starrte er aus dem Fenster.

»Glauben Sie mir vielleicht nicht?« fragte Stella kühl.

»Ah – natürlich, Miss Borradale. Ich fürchte, ich bin unhöflich. Aber das bin ich immer, wenn ich nachdenke. Ich wollte noch über Frank Marsh mit Ihnen sprechen. Erinnern Sie sich an den Abend, als er ermordet wurde?«

»Selbstverständlich. Sergeant Simone hat uns so oft darüber verhört, daß wir alle Einzelheiten unser Leben lang im Gedächtnis behalten werden.«

»Dann muß ich dem Mann ja direkt dankbar sein«, erwiderte Bony lachend. »Sagen Sie mir bitte – wer schlief in jener Nacht hier im Haus, außer der Köchin und den Mädchen?«

»Nur mein Bruder und ich. Mr. Allen, unser ehemaliger Buchhalter, bewohnte das Zimmer in der Bürobaracke.«

»Und es waren keine Besucher hier?«

»Nein.«

»Damals arbeitete Mr. Dreyton als Grenzreiter. War er zu dem Zeitpunkt vielleicht gerade auf der Station?«

»Ja. Er schlief hier in dieser Hütte.«

»Beide Male waren also keine Besucher im Haus. Sind Sie an dem Abend, als Marsh ums Leben kam, aus gewesen?«

»Nein. Es war eine scheußliche Nacht.«

»Haben Sie Bridge gespielt?«

»Nein. Mein Bruder verbrachte einen Teil des Abends drüben bei den Storries wegen einiger Schafkäufe.«

»Können sie mir sagen, was Mr. Dreyton an diesem Abend tat?«

»Ja. Ich weiß es dank Simones Verhören. Mr. Dreyton war in Carie. Er hat mit Doktor Mulray Schach gespielt. Aber hören Sie – Sie glauben doch nicht, daß Dreyton –«

»Sie vermuten, daß ich Mr. Borradale oder Mr. Dreyton verdächtige? Aber ich bitte Sie! Keiner der beiden würde doch ohne Motiv morden! Außerdem können Sie mir gewiß sagen, um welche Zeit sie nach Wirragatta zurückgekommen sind. Zumindest, was Ihren Bruder betrifft.«

»Er kam kurz vor zehn zurück. Er hatte sich den ganzen Tag über nicht wohlgefühlt und ging sofort zu Bett.«

»Ich habe natürlich meine Gründe für all diese Fragen, Miss Borradale. Sehen Sie, ich habe ein Mosaik zusammenzusetzen, und jede Antwort bedeutet für mich vielleicht ein neues Steinchen. Darf ich einmal ganz offen mit Ihnen reden?«

Stella verstand hinterher selbst nicht, warum sie nicht ihre angeborene Zurückhaltung gewahrt hatte und ihn statt dessen bat, ganz offen zu sein.

»Ich kann nicht glauben, daß Mr. Dreyton nur deshalb als Grenzreiter arbeitet, weil ihn Ihr komfortables Leben an seine früheren Verhältnisse erinnert. Ebenso zweifelhaft scheint es mir, daß Ihr Bruder ihn nur hierhaben möchte, weil der Mann gebildet und ein guter Gesellschafter ist.«

»Dasselbe habe ich mir auch schon gesagt«, erwiderte Stella rasch, weil sie erneut Angst bekam, ihre wahren Gefühle zu verraten. »Manchmal habe ich den Eindruck, daß meinem Bruder die Verantwortung für die große Schafstation zuviel wird, und daß er seine Sorgen und Probleme gern mit Mr. Dreyton diskutieren möchte. Dreyton ist zwar nur wenige Jahre älter als Martin, aber er hat viel größere Erfahrung. Martin kommt in mancher Hinsicht auf unsere Mutter heraus. Unser Vater war härter und geschäftstüchtiger.«

»Hm! Ich kann mir vorstellen, daß es nicht einfach ist, Wirragatta zu verwalten. Und außerdem muß man ja bedenken, daß Ihr Bruder praktisch von der Schulbank weg mit dieser schweren Aufgabe betraut wurde, ohne sich vorher die Hörner abstoßen zu können, wie der Volksmund so schön sagt.«

»Wenn Sie die von Dreyton angegebenen Gründe nicht akzeptieren, was ist dann Ihrer Meinung nach sein wahres Motiv für seine hartnäckige Weigerung, hier mit uns zusammenzuleben?«

Die Frage sollte gleichgültig klingen, aber Bony spürte die verhaltene Erregung dahinter.

»Ich möchte nicht versuchen, Ihnen eine Antwort darauf zu geben, Miss Borradale. Vielleicht benimmt sich Mr. Dreyton lediglich sehr dumm.«

14

Nachdenklich kehrte Bony durch das ausgetrocknete Flußbett ins Männerquartier zurück. Seine Unterhaltung mit Stella Borradale hatte verschiedene Tatsachen ans Licht gebracht. Aber nur eine schien im Hinblick auf seine Ermittlungen wichtig: Donald Dreyton hatte gewußt, daß Alice Tindall zum Eingeborenenlager gehen würde. Was Frank Marsh betraf, war es dasselbe.

Das gleiche galt für Martin Borradale und sicherlich auch noch für andere. Fest stand, daß die Verbrecherserie kurz nach Dreytons Eintreffen auf Wirragatta begonnen hatte. Er war es auch, der auf Bäume kletterte und Stoffetzen herunterholte und aus mysteriösen Gründen als Grenzreiter arbeitete.

Trotzdem war es schwer, Dreyton derartige Verbrechen zu unterstellen. Und genausowenig mochte man sie Martin Borradale, Harry West oder Bill the Cobbler zutrauen. Selbst hinter der rauhen Schale von Hang-Dog-Jack hatte Bony einen sympathischen Kern entdeckt. Keiner der Männer entsprach dem Bild, das er sich von dem würgenden Ungeheuer gemacht hatte. Trotzdem kehrten seine Gedanken immer wieder zu Dreyton zurück. Der Mann schien mehr zu wissen, als er zugab.

Als Bony den Speiseraum betrat, war eine erregte Diskussion im Gange.

»Simone hat Barry Elson doch festgenommen«, warf Bill the Cobbler ein.

»Du bist ein größerer Esel als ich dachte, wenn du glaubst, daß Barry Elson der Würger ist«, fuhr Harry ihn an.

»Wir glauben es ja gar nicht. Jeder, der einen Funken Verstand besitzt, glaubt es nicht«, meinte Young-and-Jackson. »Hat Simone nicht auch Hang-Dog-Jack auf den Kopf zugesagt, es sei der Mörder von Alice Tindall?«

»Vielleicht hat er da sogar mal die Wahrheit gesagt, ohne es selbst zu wissen«, brummte Harry, duckte sich aber sofort, als ein Hammelknochen dicht an seinem Kopf vorbeisauste.

»Solltest du noch einmal behaupten, ich hätte etwas mit diesen Verbrechen zu tun, mache ich Mus aus dir, Harry West«, fuhr ihn der Koch an. Mit wutverzerrtem Gesicht stand er am Tischende, und seine behaarten Hände öffneten und schlossen sich vor Zorn.

»Wenn ich alles für bare Münze nehmen würde, was der Sergeant sagt, könnte ich nachts nicht mehr schlafen«, sagte Bony beschwichtigend. »Mich hat er auch sofort verdächtigt. Ich wundere mich nur, daß er Elson und nicht mich verhaftet hat. Also – regen wir uns doch nicht über das auf, was der Sergeant sagt. Harry, setz dich hin.«

Sein ruhiger Ton blieb nicht ohne Wirkung. Harry setzte sich wieder, und der Koch kehrte an seinen Serviertisch zurück. Die Mahlzeit ging schweigend zu Ende.

»Du hättest das vorhin nicht sagen sollen«, tadelte Bony Harry West, als sie gemeinsam zum Männerquartier gingen. »Wenn Hang-Dog-Jack derartig in Rage gerät, könnte leicht einmal ein Unheil passieren. Wenn er dich richtig in die Finger bekommt, bist du verloren.«

»Es war unüberlegt von mir«, murmelte der junge Mann betreten. »Es hat mich eben geärgert. Ach was, Hang-Dog-Jack ist gar nicht so übel. Ich werde mich bei ihm entschuldigen. Niemand kann schließlich was dafür, wie er aussieht.«

»Sich zu entschuldigen – dazu gehört Mut«, meinte Bony und blickte Harry an, über dessen Gesicht ein Grinsen glitt.

»Bei Hang-Dog-Jack gehört bestimmt Mut dazu. Gehst du heute abend in die Stadt?«

»Ja«, erwiderte Bony. »Ich versprach Doktor Mulray, mit ihm Schach zu spielen.«

»Und wann gehst du los?«

»Gleich nach Sonnenuntergang.«

»Prima. Dann können wir uns später treffen. Ich habe keine Lust, in der Dunkelheit allein zurückzulaufen.«

»Fein!« Bony nickte, und Harry machte kehrt, um in die Küche zurückzugehen und zu beweisen, daß er Mut hatte.

Abends machten sich Bony und Harry West auf den Weg nach Carie. Als sie am Junction Waterhole vorüberkamen, blieb Bony unter einem der riesigen Rotgummibäume stehen. Eine sanfte Ostbrise kräuselte die Wasseroberfläche.

»Hier hat man also die arme Alice gefunden, nicht wahr?« fragte Bony.

Harry West zuckte die Achseln.

»Ja«, erwiderte er und fügte rasch hinzu: »Komm, Joe. Diese Stelle hasse ich sogar bei Tageslicht.«

»Aber es ist doch wunderschön hier«, entgegnete Bony. »Das muß ein wunderbarer Lagerplatz für die Schwarzen gewesen sein. Kühles, köstliches Wasser – selbst jetzt, wo der Sommer kommt. Und Schatten! Schatten von diesen Bäumen, die schon wuchsen, bevor Dampier Australien erblickte. Hier haben die Eingeborenen geliebt und gekämpft, gesungen und Feste gefeiert – Jahr um Jahr. Hier, rings um dieses Wasserloch.«

»Ach, komm schon!« drängte Harry. »Wir können uns doch auch auf dem Weg unterhalten. Ganz recht, hier waren immer Schwarze, bevor Alice Tindall umgebracht wurde. Aber nachdem Simone sie so fertiggemacht hatte, wagte sich keiner mehr in die Nähe. Ich kann es ihnen nicht verdenken.«

»Sie war ein hübsches Mädchen?« fragte Bony, während sie über die Blaubuschebene marschierten.

»Allerdings. Ein Mischling, wie du weißt. Der alte Dogger Smith – du hast ihn noch nicht kennengelernt – erzählte mir, daß sie bei der Geburt weiß war und erst mit zwölf Jahren dunkel zu werden begann. Sie war hübsch! Ach was – ganz entzükkend war sie!«

»Wie alt war sie, als –«

»Noch nicht ganz achtzehn. Ein Prachtmädchen. Sie hatte blaue Augen, noch etwas heller als deine, Joe. Und langes, glattes Haar, das ihr bis auf den Rücken hing. Ihre Haut war gar nicht so sehr dunkel. Miss Borradale interessierte sich immer sehr für sie. Sie wollte sie gern als Mädchen zu sich nehmen, aber Alice wollte nicht. Miss Borradale nahm ihr das nicht übel, sie lud sie immer wieder ein, die Mädchen im Gutshaus zu besuchen. Sie schenkte ihr sogar Kleider und ist oft mit ihr im Wagen weggefahren. Es war vor allem Miss Borradales Verdienst, daß Alice sich so prächtig entwickelte. Natürlich waren alle Männer hinter ihr her, aber Alice ließ sich mit keinem ein, ob er weiß war oder schwarz. Ich war selbst ein bißchen verliebt in sie und gab mir mächtige Mühe, aber es war aussichtslos. Dogger Smith erzählte mir, man habe sie damals, als sie noch ein Baby war, von ihrem Stamm wegnehmen wollen, aber ihre Mutter arbeitete als Köchin im Gutshaus, und sie hat den alten Borradale herumgekriegt, daß er es nicht zuließ. Wie gesagt – ein Prachtmädchen! Selbst Hang-Dog-Jack wurde wachsweich, wenn sie ihn nur ansprach. Komischerweise hatte sie nicht die geringste Angst vor ihm. Man sollte doch meinen, daß ein Mädchen um einen Kerl mit einer derartigen Visage einen großen Bogen macht. Es gab aber wohl nur einen einzigen, der Glück bei ihr gehabt hätte – wenn er gewollt hätte.«

»Oh! Wer war denn das?« fragte der Inspektor interessiert.

»Der Boss. Ich habe mehr als einmal beobachtet, wie sie ihn anblickte, wenn er es nicht merkte. Sie stand ganz still und blickte ihn an, wie –«

»Nun, wie denn?«

»Bist du je verliebt gewesen, Joe?« stellte Harry die überraschende Gegenfrage. Er blickte stur geradeaus, als fände er das Städtchen in der Ferne plötzlich ungeheuer interessant.

»Natürlich. Ich bin sogar jetzt noch verliebt.«

»Na, dann weißt du ja Bescheid. Alice starrte den Boss ganz einfach an, und ihre blauen Augen glänzten dabei. Genau wie meine Tilly mich manchmal anblickt.«

Der junge Mann schwieg. Nachdem Bony ihn einige Sekunden in Ruhe gelassen hatte, forderte er ihn zum Weiterreden auf.

»An dem Abend war Alice also im Gutshaus bei den Mädchen«, fuhr Harry fort. »Es gab ein Gewitter, und die Nacht war pechschwarz. Alice wartete das Ende des Gewitters ab, aber auch dann war die Luft noch dick vom Sandsturm. Wir Männer hatten uns bereits in unsere Kojen gelegt, denn es war sinnlos, ihr unsere Begleitung anzubieten. Sie hatte das immer abgelehnt. Sie lief ganz einfach davon, und man konnte sie nicht mehr einholen. Ich versuchte es einmal und rief ihr zu, sie müsse mir einen Kuß geben, wenn ich sie erwischte, aber ich hatte gar keine Chance. Durch starken Regen der letzten Wochen waren Junction Waterhole und die Station Waterholes bis zum Rande gefüllt, und auch der Fluß zwischen diesen Wasserlöchern führte Wasser. Alice mußte deshalb auf dieser Seite flußaufwärts gehen, um dann hinter dem Junction Waterhole das Lager auf dem anderen Ufer zu erreichen. Keiner der Schwarzen hörte einen Schrei, und dabei wurde sie nur rund sechzig Meter vom Lager entfernt erwürgt. Am anderen Morgen kam der alte Billy Snowdrop, der Häuptling, zur Station gerannt. Ich stand gerade mit dem Boss und Dogger Smith bei den Pferden. Zunächst verstanden wir den Alten gar nicht, er faselte etwas von einem Buschgeist. Erst, als Dogger Smith ihn kräftig durchschüttelte, brachte er ein paar vernünftige Worte heraus. Sarah, die am frühen Morgen zum Gutshaus ging, um Wäsche zu waschen, hatte Alice tot unter einem Gummibaum gefunden. Sie rannte ins Lager zurück und holte Billy. Es war schrecklich. Besonders, da Alice doch noch so jung war.«

»Wußte man eigentlich, wer ihr Vater gewesen ist?«

»Keine Ahnung.«

»Und was geschah weiter, nachdem man euch zu der Toten geführt hatte?«

»Der Boss schickte mich sofort mit dem Wagen nach Carie, um Lee und den Doktor zu holen. Ich durfte nicht ins Gutshaus und auch nicht bei Donald Dreyton im Büro telefonieren. Der Boss fürchtete, daß Miss Borradale sich zu sehr aufregen könnte. Sie hat sich dann auch überaus aufgeregt, als sie es schließlich doch erfuhr. Als ich wegging, wimmelten die Schwarzen ums Wasserloch, aber Billy Snowdrop schickte alle weg bis auf zwei Spurensucher.«

»Und haben sie brauchbare Spuren gefunden?«

»Inzwischen tobte ein Sandsturm, darum konnten sie natürlich nichts finden. Und da ging das Gerede vom Buschgeist erst richtig los.«

Eine Zeitlang marschierten sie schweigend nebeneinander her.

»Als Simone von dem Buschgeist hörte, lachte er die Schwarzen aus und brüllte sie an, mit diesem Unsinn aufzuhören. Aber offen gestanden – ich glaube selbst langsam an diesen Buschgeist. Dogger Smith ist sogar überzeugt davon, daß es ihn gibt. Er hatte mal in Carie eins über den Durst getrunken und war dann am Nogga Creek eingedöst. Er schwört, daß in den Bäumen, unter denen er gelegen hatte, ein Buschgeist gelacht habe. Dogger Smith ist schon ein komischer Vogel.«

»Wieso?«

»Na ja, zunächst einmal ist er uralt. Wenn man mal mit ihm zusammen kampiert, hält er einen die ganze Nacht wach mit seinen Räubergeschichten. Es gibt praktisch niemanden in der Gegend, über den er nicht genau Bescheid weiß. Er kennt alle von klein auf. Ein ulkiger Vogel, aber trotzdem ganz vernünftig.«

Das Abendrot tauchte das Städtchen in leuchtende Farben, als die beiden Männer über den Grenzzaun stiegen, um sich das umständliche Öffnen und Schließen des Tores zu ersparen.

»Wer von den Leuten war eigentlich auf der Station, als Alice ermordet wurde?« begann Bony aufs neue.

»Hm, ich und Dogger Smith, Bill the Cobbler und Hang-Dog-Jack.«

»Nur ihr vier? Und als Frank Marsh umgebracht wurde – wer war da im Männerquartier?«

»Laß mich überlegen. Ja, dieselben vier und außerdem noch

Young-and-Jackson und Waxy Ted. Herrgott, das war eine Nacht!«

»Tatsächlich?«

»Und ob! An dem Tag hatte Waxy Ted fünf Pfund gewonnen, und da lud er uns am Abend alle in die Stadt ein. Aber zufällig hatte Lee sich gerade über irgend etwas aufgeregt, und Mrs. Nelson ließ die Bar geschlossen. Ich und Bill the Cobbler schlichen also mit dem Fünfer zur Hintertür und beschwatzten James, uns dreißig Flaschen Bier zu geben. Die haben wir zu den anderen gebracht, die draußen am Gemeindezaun auf uns warteten. Na ja, es war heiß, die reinste Hölle, und nachdem wir die reichliche Hälfte von dem Bier intus hatten, wollten wir zurück ins Quartier. Da taucht Frank Marsh auf. Ein netter Kerl! Er arbeitete damals bei den Storries und war auf dem Weg zur Stadt. Natürlich haben wir erst mal eine Runde zusammen getrunken. Es muß gegen zehn gewesen sein, als wir uns von ihm trennten. Himmel, wer wäre denn auch auf die Idee gekommen, daß man den armen Frank am nächsten Morgen tot am Gatter finden würde. Weißt du, Joe, es ist schon mehr als arg. Ich getraue mich schon nicht mehr, im Dunkeln mit Tilly spazierenzugehen.«

»Du glaubst also nicht, daß Barry Elson der Mörder ist?«

»Nein. Das sagte ich doch schon. Der Würger muß stark sein. Alice und Frank waren ziemlich kräftig, und auch Mabel läßt sich nicht so schnell umwerfen. Elson ist gar nicht der Kerl, der jemanden mit den bloßen Händen erwürgen könnte. Tilly ist derselben Ansicht.«

»Ach, Tilly! Wie gefällt ihr denn der Ring?«

»Na, großartig. Sie redet von nichts anderem mehr. Sie meint, er sei viel schöner als der, den Mabel von Mrs. Nelson geschenkt bekommen hat, und der war erstklassig.«

15

Im Morgengrauen des folgenden Tages – es war ein Dienstag – begann der Nordwind plötzlich aufzufrischen, und als sich die blaßgelbe Sonne träge über den Horizont schob, warf sie schmutziggraue Schatten. Zu Mittag rollten dichte Sandwolken über die Blaubuschebene, und am Zaun türmte sich erneut das Stachelgras, das Inspektor Bonaparte mit soviel Mühe beseitigt hatte. Am Abend versank die Sonne in einem braunen Schleier, aber die Männer waren geteilter Meinung über das morgen zu erwartende Wetter.

Eine halbe Stunde vor der Zeit wurde es bereits dunkel. Bony, der sich schweren Herzens entschlossen hatte, eine nächtliche Patrouille zu unternehmen, stahl sich fünf Minuten vor acht von der Unterkunft weg. Den Männern hatte er erzählt, er wolle mit Dr. Mulray Schach spielen, und das könnte unter Umständen bis zum Morgen dauern.

Die Nacht war nicht ganz so dunkel und gespenstisch wie damals am Catfish Hole. Die Sterne schimmerten schwach. Der Sturm war einer starken Brise gewichen.

Lautlos schlich Bony durch die Nacht. Von der Station aus marschierte er zunächst nach Norden, hinaus in die Blaubuschebene. Von hier aus konnte er die Bäume am Fluß nicht sehen, wohl aber die Lampe vor Nelsons Hotel. Stöhnend fuhr der Wind durch die Büsche.

Schließlich gelangte Bony zu dem einsam stehenden Tigerholzbaum in der Nähe jenes Buchsbaums, auf den Donald Dreyton geklettert war. Es mußte kurz nach neun Uhr sein.

Bony preßte sich eng an den gefleckten Baumstamm und drehte sich eine Zigarette. Sein Blick war dem Städtchen zugewandt. Er zog sich den Mantel über den Kopf und zündete vorsichtig die Zigarette an. Dann setzte er sich mit dem Rücken gegen den Stamm. Der Westwind verhinderte, daß der Rauch in Richtung zum Bach trieb.

Auf eine solche Nacht hatte er längst gewartet. In einer solchen Nacht würde vielleicht der Buschgeist der Eingeborenen kommen und sich von Baum zu Baum schwingen. Bony war nervös. Er trug einen schwarzen Mantel, dessen Kragen er hochgeschlagen hatte, so daß sein weißes Hemd nicht zu sehen war. In der rechten Manteltasche steckte eine Pistole, in der linken eine große Taschenlampe.

Wer mochte der Würger sein, der wie ein Affe von Baum zu Baum turnte und aus reiner Lust zu töten schien? Stand sein Name auf der Liste, die Wachtmeister Lee aufgestellt hatte? War er ein Mensch oder tatsächlich ein Buschgeist? Das schwarze Blut seiner Vorfahren ließ ihn erschauern, doch sofort meldete sich sein vom weißen Mann ererbter Verstand.

Bony war überzeugt, daß der Mörder in dem Dreieck leben

mußte, dessen drei Eckpunkte von Carie, der Wirragatta-Station und der Farm der Storries gebildet wurden. In diesem Gebiet waren die drei Verbrechen begangen worden. Von Lees Liste hatte er alle Namen gestrichen – bis auf elf. Diese Männer waren verdächtig, wenn ihre Täterschaft auch unwahrscheinlich schien, außer vielleicht bei Hang-Dog-Jack. Es waren folgende Namen:

Hang-Dog-Jack, Koch
Donald Dreyton, Grenzreiter
Bill the Cobbler, Farmarbeiter
Harry West, Cowboy
Fred Storrie, Farmer
Tom Storrie, Farmerssohn
Martin Borradale, Herr auf Wirragatta
Wachtmeister Lee
Weaver, Kaufmann
James Spinks, Schankkellner
Dogger Smith, Fallensteller

Einer dieser Männer hatte Alice Tindall und Frank Marsh umgebracht und Mabel Storrie schwer verletzt. Jeder dieser Männer hatte gewußt, wo das jeweilige Opfer an dem betreffenden Abend zu finden gewesen war.

Mehr als ein Drittel dieser Namen hätte Bony mit gutem Gewissen ebenfalls streichen können, aber wenn vor dem Gesetz jeder unschuldig ist, dessen Schuld nicht bewiesen wird, muß für den Kriminalisten jeder schuldig scheinen, solange seine Unschuld nicht erwiesen ist.

Den Fallensteller Dogger Smith hatte Bony noch nicht kennengelernt. Lee stand nur darum auf der Liste, weil er gewußt hatte, wo sich die betreffenden Opfer aufgehalten hatten, bevor sie in die Hände des Würgers fielen.

Bony tappte völlig im dunkeln, nur eins stand für ihn fest: daß der Mann, hinter dem er her war, kein gewöhnlicher Verbrecher war. Einen einzigen Fehler hatte der Unbekannte lediglich begangen, und zwar den, daß er seine Verbrechen wiederholt hatte, und dies wiederum bewies, daß sein Motiv in der Lust am Töten zu suchen war. Die geistig Abnormen sind die gefährlichsten Mitglieder der menschlichen Gesellschaft. Selbst Bony konnte sich eines Angstgefühls nicht erwehren.

Vorsichtig trat er die Glut seiner Zigarette im Sand aus. Dann nahm er all seinen Mut zusammen und entfernte sich von dem Baum, der ihm Schutz geboten hatte. Zwei Minuten später erreichte er den Weg am Bach, der zur Straße nach Broken Hill führte. Er überquerte ihn und näherte sich mit leichtem Schaudern dem Baum, in dem Dreyton den Fetzen Flanellstoff gefunden hatte. Es war die letzte einer Gruppe von vierzehn Bäumen, in denen der Buschgeist umgehen sollte.

Bony beabsichtigte, die Nacht am Fuße dieses Baumes zu verbringen. Er lehnte sich mit dem Rücken gegen den Stamm und blickte nach Norden in Richtung zum Städtchen, das von hier aus allerdings von der Blaubuschebene verdeckt wurde. Der Umfang des Stammes betrug ungefähr anderthalb Meter, und es war ein beruhigender Gedanke, daß selbst ein Gorilla nicht hätte herumlangen und ihn erwürgen können. In seinem schwarzen Mantel konnte er von oben nicht gesehen werden. Er hingegen würde gegen den helleren Himmel jeden erkennen, der in den Zweigen auftauchen sollte.

Seine Nervosität ließ jetzt ein wenig nach. Im Schutze dieses Stammes fühlte er sich verhältnismäßig sicher, obwohl der Würger geradezu übermenschliche Fähigkeiten zu besitzen schien. Wie, wenn er gar nicht auf Wachtmeister Lees Liste verzeichnet war? Wenn er vielleicht den Kopf eines Hundes und den Körper und die kräftigen Beine eines Känguruhs besaß?

Trotz Dunkelheit und dem Heulen siegte schließlich seine Vernunft, aber trotzdem wünschte er sich, er läge in seiner Koje im Männerquartier.

Wer von den elf Verdächtigen war der Würger?

Bony hielt den Atem an. Er lehnte mit dem Hinterkopf am Stamm. Er hatte deutlich ein Klopfen vernommen.

Langsam drehte er den Kopf, so daß er das linke Ohr gegen den Stamm pressen und gleichzeitig nach oben blicken konnte. In den Zweigen war nichts zu erkennen.

Es lief ihm eiskalt den Rücken herab, und seine Beine schienen plötzlich aus Blei zu sein. Er vernahm ein schwaches, aber regelmäßiges Klopfen am Stamm, aber er konnte die Ursache nicht ergründen. Schließlich ging das Klopfen in ein leichtes Scharren über, wie wenn jemand den Stamm herunterkletterte.

Sehen konnte er immer noch nichts, und erneut ergriff ihn Furcht. Er umfaßte mit der Rechten die Pistole und mit der Linken die Taschenlampe. Das Scharren verstummte, und Bony stieß den angehaltenen Atem aus. In diesem Augenblick vernahm er ein scharfes Zischen.

Jemand stand auf der anderen Seite des Stammes! Wieder ertönte das seltsame Klopfen, und jetzt wußte Bony, daß jemand nervös mit den Fingern gegen den Stamm trommelte. Der Mann preßte sich gegen den Baum wie er selbst, und Bony sah, wie sich langsam ein Gesicht um den Stamm herumschob, bis es schließlich zur Hälfte auszumachen war.

Die Sekunden vergingen, ohne daß sich einer der beiden bewegt hätte. Der Unbekannte spähte um den Stamm. Bony verhielt sich völlig ruhig und beobachtete das für ihn zur Hälfte sichtbare Gesicht. Wäre er von weißer Hautfarbe gewesen, hätte ihn der andere unweigerlich entdeckt. Doch so konnte er sicher sein, nicht bemerkt zu werden.

Beinahe widerwillig mußte er dem anderen Bewunderung zollen. Er war nicht in den Bäumen entlanggeklettert, sondern am Boden herangekommen. Er hatte sich so leise bewegt, wie es ein Eingeborenener nicht besser gekonnt haben würde. An dem schwachen Leuchten des Gesichtes erkannte Bony, daß es sich um einen Weißen handelte.

Von den Unterkünften herüber näherten sich jetzt deutliche Schritte. Bony konnte es nicht wagen, den Kopf zu wenden, aber er hörte, daß jemand am Bach entlangkam. Als die Schritte vorbei waren, verschwand das Gesicht hinter dem Baum, und Bony drehte rasch seinen Kopf, so daß er die andere Seite des Stammes und gleichzeitig den Weg überblicken konnte.

Der Mann ging zur Straße nach Broken Hill. Für einen Moment hob sich seine Silhouette gegen den Himmel ab. Es gab keinen Zweifel – der Mann war Hang-Dog-Jack.

Im nächsten Augenblick war er im Dunkel der Nacht verschwunden. Bony wartete. Mit angespannten Sinnen lauschte er, ob sich der Unbekannte auf der anderen Seite des Stammes entfernte. Lange Sekunden vergingen, und nichts geschah. Die Schritte von Hang-Dog-Jack verklangen in der Ferne. Bony wartete noch immer. Er war sicher, daß der andere noch nicht gegangen war.

Schließlich vermochte er seine Ungeduld nicht länger zu zügeln. Die Pistole in der Hand, richtete er sich langsam auf und schob sich dann, eng an den Stamm gepreßt, Zentimeter um Zentimeter vorwärts.

Es befand sich niemand mehr hinter dem Baum! So lautlos,

wie der Unbekannte aufgetaucht war, hatte er wieder das Weite gesucht.

Hang-Dog-Jack war in Richtung zur Straße nach Broken Hill gegangen. Bony konnte nicht riskieren, sich mit der Taschenlampe zu vergewissern, ob der Unbekannte ihm gefolgt war oder sich noch in der Nähe befand. Ihm war unverständlich, wieso sich der Mann so lautlos hatte entfernen können.

Eine wichtige Tatsache hatte sein Streifzug jedoch erbracht: Hang-Dog-Jack war ohne die geringsten Anstalten, sich zu verbergen, am Bach entlanggekommen.

Bony machte sich keine Sorgen um den Koch – wenn er nicht selbst der gesuchte Verbrecher war, konnte er sich doch seiner Haut wehren. Aber war es richtig gewesen, den Unbekannten so ungeschoren davonkommen zu lassen? Hätte er ihn nicht festnehmen müssen, um die Identität festzustellen? Einen Beweis, daß er der Würger war, hätte er allerdings nicht gehabt, und ebensowenig eine gesetzliche Handhabe für eine Festnahme.

Natürlich hätte er zu gern gewußt, wer der Unbekannte gewesen war. Immerhin konnten seine Fußspuren aufschlußreich sein – genauso aufschlußreich wie Fingerabdrücke. Hatte er sie einmal gesehen, würde er sie nie mehr vergessen. Bony vermutete, daß der Mann dem Koch gefolgt war, aber es wäre höchst unklug gewesen, jetzt mit der Taschenlampe die Spuren zu untersuchen.

Er hatte sich inzwischen so an das Heulen des Windes gewöhnt, daß er nicht merkte, wie er an Stärke zunahm.

Bony preßte sich dicht an den Baumstamm und strengte Augen und Ohren an, konnte aber nichts wahrnehmen, was auf die Nähe eines Menschen schließen ließ. Nur die Äste bewegten sich im Sturm.

Gewiß würde Hang-Dog-Jack auf demselben Weg zu seinem Quartier zurückkehren. Falls ihm der Unbekannte dann noch folgte, müßte es nicht allzuschwer sein, ihn zu erkennen.

In einer dunklen Nacht kann man einen Menschen nur erkennen, wenn sich seine Gestalt gegen den Himmel abhebt. Bony kroch vorsichtig zum Bachufer und gelangte zu der Stelle, wo die Böschung steil abfiel.

Mit äußerster Vorsicht arbeitete er sich in Richtung auf die Straße nach Broken Hill weiter. Er achtete darauf, nicht in das Bachbett zu geraten, wo ihn der knirschende Kies verraten haben würde. Nach ungefähr fünfzig Metern erreichte er eine

Lücke zwischen den Bäumen. Hier hatte er einen freien Ausblick zur Blaubuschebene, die sich als schwarze Linie vom nächtlichen Himmel unterschied. Wer hier den Weg entlangkam, mußte sich scharf gegen den Himmel abheben.

Der Inspektor kannte diesen Platz gut. An dieser Böschung war er vor einem Angriff geschützt. Hier standen keine Bäume, so daß er auch nicht von oben angesprungen werden konnte.

Immer wieder grübelte er darüber nach, was den Koch zu seinem mitternächtlichen Spaziergang bewogen haben könnte. Er hatte den Weg benützt und sich keine Mühe gegeben, unbemerkt zu bleiben, und das legte den Schluß nahe, daß er nicht der Würger sein konnte. Andererseits – war er tatsächlich der Gesuchte – hätte er jederzeit behaupten können, er mache noch einen Spaziergang, weil er keinen Schlaf finde. Es gab kein Gesetz, das nächtliche Spaziergänge verbot.

Der Wind blies noch kräftiger, als Hang-Dog-Jack eine Stunde später zurückkehrte. Als er vorüberkam, konnte ihn Bony in aller Deutlichkeit erkennen. Er marschierte so gemütlich dahin, als mache er tatsächlich nur einen Spaziergang.

Nachdem er in Richtung Wirragatta verschwunden war, verhielt sich der Inspektor noch immer völlig reglos. So deutlich, wie er die Silhouette Hang-Dog-Jacks gesehen hatte, konnte er nun auch den zweiten Mann erkennen, der ganz offensichtlich dem Koch folgte. Er benützte allerdings nicht den Weg, sondern hielt sich unter den Bäumen. Gebückt kroch er dahin, und ganze vier Sekunden lang konnte ihn Bony sehen. Der Mann war nur fünf Meter von ihm entfernt, und trotzdem war es unmöglich, seine Identität festzustellen. Bony wußte lediglich, daß dieser Unbekannte den Koch verfolgte. Wer mochte er sein? Spielte er vielleicht nur Detektiv? Wachtmeister Lee war es sicherlich nicht. Aber vielleicht Donald Dreyton?

Bony verhielt sich weiterhin reglos. Um Hang-Dog-Jack sorgte er sich nicht – der würde sich seiner Haut zu wehren wissen. Einem anderen wäre er gefolgt, um notfalls zur Hilfe eilen zu können.

Viel wichtiger waren im Augenblick die Fußspuren, die der Unbekannte unter den Bäumen hinterlassen hatte. Um diese Spuren zu sehen, mußte er die Taschenlampe benützen. Bis zum Morgengrauen durfte er nicht warten, bis dahin würde alles zugeweht sein.

Er wartete eine volle halbe Stunde. Dann war es höchste Zeit, wenn er nicht riskieren wollte, daß der Wind die Spuren beschädigte. In diesem Augenblick fegte eine gewaltige Sturmbö den Bach entlang. Im Schein der Taschenlampe sah er deutlich die nur wenige Schritte entfernten Fußspuren, als ihn der Sturm packte und ihn umzuwerfen drohte. Zweige und Äste wurden von den Bäumen losgerissen.

Die Spuren waren zwar noch sichtbar, aber sie füllten sich bereits mit Sand. Es war unmöglich, die genaue Schuhgröße festzustellen – zwischen neununddreißig und zweiundvierzig, schätzte Bony. Die für jeden Menschen charakteristischen Einzelheiten waren aber bereits vom Wind zerstört.

Bony machte jedoch eine andere, interessante Entdeckung. Seine eigenen Spuren am Bachbett entlang waren noch deutlich sichtbar – nicht aber die des Unbekannten. Der Mann war dem Koch auf der Straße nach Broken Hill gefolgt. Wie hatte er seinen Standort am Baum verlassen?

War der Mann, der den Koch verfolgt hatte, vielleicht gar nicht mit dem identisch, den er hinter dem Baumstamm bemerkt hatte? Dann wären in dieser Nacht vier Männer unterwegs gewesen – er selbst, der Unbekannte vom Baum, Hang-Dog-Jack und der Mann, der Hang-Dog-Jack nachgeschlichen war.

Und dann kam der Angriff – leise, blitzschnell.

Bony war zu sehr in Nachdenken versunken, um die nötige Vorsicht walten zu lassen und die Zweige zu beobachten, unter denen er gerade entlangging. Er hörte noch, wie unmittelbar hinter ihm jemand auf den Erdboden sprang, und bevor er sich umdrehen konnte, umklammerten zwei stählerne Hände seine Kehle.

Ihm blieb die Luft weg, und eine entsetzliche Angst stieg in ihm auf. Er ließ sich mit einem Ruck zu Boden gleiten, aber der Griff um seinen Hals lockerte sich nicht. Ein Dröhnen erfüllte seine Ohren, und dazwischen tönte ein tiefes, kehliges Lachen – ein teuflisches Gelächter, das die Lust am Morden erkennen ließ.

Er wollte mit den Händen nach oben greifen, um den stählernen Griff zu lockern, als ihm bewußt wurde, daß er die Pistole in der Rechten und in der Linken die Taschenlampe hielt. Automatisch knipste er die Taschenlampe an, und der starke, helle Strahl bewegte sich schwankend zwischen den Zweigen.

Durch das Heulen des Windes und das Dröhnen in seinen Ohren drang ein Schuß. Bony richtete die Pistole nach hinten, obwohl er sich damit selbst in Gefahr brachte. Vor seinen Augen wurde es plötzlich dunkel.

Wieder und wieder schoß er, aber der eiserne Griff des Würgers ließ nicht nach, so daß Bony nicht die richtige Schußlinie finden konnte.

Langsam sank er zu Boden. Noch einmal ertönte die Pistole, und dann hatte der Überfallene das Gefühl, hinaus in den Weltraum geschleudert zu werden, während in seinem Kopf tausend Sterne zu explodieren schienen. Schließlich verlor er das Bewußtsein.

16

Die Praxis von Dr. Mulray umfaßte einen so kleinen Personenkreis, daß es ungewöhnlich für Mulray war, in der Nacht gerufen zu werden. Als der Tag anbrach und ein kalter Südwind wehte, wurde gegen seine Tür gehämmert.

Das Schlafzimmer des Doktors lag nach der Straßenseite, links von der winzigen Halle. Sein Sprechzimmer befand sich gegenüber. Es war nicht schwer, ihn zu wecken, auch wenn es an seinem Haus keine elektrische Klingel gab.

»Schon gut! Ich komme ja!« rief er, als das Klopfen nicht aufhörte. Schnaufend zog er seinen alten Morgenrock an, nahm die Petroleumlampe und stapfte zur Haustür. Auf der Stufe standen Wachtmeister Lee und Joseph Fisher.

»Lassen Sie mich bitte eintreten, Doktor. Ich benötige Ihre Hilfe.« Bonys Stimme klang derart, daß der Doktor sich überrascht vorbeugte. Dann richtete er sich wieder auf und setzte sich in Richtung Sprechzimmer in Bewegung.

»Kommen Sie mit und schließen Sie die Tür, Lee«, befahl er kurz. Er stellte die Lampe ab und beobachtete, wie Bony ins Zimmer taumelte. Sanft ergriff er ihn am Arm und führte ihn zu einem der beiden alten Ledersessel.

»Ha!« brummte er, aber es klang nicht unfreundlich. »Was ist passiert?«

Bony blickte auf in das verwitterte Gesicht und bewegte seinen Hals hin und her.

»Beinahe hätte es mich erwischt«, brachte er mühsam heraus. »Der Würger hat mich angefallen, am Nogga Creek. Bitte sehen

Sie sich meine Kehle an, Doktor. Und dann geben Sie mir vielleicht ein Beruhigungsmittel.«

»Reden Sie jetzt nicht mehr. Lee, was wissen Sie von der Sache?«

Dr. Mulray öffnete die Sicherheitsnadel am Mantelkragen und untersuchte den Hals des Inspektors, während er gleichzeitig den Puls fühlte.

»Nichts, Doktor«, erwiderte Wachtmeister Lee. »Dieser Mann hier hat mich gerade aus dem Bett geworfen und gebeten, ihn zu Ihnen zu bringen.«

»Hm! Zunächst einen doppelten Kognak mit einem Schuß Milch, Lee. Kognak ist da drüben im Schrank, Milch im Fliegenschrank auf der hinteren Veranda. Und nun, Joe, wollen wir mal Mantel und Hemd ausziehen. Der Würger hat Sie also erwischt? Ich wußte doch gleich, daß Simone, dieser Esel, den falschen mitgenommen hat. Hm, der Mantelkragen hat Sie vor äußeren Verletzungen bewahrt, Joe. Es wird ein paar blaue Flecken geben. Ich glaube nicht, daß das Zungenbein verletzt ist, wie es bei Alice Tindall und Frank Marsh der Fall war – sonst könnten Sie wohl kaum noch reden. Bei Mabel Storrie war die Luftröhre an zwei Stellen in Mitleidenschaft gezogen, wie ich aus Adelaide erfuhr. Ohne Röntgenaufnahme kann ich natürlich nicht sagen, wie es bei Ihnen steht, aber ich hoffe, daß Sie keine ernstlichen Verletzungen erlitten haben. Bei Mabel war die Kehle völlig ungeschützt, bei den beiden anderen ebenfalls. Danke – Lee! Hier, Joe, trinken Sie diesen Kognak mit Milch, aber lassen Sie sich Zeit damit. Nehmen Sie sich auch einen doppelten, Lee.«

»Danke«, murmelte Bony schwach. »Mir wird es gleich besser gehen. Es ist vor allem der Schreck.«

»Der Schock!« Mulray nickte. »Sie bleiben heute bei mir. Ich habe ein Gästezimmer, und Sie gehen sofort zu Bett. Können Sie laufen? Helfen Sie ihm doch, Lee. Ich gehe voran.«

Während der Wachtmeister Bony auf die Beine half, verschwand der Doktor rasch in seinem Schlafzimmer und erschien gleich darauf mit einem frischen Pyjama. Er nahm die Petroleumlampe und führte Lee und den Patienten über den kurzen Korridor zu dem nach rückwärts gelegenen Gästezimmer.

»Hat der Kognak mehr als gewöhnlich gebrannt?« fragte Mulray.

Bony schüttelte den Kopf.

»Gut! Dann scheint die Luftröhre unverletzt zu sein. Wahrscheinlich eine Quetschung der Nackenmuskeln. Ich werde einen Umschlag machen und Ihnen eine Beruhigungsspritze geben. Und dann wird ordentlich geschlafen, mein Junge. Lee, machen Sie rasch in der Küche Feuer an. Ich brauche heißes Wasser.«

Dr. Mulray behandelte Bony mit derselben Liebenswürdigkeit, mit der er einen Herzog behandelt haben würde. Noch bevor Lee mit dem heißen Wasser erschien, lag der Inspektor im Bett.

»Und Sie bestehen darauf, daß ich hierbleibe?« fragte er den Doktor.

»Selbstverständlich! Wollen Sie vielleicht in diesem Zustand draußen herumlaufen? Wie sind Sie eigentlich vom Nogga Creek bis hierher gekommen?«

»Ich bin gelaufen, wenn ich nicht gerade umfiel.«

»Das dürfte ein weiter Weg für Sie gewesen sein. Wann ist es denn passiert?«

»Kurz nach eins.«

»Hm. Es ist also schon eine ganze Weile her. Und was haben Sie um diese Zeit am Nogga Creek gesucht?«

»Ich werde Ihnen alles erklären, wenn Lee dabei ist.«

»Schon gut, das hat ja Zeit. – Hallo, Lee! Schüren Sie doch endlich das Feuer.«

»Die Flammen schlagen ja schon aus dem Schornstein, Doktor. Das Wasser muß gleich kochen.«

»Gut, Lee. Machen Sie sich um den Schornstein keine Sorgen.«

Dr. Mulray bewies, daß er nicht nur ein guter Arzt war, sondern auch eine hervorragende Pflegerin ersetzte. Lee brachte gleich darauf das heiße Wasser, und wenige Sekunden später hatte Bony einen feuchtwarmen Umschlag um den Hals.

»Haben Sie Schmerzen auf der Brust oder im Rücken, Joe?«

»Nein, Doktor.«

»Hm! Die Lunge scheint also unverletzt. Sie können froh sein, daß Sie den Mantelkragen hochgeschlagen hatten. Lee wird jetzt die Einzelheiten wissen wollen, aber Sie brauchen nicht mehr zu sagen, als unbedingt nötig ist.«

Bony lächelte gezwungen. Die Schmerzen in seinem Hals hatten bereits nachgelassen, und auch seine Nerven beruhigten sich allmählich.

»Sagen Sie dem Doktor, wer ich bin«, wandte er sich an Lee, der mit besorgtem Gesicht neben dem Bett stand. »Doktor Mulray wird bestimmt verschwiegen sein.«

Der Wachtmeister informierte den Doktor in kurzen Worten über Bonys Identität und welcher Auftrag ihn nach Wirragatta geführt hatte.

»Inspektor – inkognito!« knurrte der Doktor. »So! Und Simone hat keine Ahnung? Geschieht ihm ganz recht, diesem Kamel! Dieser unfähige Schachspieler!«

»Übrigens habe ich auf Wirragatta erklärt, ich ginge zu Ihnen zum Schachspielen, Doktor«, warf Bony ein. »Diese Version wollten wir aufrechterhalten.« An Lee gewandt fügte er hinzu: »Könnten Sie unter irgendeinem Vorwand heute morgen hinausreiten?«

»Ja – aber ich brauche eigentlich gar keinen Vorwand. Ich muß mit Borradale noch wegen eines verstopften Abflusses sprechen.«

»Großartig. Dann erwähnen Sie, daß ich mit dem Doktor die ganze Nacht Schach gespielt habe und seine freundliche Einladung, hier zu schlafen, annahm. Borradale wird sich vielleicht wundern, wie es sich mit den Pflichten eines Kriminalbeamten vereinbaren läßt, nachts Schach zu spielen und tagsüber zu schlafen, aber das macht nichts. Sprechen Sie auch unter irgendeinem Vorwand mit Hang-Dog-Jack und Donald Dreyton. Sehen Sie sich die beiden an, vielleicht entdecken Sie Spuren einer Schlägerei an ihnen oder gar eine Schußverletzung. Dann reiten Sie hinüber zu den Storries und nehmen Tom und Fred unter die Lupe. Noch etwas: Ich wurde unter den Bäumen am Bachufer überfallen, etwa gegenüber dem großen Tigerholzbaum. An der Stelle, an der ich wieder zu Bewußtsein kam, habe ich ein dickes Kreuz eingeritzt – dort ist Lehmboden. Suchen Sie meine Pistole und meine Taschenlampe. Ich war zu schwach dazu. Und sehen Sie nach, ob Sie Spuren finden – vielleicht einen grauen Flanellfetzen. Alles klar? Sie erzählen natürlich niemandem von meinem nächtlichen Abenteuer.«

»Alles klar, Sir – äh – Bony.«

»So, und jetzt ist Schluß«, sagte der Doktor energisch und nahm eine Spritze zur Hand. »Das genügt erst mal, Lee. Nehmen Sie sich noch einen Kognak. In einer Stunde kommt Mrs. Mumps, und die wird wissen wollen, warum ich so früh Feuer angemacht habe. Sie schlafen jetzt, Inspektor Bonaparte. Wo wollen Sie die Spritze haben? In den Arm? Ich bewundere Männer mit Mut, weil ich selbst ein ziemlicher Hasenfuß bin. Um nichts in der Welt hätte ich mich um die Zeit am Nogga Creek herumgetrieben. So, und jetzt schlafen sie.«

Als Bony aufwachte, brannte die Sonne auf die herabgelassenen Jalousien. Der Wind heulte nicht mehr. Die völlige Stille im Haus ließ die Geräusche von draußen hereindringen: das Scheppern von Kuhglocken und das helle Klingeln des Ambosses.

Er fühlte sich jetzt viel besser. Seine Kehle schmerzte kaum noch. Bis auf eine Steifheit der Nackenmuskeln hatte er sich fast völlig erholt – dank Dr. Mulray und dem hochgeschlagenen Mantelkragen. Er rauchte gerade seine zweite Zigarette, als der alte Herr ins Zimmer trat.

»Aha, der Tabak schmeckt schon wieder!« rief der Doktor mit unterdrückter Stimme. »Ich habe Mrs. Mumps erzählt, wir hätten die Nacht durchgemacht. Sie bereitet jetzt das Essen, mit ordentlich viel Worcestershiresauce in der Suppe. Ein wunderbares Mittel, diese Sauce. Ihr Mann trinkt immer eine ganze Flasche, wenn er eine Sauftour hinter sich hat. Davon kriegt er seinen Magen wieder in Ordnung – oder das, was noch von seinem Magen übrig ist.«

»Dank Ihrer Hilfe bin ich wieder ziemlich auf dem Damm«, sagte Bony und setzte sich auf die Bettkante.

»Na wunderbar! Lee ist im Sprechzimmer. Wenn es Ihnen nicht zu schwer fällt, ziehen Sie sich vielleicht an und kommen hinüber. Meine Haushälterin soll ja nicht wissen, was mit Ihnen los ist. Aber zuerst schaue ich mir noch einmal Ihren Hals an.«

Fünfzehn Minuten später saß der Inspektor im Sprechzimmer, nippte heißen Tee und rauchte eine Zigarette. Er trug seine Farmerarbeiterkleidung, stach dadurch aber nicht sonderlich von Dr. Mulray ab. Lee hatte Uniform an und wirkte sehr dienstlich.

»Ich habe Ihre Entschuldigung an Mr. Borradale weitergegeben«, begann er zu berichten. »Er schien zwar nicht zu glauben, was ich ihm da sagte, aber das spielt ja keine Rolle. Er war erleichtert, daß der Wind heute morgen nach Süd gedreht hat. Dreyton schien völlig normal. Hang-Dog-Jack hatte rote Augen, vermutlich weil er sich nachts herumgetrieben hat, statt zu schlafen, und außerdem war er natürlich schlecht gelaunt. Die anderen zeigten sich alle ganz normal. Fred Storrie liegt mit einer leichten Grippe zu Bett, und auch Tom benahm sich in keiner Weise verdächtig. Er kocht und versorgt seinen Vater, da die Frauen ja in Adelaide sind. Ihre Pistole und die Taschenlampe fand ich an der von Ihnen bezeichneten Stelle. Die Taschenlampe ist noch völlig in Ordnung, aber die Pistole ist leergeschossen und voller Sand.«

»Fred Storrie liegt also mit Grippe im Bett? Haben Sie ihn gesehen?«

»Ja. Er ist bestimmt krank. Hoffentlich habe ich mich nicht angesteckt.«

»Könnte Storrie einem Laien vormachen, Grippe zu haben, Doktor?«

»Möglich. Mich würde er natürlich nicht täuschen. Aber –«

Bony stand auf und trat ans Fenster. Der Doktor blickte den Wachtmeister fragend an, doch der legte den Finger auf den Mund.

Gegenüber dem Haus des Doktors stand ein Auto. Ein Mann war damit beschäftigt, Kühlwasser nachzufüllen.

»Ich will Sie beide ins Vertrauen ziehen – vor allem darum, weil ich Ihre Unterstützung brauche. Lee, Sie haben mir eine Liste mit den Namen aller Personen gegeben, die seit zwei Jahren hier in der Gegend leben. Ich habe inzwischen alle Namen gestrichen – bis auf elf. Unter diesen elf befindet sich der Würger. Ich habe keinen Beweis dafür, aber ich bin überzeugt davon. Ihren Namen habe ich schon ziemlich früh gestrichen, Doktor, und mit dem Ihren, Lee, werde ich jetzt dasselbe tun. Es bleiben also noch zehn.«

Bony schilderte in kurzen Worten den nächtlichen Überfall. Lee machte sich einige Notizen.

»Ich habe meinen Angreifer nicht gesehen«, schloß der Inspektor. »Aber ich bekam zu spüren, daß er überaus kräftige Hände und Arme hat. Das bedeutet nicht, daß er auch sonst von kräftiger Statur sein muß, er braucht nicht einmal besonders groß zu sein. Warum er von mir abließ, werden wir wahrscheinlich nie erfahren. Vielleicht habe ich ihn mit der Pistole verletzt, oder die Schüsse erschreckten ihn. Sie sagen, daß das Magazin leer war, Lee?«

»Ganz recht. Ich denke, wir sollten den Koch mal ordentlich ins Verhör nehmen. Er steht doch noch auf Ihrer Liste?«

»Gewiß.« Bony nickte. »Er darf aber keinesfalls merken, daß wir ihn verdächtigen. Sie, Lee, habe ich gestrichen, weil Sie

Schuhgröße dreiundvierzig haben. Wer die anderen auf der Liste sind, möchte ich Ihnen noch nicht sagen.«

Lee grinste. »Sie sind ein seltsamer Mensch, Bony.«

»Oh, das habe ich schon oft gehört! Nun, es gibt noch andere seltsame Menschen hier im Bezirk. Haben Sie eigentlich eine Ahnung, Doktor, was Dreyton früher getrieben hat?«

»Dreyton!« Der Doktor schnaufte und blies seine Bäckchen auf. »Ich möchte wetten, daß er von der Royal Navy kommt, und ich möchte ferner wetten, daß er Offizier war. Die Offiziere beim Heer und bei der Marine sind sich in gewisser Weise ähnlich, aber trotzdem gibt es feine Unterschiede, die ein Kenner sofort bemerkt.«

»Besten Dank. Würde es Ihnen viel ausmachen, Doktor, Fred Storrie zu besuchen und sich zu vergewissern, ob er tatsächlich Grippe hat?«

»Durchaus nicht, Inspektor. Ich werde mich gleich auf den Weg machen.«

»Gut. Und denken Sie daran, Doktor – meine Freunde nennen mich Bony. Ich hoffe, Sie zu meinen Freunden zählen zu dürfen. Während Ihrer Abwesenheit werde ich mit Lee einen kleinen Plan besprechen, den ich mir ausgedacht habe. Sie erlauben, daß wir Ihr Schreibmaterial benützen? Und beim Abendessen – vorausgesetzt, daß Sie mich dazu einladen – werden wir uns dann über Schlafwandeln und Wetterfühligkeit unterhalten.«

17

»In diesem Bezirk lebt ein Mann, der an einer geistigen Abnormität leidet, Doktor«, sagte Bony, als er nach dem Abendessen mit seinem Gastgeber bei einer Tasse Kaffee saß. »Dieser Mann ist nicht so krank, daß man es auf den ersten Blick bemerken würde. Er benimmt sich so vernünftig wie Sie oder ich. Ich nehme an, daß ihm dieses Leiden vererbt wurde, und daß er erst seit wenigen Jahren ernstlich darunter leidet.«

»Klingt ganz einleuchtend, was Sie da sagen«, mußte der Doktor zugeben. »Ich selbst habe auch schon an eine solche Möglichkeit gedacht.«

Bony drehte sich eine Zigarette, massierte sich den Nacken und zündete die Zigarette an. »Das größte Übel unseres Lebens ist, daß das Leben so kurz ist. Wir haben gar nicht die Zeit, genügend zu lernen. Ehe man sich besinnt, ist die Zeit schon abgelaufen. Und je mehr man lernt, um so mehr kommt einem zu Bewußtsein, wie wenig man weiß. Oft ergeben sich für mich Probleme, die keine Probleme wären, wenn ich mehr gelernt hätte.

»Und welches Problem beschäftigt Sie im Augenblick?«

»Folgendes: Beeinflußt statische Elektrizität das menschliche Gehirn? Und wenn ja, in welchem Ausmaß?«

»Hilfe!« rief der Doktor. »Um diese Frage zu beantworten, muß man Edison und Einstein in einer Person sein. Ich bin nur ein kleiner Landarzt. Was diese Frage anbelangt, bin ich ein ebensolcher Laie wie Sie.«

»Dann lassen Sie uns wie zwei Laien darüber diskutieren«, erwiderte Bony. »Ich habe wiederholt, besonders von alten Leuten, gehört, daß gewisse Wetterbedingungen ihren Rheumatismus beeinflussen. Können Sie mir eine Erklärung dafür sagen?«

»Nein, nicht authentisch«, gab der Doktor offen zu. »Ich weiß natürlich, daß es tatsächlich so ist.«

»Und diese Sandstürme? Haben Sie die Beobachtung gemacht, daß gewisse Patienten darunter zu leiden haben, daß sie ihr Befinden beeinflussen?«

»Aha! Die Frage kann ich Ihnen beantworten. Mrs. Nelson beispielsweise leidet nervlich sehr darunter. Ich habe ihr ein Beruhigungsmittel verschrieben, das sie stets nehmen muß, sobald ein Sturm beginnt. Dann gibt es noch einige andere Leute, die besonders bei Gewittern aus dem Gleichgewicht geraten. Es liegt wohl ganz einfach an den atmosphärischen Bedingungen. Die Leute sind allergisch gegen Elektrizität, so wie andere allergisch sind gegen Erdbeeren oder Heu.«

»Wir machen Fortschritte, Doktor. Aber noch etwas Geduld, bitte. Wir haben die Erfahrung gemacht, daß der Würger nur während eines Sandsturms operiert. Zunächst war ich der Ansicht, er täte dies mit Absicht, weil der Sturm seine Spuren auslöscht. Inzwischen bin ich zu der Überzeugung gelangt, daß seine Mordlust erst durch den Sturm hervorgerufen wird. Bis jetzt habe ich nach einem Mann gesucht, von dem ich annahm, daß er stets wußte, was er tat – beziehungsweise getan hat, und nun besteht plötzlich der begründete Verdacht, daß der Mann seine Verbrechen in einem Anfall geistiger Umnachtung verübt und in normalem Zustand gar nichts davon weiß. Dadurch wird meine Aufgabe natürlich wesentlich erschwert. Ich kann ihm während eines Gesprächs keine Falle stellen, er kann sich nicht verraten, weil er selbst nichts von seiner Schuld weiß. Ein Schuldbeweis ist also nur zu erbringen, wenn man ihn in flagranti ertappt.«

»Dann könnte es also praktisch – jeder sein?«

»Gewiß, Doktor. Jeder könnte es sein. Aber da wir nichts Definitives wissen, bleibt alles nur Theorie. Hang-Dog-Jack zu verhaften wäre vielleicht ein noch schlimmerer Fehler, als ihn Simone mit Elson beging. Selbst wenn ich gesehen hätte, daß der Mann auf die Bäume am Nogga Creek geklettert ist, wäre das kein Verhaftungsgrund gewesen. Schließlich gibt es kein Gesetz, das derartige Gelüste verbietet – und sei es um zwei Uhr morgens. Ich werde niemanden festnehmen, solange ich nicht den eindeutigen Beweis seiner Schuld habe. Es ist eine harte Nuß, aber ich reise nicht eher ab, bis ich sie geknackt habe.«

Dr. Mulray erhob sich.

»Kommen Sie mit ins Sprechzimmer«, brummte er. »Ich kann Ihnen den Hammer geben, mit dem sich die Nuß knacken läßt.«

Die Dämmerung senkte sich über Carie, als sie die schweren Ledersessel vor das offene Fenster schoben. Brummend und grunzend verteilte der Doktor seine massige Gestalt in den Polstern. Dann legte er die Fingerspitzen gegeneinander.

»Als Arzt unterliegt man einer strengen Schweigepflicht. Um aber zu vermeiden, daß noch mehr Menschen umgebracht werden, möchte ich Sie mit gewissen Fakten vertraut machen, die für Ihre Ermittlungen vielleicht wichtig sind. Alle Leute dieser Gegend sind meine Patienten. Unter ihnen befinden sich zwei Männer und eine Frau, die praktisch auf der geistigen Stufe von Fünfjährigen stehengeblieben sind, aber diese Leute sind uninteressant für uns. Eine andere Person scheint mir viel wichtiger. Alle Anzeichen deuten darauf hin, daß die alte Dame einmal um ein Haar erwürgt worden sein muß.«

»Ah!« Bonys Augen blitzten. »Wie haben Sie das erfahren?«

»Ich war zugegen, als Mabel Storrie das Bewußtsein zurückerlangte. Ihre ersten Worte lauteten: ›Wird mein Hals jetzt genauso verunstaltet sein wie der von Mrs. Nelson?‹ Ich beruhigte sie und mußte ihr zunächst das Sprechen verbieten, aber ein paar Tage später fragte ich sie, was sie mit diesen Worten gemeint habe. Sie erwiderte, es täte ihr leid, überhaupt davon gesprochen zu haben. Sie habe Mrs. Nelson Stillschweigen geschworen. Jetzt wurde ich natürlich erst recht neugierig, und schließlich bekam ich heraus, daß Mabel Mrs. Nelson gepflegt hat, als diese einmal an einer Nervenentzündung litt. Sie sah die Narben am Hals der alten Dame. Übrigens – ich selbst hatte keine Ahnung davon, bei meinen Krankenbesuchen trug sie stets ein hochgeschlossenes Nachthemd. Mabel erzählte, daß Mrs. Nelson sich nie in ihrer Anwesenheit wusch, einmal jedoch habe sie sie schlafend vorgefunden, und der Kragen ihres Nachthemds habe offengestanden. Mrs. Nelson sei sehr ärgerlich geworden, als sie aufwachte und feststellen mußte, daß Mabel das gesehen hatte, was sie offensichtlich nicht sehen sollte.«

»Sehr seltsam, Doktor«, murmelte Bony.

»Ganz recht. Bei einer jungen Frau wäre diese Haltung verständlich, man könnte sie mit einer gewissen Eitelkeit erklären. Welchen Grund hatte jedoch Mrs. Nelson, die Narben selbst ihrem Arzt und ihrer Pflegerin zu verbergen? Aber noch etwas scheint mir merkwürdig: Als es ihr wieder besser ging und Tilly die weitere Pflege übernehmen konnte, schenkte sie Mabel einen sehr kostbaren Ring. Gewiß, die alte Dame ist reich. Sie ist eine nüchtern rechnende Geschäftsfrau, aber sie kann auch sehr großzügig sein. Trotzdem muß ein besonderer Grund vorliegen, wenn sie einer Krankenpflegerin neben fünf Pfund in der Woche auch noch einen teuren Ring schenkt.«

»Sind Sie sicher, Doktor, daß die Narben auf eine Strangulation zurückzuführen sind?«

»Nach Mabels Beschreibung besteht kein Zweifel.«

»Danke, Doktor, Sie haben mir wertvolle Hinweise gegeben.«

»Moment, das ist noch nicht alles. Wie Sie wissen, bin ich jetzt vierzehn Jahre in Carie, und während dieser Zeit habe ich Mrs. Nelson niemals wegen derartiger Verletzungen behandelt. Vor mir praktizierte ein Franzose namens Tigue. Er hinterließ mir seine Aufzeichnungen, auf die ich gleich noch zu sprechen kommen werde. Als Tigue damals erkrankte, ließ mich Mrs. Nelson aus Adelaide kommen, um ihn zu untersuchen und zu behandeln. Die Frau von Opa Littlejohn pflegte ihn. Tigue starb bald danach, und ich kehrte nach Adelaide zurück. Wenige Wochen später erhielt ich von Mrs. Nelson das Angebot, die Praxis zu übernehmen. Sie bot mir hundertfünfzig Pfund, freie Wohnung in einem möblierten Haus und pro Monat eine Kiste Spirituosen. Aus verschiedenen Gründen nahm ich das Angebot an.« Der alte Herr schmunzelte. »Vor allem waren es wohl die Spirituosen, die mich reizten. Und hundertfünfzig Pfund neben mietfreiem Wohnen sind durchaus ein Ausgleich dafür, daß aus dieser Praxis nicht viel herauszuholen ist.«

Bony starrte gedankenverloren hinaus in die Nacht. Er war Mrs. Nelson bisher nur einmal begegnet. Jetzt fragte er sich, ob hinter ihrer Menschenfreundlichkeit nicht vielleicht geheime Nebenabsichten verborgen lagen. Mabel Storrie hatte sie den kostbaren Ring gewiß nicht nur aus Dankbarkeit geschenkt – sie hatte das Mädchen auf diese Weise zum Schweigen verpflichten wollen.

»Mrs. Nelson hat sich in diesen Tagen den Storries gegenüber sehr nobel gezeigt, nicht wahr?« fragte er.

»Bestimmt. Sie hat nicht nur Fred die Hypothekenzinsen erlassen, sie gab ihnen auch noch einen Scheck über hundert Pfund und sagte Mrs. Storrie, falls sie für Mabel noch mehr benötige, brauche sie nur zu telegrafieren. Und mir hat sie befohlen – befohlen! – das Mädchen nach Broken Hill zu begleiten und dafür zu sorgen, daß dort eine ordentliche Krankenschwester engagiert wurde, die sie nach Adelaide brachte.«

»Hm. Sehr interessant, Doktor. Aber Sie haben noch mehr auf Lager, nicht wahr?«

»Ganz recht. Als ich von den Narben am Hals der alten Dame erfuhr, wurde ich natürlich neugierig. Mir fielen die Aufzeichnungen meines Vorgängers ein. Ich sah also die alten Krankengeschichten durch. Für jedes Jahr gibt es ein Buch. Tigue war ein gewissenhafter Mann. Er hatte am Schluß eines jeden Bandes ein Namensregister angelegt. Merkwürdigerweise wurde in zwei Bänden je ein Blatt herausgerissen. In jedem der Bücher befinden sich Aufzeichnungen über die Beschwerden von Mrs. Nelson. Aus dem Register ist ersichtlich, daß die entfernten Seiten Mrs. Nelson betreffen.«

»Hm! Denken Sie nicht, daß es eine harmlose Erklärung für das Fehlen der Seiten geben könnte? Daß Doktor Tigue vielleicht lediglich das Tintenfaß umkippte und die Seiten deshalb herausriß?«

»Nein, das glaube ich nicht. Sie wurden aus einem ganz bestimmten Grund entfernt. Und derjenige, der es tat, dachte nicht an das Register.«

Bony starrte durch den Zigarettenrauch seinen Gastgeber an.

Der Doktor bemerkte jetzt, wie dunkel es geworden war. Er erhob sich, um die Lampe anzuzünden. Bony schloß das Fenster und zog die Rollos herab.

»So, und jetzt wollen wir uns erst mal einen Schluck von meinem Deputatalkohol genehmigen«, sagte Dr. Mulray. »Rücken Sie doch mal die Sessel an den Tisch. Diese Detektivspielerei ist genauso interessant wie Schach. Wollen Sie sich die Krankenbücher einmal anschauen?«

»Danke, später. Kennen Sie Mrs. Nelsons Lebenslauf?«

»Von der Zeit an, als Doktor Tigue die Praxis übernahm. Damals lebte Mrs. Nelson mit ihrem Mann in einem ärmlichen Häuschen hier in Carie. Ihr Mann war Pferdeknecht bei Cobb and Co. Dann kaufte sie – sie, wohlgemerkt, und nicht ihr Mann – das Hotel.«

»Und im Krankenbuch desselben Jahres fehlt eine Seite, die Mrs. Nelson betrifft?«

»So ist es.«

»Woher hatte die Frau eines Pferdeknechts das Geld, sich ein Hotel kaufen zu können?«

»Sie behauptet – und ich habe es auch von anderer Seite gehört –, eine Tante habe ihr das Geld vererbt.«

»Schön. Welche anderen wichtigen Daten gibt es noch?«

»Vier Jahre später starb Nelson, und von diesem Zeitpunkt an ging es mit Mrs. Nelson finanziell steil aufwärts. Soviel ich weiß, war der Mann ein Säufer.«

»Ah! Und in diesem Jahr fehlt ebenfalls ein Blatt im Krankenbuch.«

»Ja. Der Mann starb allerdings erst gegen Ende das Jahres, und die fehlende Seite betrifft den Monat Juni. Die Eintragungen über seinen Tod sind vorhanden.«

»Und Sie finden keinerlei Notizen, die mit den Narben an Mrs. Nelsons Hals in Zusammenhang zu bringen wären?«

»Nein, nichts.«

»Vielleicht stammt die Verletzung aus einer Zeit, bevor Doktor Tigue nach Carie kam?«

»Nein!« erwiderte Dr. Mulray erregt. »Dafür gibt es einen Beweis. Im Hause von Opa Littlejohns Sohn hängt eine Fotografie. Eine Gruppenaufnahme, gemacht aus Anlaß des Hotelkaufs. Mrs. Nelson steht mit ihrem Mann in der Mitte der Gruppe und trägt eine Bluse mit tiefem Ausschnitt.«

»Was Sie nicht sagen!« rief Bony. »Was wissen Sie sonst noch, Doktor?«

»Nichts. Aber ich habe immer das Gefühl gehabt, daß dieser Hotelkauf Mrs. Nelsons eine mysteriöse Sache gewesen sein muß. Dogger Smith hat mir einmal erzählt, daß Mrs. Nelson keine Tante gehabt hat. Es gibt zwei Männer, die uns eine Menge über die alten Zeiten erzählen könnten – wenn sie nur den Mund aufmachen würden. Der eine ist Dogger Smith, der andere Opa Littlejohn. Aber stellen Sie um Himmels willen dem Opa keine Fragen. Der läuft sofort zu Mrs. Nelson.«

»Vielleicht besteht ein Zusammenhang zwischen den Narben an Mrs. Nelsons Hals und dem Würger«, meinte Bony leise. »Jetzt muß ich erst mal verdauen, was Sie mir da erzählt haben, Doktor. Hatte Mrs. Nelson Kinder?«

»Ja, einen Jungen. Er starb bald nach der Geburt.«

»Ach! Und das herausgerissene Blatt in dem betreffenden Band bezieht sich auf Mrs. Nelson! Jetzt würde ich die Bücher doch ganz gern mal sehen, Doktor.«

Dr. Mulray verschwand und kehrte ein paar Minuten später zurück.

»Es ist möglich, daß sich das Ganze als unerhört wichtig für uns herausstellen wird«, erklärte Bony. »Ich will mir zunächst einmal alle Daten notieren.«

»Was halten Sie von alldem?« fragte Dr. Mulray interessiert.

»Bis jetzt kann ich nicht viel dazu sagen, Doktor«, erwiderte Bony, aber man merkte ihm die innere Erregung an. »Die fehlenden Seiten in den Büchern geben uns ein Rätsel auf, und die Lösung dieses Rätsels könnte uns möglicherweise auf die Spur des Würgers bringen. Wir können mit ziemlicher Sicherheit annehmen, daß die erste herausgerissene Seite Geburt und Tod des Kindes von Mrs. Nelson betreffen. Halten Sie es für möglich, daß Doktor Tigue den Tod des Kindes auf der fehlenden Seite notiert hatte?«

»Ich zweifle nicht daran. Der Tod des Kindes ist sonst nirgends vermerkt. Ich selbst weiß überhaupt nur vom Hörensagen, daß Mrs. Nelson einen Sohn gehabt haben soll.«

»Hm! Einen Beweis, daß dieses Kind tatsächlich tot ist, haben wir also nicht. Nun hätte ich doch zu gern gewußt, weshalb Doktor Tigue Mrs. Nelson vier Jahre später behandelt hat. Vielleicht wegen einer Strangulation?« Bony erhob sich. »Doktor, ich bin Ihnen sehr zu Dank verpflichtet.«

18

Der neue Buchhalter traf in der Frühe des 1. Dezember auf Wirragatta ein. Am nächsten Morgen übernahm er von Donald Dreyton das Büro, und am darauffolgenden Tag machte sich Dreyton mit seinen Kamelen zu einem Inspektionsgang entlang des Grenzzaunes auf.

Wie üblich meldete sich Bony alias Joe Fisher am Morgen des 3. Dezember um halb acht im Büro, um sich eine Arbeit zuteilen zu lassen. Und wie immer erschien Martin Borradale pünktlich an der Gartenpforte und ging auf die wartenden Männer zu.

Er fand immer den richtigen Ton im Umgang mit seinen Leuten, und sie dankten es ihm durch treue Ergebenheit. Er blieb mehrere Meter vor den Männern stehen, wünschte allen einen guten Morgen und rief dann jeden einzelnen zu sich, um ihm die Arbeit zuzuteilen.

Diesmal kam als erster Harry West an die Reihe, und was er ihm zu sagen hatte, dauerte volle fünf Minuten. Mit steinernem Gesicht kehrte Harry zurück und stellte sich neben Bony. Er müsse, so flüsterte er dem Inspektor zu, den Lastwagen mit Draht und Werkzeug beladen und nach Westall Corner fahren, um dort Dogger Smith bei der Reparatur des Grenzzaunes zu helfen.

Wenn es jemanden gab, den Bony dringend kennenlernen wollte, dann Dogger Smith. Als Martin Borradale ihn jetzt zu sich rief und ihn lächelnd fragte, welche Arbeit er zugewiesen haben möchte, bat der Inspektor, Harry West begleiten zu dürfen.

»All right, Bony. Aber das ist eine schwere Arbeit. Seit meine Schwester über Sie Bescheid weiß, spricht sie oft mit mir über Sie. Sie kennen den alten Stanton und die Trenches in Windee?«

»Ja. Prächtige Leute! Ich hoffe, Sie nehmen es mir nicht übel, wenn ich Sie über den Stand meiner Ermittlungen nicht laufend unterrichte? Zunächst einmal muß ich unbedingt mit diesem Dogger Smith ins Gespräch kommen. Gestatten Sie mir, auch vor Beendigung der Reparaturarbeiten mit dem Lastwagen zurückzukommen, falls es sich als notwendig erweist?«

»Selbstverständlich. Aber nehmen Sie für mindestens drei bis vier Tage Wasser mit. Können Sie mir wenigstens noch eine Frage beantworten, die mich schon lange bedrückt? Glauben Sie, daß der Würger geisteskrank ist?«

Bony musterte kurz das jungenhafte, sympathische Gesicht, dann schüttelte er den Kopf.

»Ich weiß überhaupt nicht, was ich glauben soll, Mr. Borradale. Ein Geisteskranker würde sich doch wohl kaum den Zeitpunkt seiner Verbrechen mit einer solchen Sorgfalt aussuchen. Und er könnte seine Krankheit auch wohl kaum vor seinen Mitmenschen verbergen. Vielleicht täusche ich mich, aber ich bin der Ansicht, daß dieser Mensch von Zeit zu Zeit von einer unwiderstehlichen Mordlust gepackt wird – eine Art Rauschzustand.«

»Sie glauben, daß Simone den Falschen verhaftet hat?«

»Ich bin sogar sicher.«

»Und was geschieht mit Elson?«

»Er wird in Untersuchungshaft behalten. Aber ich bin überzeugt, daß die von Simone vorgelegten Beweise für eine Verurteilung nicht ausreichen.«

»Das hoffe ich, Bony. Der Bursche ist in Ordnung. Er war früher nur ein großer Schürzenjäger, weiter nichts.«

»Es würde mich nicht überraschen, wenn sich der Würger als ein in dieser Gegend völlig Unbekannter entpuppen sollte.«

»Vielleicht komme ich morgen oder übermorgen mal hinaus zu Ihrem Lager. Dogger Smith wird Harry schon die Mucken austreiben. Dieser Junge hat vor gar nichts Respekt. Ich hatte ausdrücklich angeordnet, daß Black Diamond von niemandem geritten wird, und er galoppiert damit nach Carie, um sein Mädchen zu besuchen! Er möchte gern Obercowboy werden und hier mit Tilly ein Haus haben. Ich bin durchaus nicht abgeneigt, aber zuvor möchte ich ihm eine Lektion erteilen. Harry ist der geborene Reiter und versteht mit Schafen umzugehen. Jede andere Arbeit findet er degradierend.«

Sie mußten beide lachen.

»Nun, dann wird ihm diese Abwechslung bestimmt guttun«, meinte Bony.

»Das denke ich auch. Der Junge hat viele gute Eigenschaften. Aber verraten Sie ihm nicht, was ich mit ihm vorhabe. Ah, da kommt meine Schwester auf die Veranda. Sie möchte gewiß mit Ihnen sprechen. Ich werde inzwischen noch die restlichen Anweisungen erteilen.«

Martin nickte verabschiedend, während Bony durch das Gartentor schritt und auf die Veranda zuging.

»Nun, wie kommen Sie mit Ihren Ermittlungen voran?« fragte Stella.

»Langsam, aber stetig, Miss Borradale«, erwiderte Bony. »Es gibt viel Kleinarbeit zu erledigen. Ich fahre mit Harry West hinaus zum Grenzzaun und werde mehrere Tage wegbleiben. Würden Sie mir einen Gefallen tun?«

»Gern, wenn Sie nichts Unmögliches verlangen.«

»Ich möchte nichts dramatisieren und Sie nicht beunruhigen, aber verlassen Sie bei Nacht das Haus nicht ohne Begleitung. Gehen Sie nicht einen einzigen Schritt allein in den Garten. Und sobald Wind aufkommt und Sand hochgewirbelt wird, schließen Sie Tür und Fenster Ihres Schlafzimmers fest ab, auch wenn das vielleicht unbequem sein sollte. Und weisen Sie die Köchin und die Mädchen an, sich ebenso zu verhalten.«

»Aber im Haus besteht doch wohl keine Gefahr für uns?« fragte Stella, und in ihrem Gesicht stand deutlich Angst.

»Mein Namensvetter, der große Napoleon, gewann deshalb so viele Schlachten, weil er jede nur denkbare Vorsicht walten ließ, Miss Borradale. Bei Sandsturm sind alle im Gebiet von Carie in Gefahr. Ich bitte Sie, nicht leichtsinnig zu sein.«

Stella seufzte. »Ich werde Ihren Rat befolgen.«

»Vielen Dank. In ein bis zwei Wochen wird die Gefahr für immer beseitigt sein.«

»Sie haben also einen Verdacht?«

»Zehn Leute sind verdächtig, und einer davon ist der Gesuchte. Keine Sorge, ich erwische ihn. Bis jetzt habe ich noch jeden erwischt. Und jetzt darf ich mich empfehlen. Ich muß noch meine Decken zusammenrollen und Harry West beim Beladen des Wagens helfen.«

Stella blickte ihm nachdenklich nach.

19

Seit langen Jahren hatte Dogger Smith sich seine eigene Welt aufgebaut – eine Welt, in der er selbst die wichtigste Rolle spielte. Nach ihm kamen die Dingos, diese wilden Hunde, gegen die er einen listenreichen Kampf führte. Dann erst kamen die übrigen Menschen, die Dogger Smith aber trotzdem alle sehr gut kannte. Er schien ihre Geheimnisse aus der Luft zu holen, da er nur äußerst selten mit ihnen zusammenkam – ob sie nun schwarz waren oder weiß.

Das Bemerkenswerteste an diesem hünenhaften Mann waren der schneeweiße Vollbart und das weiße Haar. Er konnte ebensogut siebzig wie über hundert Jahre alt sein.

Am frühen Morgen war er in seinem uralten Ford mit ohrenbetäubendem Geknatter, eine riesige Staubfahne hinter sich herziehend und in eine Wolke von Gestank gehüllt, an einer Stelle des Grenzzaunes angelangt, wo dieser von einem schmalen Gürtel von Mulgabüschen gekreuzt wurde. Nachdem sich die Staubwolke verzogen hatte, machte Dogger Smith ein Feuer und kochte einen Kessel Tee.

Offensichtlich schien er den Gestank nicht zu bemerken, oder er war unempfindlich dagegen, denn er genoß den Tee und rauchte dazu in einer kurzen Pfeife seinen schwarzen Tabak. Nachdem er sich erfrischt hatte, schnitt er Pfähle zu und baute sich einen wirkungsvollen Windschutz. Als dies erledigt war, trank er wiederum Tee und füllte sich seine Pfeife erneut mit dem pechschwarzen Preßtabak.

Harry West hielt unklugerweise auf der Leeseite des alten Ford. Er hatte den Wagen kaum zum Stehen gebracht, als die fünf Schäferhunde, die er mitgebracht hatte, auch schon wie toll absprangen und mit tiefgesenkten Schnauzen auf den Ford zurasten, wo sie am Boden kratzten und herzzereißend zu winseln begannen.

»Guten Tag!« rief Dogger Smith. »Kommt her, es gibt Tee.«

»Verdammt!« Harry schnappte nach Luft. »Hast du vielleicht einen Toten auf deinem Karren? Das stinkt ja bestialisch!«

Der alte Mann lachte. »Das ist mein Geheimmittel, mit dem ich die Dingos anlocke.«

»Geheimmittel? Was kann daran schon geheim sein! Dieser Gestank wirft einen ja um! Woraus besteht das Zeug eigentlich?«

»Das möchtest du wohl wissen, was? Das möchten viele wissen, und man hat mir schon hundert Pfund geboten, aber bei mir ist nichts zu machen. Damit habe ich schon mehr Dingos gefangen, als du Haare auf deinem Kopf hast, mein Lieber.«

»Das ist ja wirklich ein prächtiges Lockmittel«, sagte Bony und betrachtete die fünf Hunde, die auf den Hinterläufen standen und wie wild an dem alten Ford schnüffelten.

Aus einer Höhe von einem Meter achtzig musterten ein Paar scharfe braune Augen Bonys lächelndes Gesicht. Der alte Mann hatte weder Rheuma, noch brauchte er eine Brille.

»Sie sind fremd hier in der Gegend?«

»Ja«, entgegnete Bony. »Ihr köstliches Lockmittel läßt Harrys Hunde gar nicht mehr los. Ich nehme an, daß Sie sich inzwischen daran gewöhnt haben?«

»Gewiß. Ich gebe ja zu, man braucht eine Weile, bis man sich mit dem Geruch abgefunden hat, aber im Vergleich zu Boozer Harris Köder ist mein Zeug noch harmlos. Ich parke sonst auch immer in Lee, und ich werde den Wagen jetzt wegbringen. Holst du Wasser, Harry?«

Harry war nur zu gern bereit dazu, und Bony, der den Gestank ebenfalls nicht eine Sekunde länger hätte aushalten können, begleitete ihn. Rasch entluden sie den Lastwagen, ohne dabei ein unnützes Wort zu sprechen, und dann fuhren sie die vier Meilen bis zur Wasserstelle, um den großen Tank zu füllen. Während ihrer Abwesenheit schaffte Smith den stinkenden Ford weg und kochte das Abendessen: gesalzenes Hammelfleisch und Kartoffeln.

In der ersten Nacht wurden Bony und Harry West durch die Erzählung von einem Dutzend grausiger Mordgeschichten unterhalten. Am folgenden Tag bewies dann Dogger Smith, daß sein Arbeitseifer genauso groß war wie seine Vorliebe für Mordgeschichten. Als endlich die Sonne hinter dem Horizont versank und Feierabend war, atmete Bony erleichtert auf.

Das Wetter war klar, heiß und ruhig. Immer wieder hielt Bony Ausschau nach Anzeichen eines beginnenden Sandsturms. Da nichts auf einen Wetterumschlag hindeutete, verschob er die Befragung von Dogger Smith auf einen späteren Zeitpunkt, um nicht das Mißtrauen des alten Mannes zu erregen. Es war Harry, der einige Abende später unbewußt das Stichwort gab. Er beklagte sich darüber, daß der Boss ihn mit dieser Arbeit am Grenzzaun habe bestrafen wollen.

»Ich möchte kein böses Wort gegen Martin Borradale hören«, erwiderte Dogger Smith scharf. Seine braunen Augen blitzten. »Er ist der beste Boss, für den ich je gearbeitet habe, mein Lieber. Und er ist der richtige Mann, um euch junge Burschen im Zaum zu halten. Genau wie sein Vater.«

»Ach, schon gut!« brummte Harry, der es nun langsam satt hatte, über dieses Thema zu diskutieren.

»Gehört dem Boss Wirragatta schon lange?« warf Bony rasch ein.

»Seit dem Tod seines Vaters. Martin wurde auf Wirragatta geboren. Ich kann mich noch genau an den Tag erinnern. Und den Tag, an dem er getauft wurde, werde ich nie im Leben vergessen. Borradale senior und Mrs. Borradale – eine wundervolle Frau übrigens – waren so stolz, daß sie nun einen Sohn und Erben hatten, daß sie ein großes Fest im Schurschuppen veranstalteten. Alle Außenarbeiter waren bereits am Vortag zur Station gerufen worden, und eine Menge Stadtleute wurde ebenfalls eingeladen. Es gab ein pompöses Mahl, und ein Bierfaß nach dem anderen wurde angezapft. Opa Littlejohn war damals Stallknecht bei Borradale. Er und die damalige Köchin vom Herrenhaus betranken sich so sehr, daß sie sich schließlich laut schreiend auf der Tanzfläche aneinanderklammerten. Das gefiel Mrs. Littlejohn natürlich nicht, sie kam angerauscht und fiel über die Köchin her. Die wiederum ließ sich auch nichts gefallen, und es gab großen Radau. Zum Schluß haben sich dann alle Gäste hingelegt und zwei Tage und zwei Nächte lang geschlafen.«

»Das muß ja wirklich ein tolles Fest gewesen sein!« sagte Bony.

»Und ob! Der alte Borradale war weder vorher noch nachher jemals so großzügig. Ein harter Mann, aber gerecht. Er heiratete die beste Frau, die der Busch je gesehen hat. Sie wäre beinahe bei Martins Geburt gestorben.«

»Der junge Boss scheint auch sehr beliebt zu sein«, warf Bony rasch ein. »Im Moment hat er, glaube ich, Sorgen – wegen des Würgers. Er ist ja Friedensrichter, soviel ich weiß.«

»Na, man hat doch Barry Elson verhaftet, soviel ich weiß«, entgegnete der alte Mann.

»Der war es nie!« ereiferte sich Harry. »Eine Menge Leute denkt genau wie ich.«

»Und eine Menge Leute denkt, daß er es trotzdem war«, erwiderte der Alte trocken. »Ich persönlich halte ihn nicht für den Würger. Ich glaube eher, daß es doch der Buschgeist war, von dem der alte Snowdrop immer sprach. Diese Schwarzen wissen mehr, als wir uns eingestehen wollen. Was wir hier brauchen, ist ein richtiger Kriminalist, der uns beweist, ob der Würger ein Mensch oder ein Geist ist.«

»Sergeant Simone –« begann Bony, doch der alte Mann schnitt ihm sofort das Wort ab.

»Der!« rief er wegwerfend. »Ich spreche von einem richtigen Kriminalisten und nicht von einem, der es gerade noch fertigbringt, einen Betrunkenen aufzugabeln. Wir brauchen jemanden, der sich im Busch auskennt.«

»Da pflichte ich Ihnen natürlich bei«, entgegnete Bony eifrig. »Ich persönlich glaube fast, daß der Würger geistig nicht ganz normal ist. Er wird ab und zu von einem Rausch überfallen. Kennen Sie jemanden, der dafür in Frage käme?«

Dogger Smith lachte. »Höchstens den alten Stumpy Tattem. Ab und zu rammt der alte Stumpy seinen Hut über einen Zaunpfahl und liest ihm die Leviten. Als das mit Mabel Storrie passierte, baute ich mit ihm gerade einen Zwischenzaun in Yonkers Pferch. Es war ein schrecklicher Sturm, und an diesem Abend machte ich einen Mehlkuchen. Es war der beste Mehlkuchen, den ich je gebacken habe, aber der alte Stumpy ging in die Luft, weil er ihn nicht rund genug fand. Er ging sogar auf mich los, und ich mußte ihm eins verpassen, damit er mich in Ruhe ließ. Schließlich ist er im Busch verschwunden, und ich habe ihn erst am nächsten Mittag wiedergesehen.«

»Das war also in der Nacht, in der Mabel Storrie überfallen wurde«, stellte Bony fest. »Wo kampierten Sie denn da?«

»He!« rief der Alte und starrte Bony an. »Auf die Idee bin ich noch gar nicht gekommen. Ich lagerte mit Stumpy nur ungefähr drei Meilen südwestlich des Nogga Creek. Aber nein! Stumpy würde so was nicht tun! Der mit seinem Holzbein. Der spielt zwar manchmal verrückt, aber er ist harmlos.«

»Und wo ist Stumpy jetzt?« fragte Bony.

»Stumpy? Der arbeitet im Moment drüben bei Westall. Stumpy ist bestimmt ein prima Kerl, auch wenn er manchmal verrückt spielt.«

Bony erinnerte sich, William Tattem alias Stumpy von der Liste gestrichen zu haben. Nun erwog er den Gedanken, ob er ihn nicht doch lieber wieder daraufsetzen sollte.

»Wie lange sind Sie eigentlich schon im Gebiet von Carie?« fragte er, um den alten Mann am Reden zu halten.

»Rund fünfzig Jahre.«

»Und wie sah es damals aus im Städtchen?«

»Oh, prächtig. Als ich herkam, gab es drei Kneipen.«

»Tatsächlich? Und wahrscheinlich auch mehr Leute?«

»Stimmt genau. Alles harte Burschen«, erwiderte Dogger Smith stolz. »Damals war noch Leben im Busch.«

»Seit wann besitzt Mrs. Nelson eigentlich das Hotel?«

»Seit dreißig Jahren. Sie behauptet, von einer Tante Geld geerbt zu haben, aber das ist gar nicht wahr. Ihre Mutter war eine geborene Rawlings und hatte keine Schwestern, und ihr Vater besaß nur eine, und die starb schon sehr früh.«

»Sie ist eine wunderliche Person, wie?« bohrte Bony weiter, um den Redefluß des alten Mannes nicht versiegen zu lassen.

»Allerdings.« Dogger Smith nickte. »Manche halten sie für sehr hart, aber das war sie wohl nur am Anfang. Als sie das Hotel übernahm, verstand sie es meisterhaft, die Leute loszuwerden, nachdem sie ihren ganzen Lohn bei ihr gelassen hatten. Sie erkundigte sich sogar höchstpersönlich nach den Wünschen der Gäste. ›Möchten Sie Ziegenbraten oder Galah?‹ fragte sie. Natürlich bestellte jeder Ziegenbraten. Hatte sie aber jemanden vor sich, der kein Geld mehr hatte, dann erwiderte sie: ›O nein, Sie werden Galah essen!‹ Und dann bekam er einen zähen Galah, der außerdem nur halb gar war. – Sie beging nur einen Fehler in ihrem Leben, und das war, als sie John Nelson heiratete. Gewiß, er sah gut aus, aber er war der geborene Glücksspieler und Säufer, genau wie sein Vater. Nun, Mrs. Nelson hat ihn zwar etwas auf Trab gebracht, aber als sie dann das Hotel kaufte, ging es rapide bergab mit ihm.«

Bony lauschte gespannt. Er unterbrach den alten Mann mit keinem Wort.

»Eines Morgens kam ich nach Carie, da hatten Mrs. Nelson, der Pferdeknecht und Wachtmeister Halliday alle Hände voll damit zu tun, John zu bändigen, weil Doktor Tigue ihm eine Spritze geben wollte. Aber John war unheimlich stark und außerdem besoffen. Er stieß sie alle miteinander beiseite. Es blieb mir also nichts anderes übrig, als ihn zu packen und ihm einen ordentlichen Kinnhaken zu versetzen, damit er zu seiner Spritze kommen konnte. John Nelson konnte enorm viel saufen, und manche meinten, es sei wirklich nicht nötig gewesen, daß Mrs. Nelson auch noch das Hotel kaufte. Aber letzten Endes war das auch egal. Gefängnis oder Südpol wäre das einzig Richtige für ihn gewesen. Er war wie Stumpy Tattem – ging auf jeden los. Wenn ich ihn nicht selbst in den Sarg gelegt hätte, würde ich glauben, daß er der Würger ist.«

»Hatten die beiden Kinder?«

»Eins – einen Jungen. Bei seiner Geburt tobte der schlimmste Sandsturm, den ich je erlebt habe.«

»Ach? Und was wurde aus ihm?«

»Er starb. War vielleicht auch besser so – mit John Nelson als Vater. Aber gut ausgesehen hat John. Ein dunkler Typ mit einer angenehmen Stimme. Alle Mädchen waren verrückt nach ihm.«

Der alte Mann schob das Feuerholz zusammen. Als die Flammen hell aufloderten, sahen sie, daß Harry West eingeschlafen war.

20

Den ganzen Tag über hatte die Hitze gebrütet, aber durch die niedrige Luftfeuchtigkeit war sie doch noch erträglich gewesen. Nun stand die Sonne karmesinrot am westlichen Horizont, und die Blaubuschebene leuchtete in Purpur und tiefem Blau.

Mrs. Nelson saß am Südende des Balkons. Unten auf der Straße parkte das staubbedeckte Postauto. Chauffeur und Fahrgäste saßen beim Abendessen, das ihnen Tilly servierte. Neben dem Omnibus stand Wachtmeister Lee im Gespräch mit dem Buchhalter von Wirragatta. Ein Stück weiter die Straße herunter saß Opa Littlejohn auf seiner Kiste vor dem Haus seines Sohnes und unterhielt sich mit Joe Fisher.

Die Sonne versank hinter dem Horizont, und die orangefarbenen Sandhügel in der Ferne glühten jetzt rot. Ab und zu warf Mrs. Nelson einen kurzen Blick zu den Männern neben dem Postwagen, und ihre Lippen verzogen sich zu einem unmerklichen Lächeln. Manchmal blickte sie auch hinüber zu Bony und dem alten Mann, aber dann lächelte sie nicht – dann blickte sie hinauf zu dem flammenden Himmel, und ihre Hände zitterten.

Schließlich tauchte der Fahrer des Postautos auf, ein langaufgeschossener Jüngling in Stadtkleidung.

»Sie wollen nach Broken Hill?« fragte er den Buchhalter.

»Ja. Wann fahren wir ab?«

»Sobald ich die Post geholt habe, und das geschieht jetzt.«

Der Fahrer setzte sich an das Steuer, der Motor heulte auf, der Omnibus wendete und fuhr zum Postamt. In diesem Augenblick betrat Fred Storrie Mrs. Nelsons Balkon.

»James sagte mir, daß Sie mich sprechen wollen, Madam?«

Mrs. Nelson musterte den Mann. Ihr Blick wanderte von den Stiefeln über die verschlissenen Reithosen und das verblichene Khakihemd zu dem sonnverbrannten Gesicht mit dem schwarzen Bärtchen und den blaßblauen Augen.

»Ja, Fred. James hat mir heute morgen erzählt, daß seit gestern ein Mann und eine Frau am Catfish Hole kampieren. Wissen Sie etwas davon?«

»Nicht viel. Die Frau verschwand sofort im Zelt, als ich heute morgen vorbeikam. Den Mann kenne ich nicht. Er sagte, sie kämen von Menindee. Er ist Erzsucher.«

Da Fred Storrie die Leute nicht kannte, war Mrs. Nelson sicher, sie ebenfalls noch nie gesehen zu haben.

»Gut. Haben Sie dem Mann gesagt, daß diese Stelle höchst ungünstig zum Kampieren ist?«

»Ja. Ich habe ihm auch erzählt, was ganz in der Nähe mit Mabel passiert ist. Aber der Mann lachte nur. Er sagte, er habe vor niemandem Angst.«

»Haben Sie herausgefunden, wie er heißt?« fragte Mrs. Nelson, ohne sich zu regen.

»Ja, er heißt Bennet. Ein untersetzter, muskulöser Mann von ungefähr fünfundvierzig. Ein zäher Bursche.«

Das Postauto fuhr vor dem Hotel vor, und der Chauffeur rief laut: »Alles einsteigen!«

Mrs. Nelson und Fred Storrie unterbrachen ihr Gespräch und sahen der Abfahrt zu. Der Buchhalter kletterte zusammen mit den anderen Fahrgästen in den Wagen.

»Dieser Buchhalter hat es aber nicht lange in Wirragatta ausgehalten«, stellte Mrs. Nelson tadelnd fest. »Wahrscheinlich hat es ihm an Abwechslung gefehlt. Aber noch einmal zu diesen Leuten am Catfish Hole, Fred. Wir wissen nicht, ob es tatsächlich der Mörder ist, den Simone verhaftet hat. Auf jeden Fall wollen wir keinen neuen Mord erleben. Wenn man diesem Paar erlaubt, am Catfish Hole zu kampieren, dann ist das eine glatte Herausforderung an das Schicksal. Sie befinden sich auf Ihrem Gebiet, und Sie müssen sie morgen früh weiterschicken.«

»Das kann ich nicht, Madam, wenn sie nicht von selbst gehen wollen«, widersprach Storrie.

»Doch, Sie können es«, beharrte Mrs. Nelson. »Habe ich mich Ihnen und Mabel gegenüber nicht großzügig gezeigt? Und habe ich nicht der alten Mrs. Marsh eine Rente ausgesetzt? Ich bin kein Wohltätigkeitsinstitut, Fred. Ich habe durch diese

Morde eine Menge Geld eingebüßt. Jedesmal, wenn etwas passiert, kommt Sergeant Simone, und ich muß meine Bar geschlossen halten. Ich habe nicht die Absicht, ruhig zuzusehen, wie noch mehr Leute umgebracht werden. Verstanden? Sie können die Leute weiterschicken. Sagen Sie, daß Sie am Catfish Hole die Schafe tränken müssen. Sagen Sie irgend etwas – aber die Leute verschwinden morgen früh!«

»Wenn sie nicht freiwillig gehen, kann ich sie nicht zwingen«, wiederholte Storrie. »Ich habe dem Mann erklärt, daß die Gegend am Catfish Hole sehr ungesund sei. Er erwiderte, daß ihm das Klima ausgezeichnet bekomme. Dann habe ich ihm gesagt, daß er sich auf meinem Gebiet befände. Daraufhin erkundigte er sich, ob Catfish Hole eigner Grund oder Pachtland sei. Als ich erwiderte, es sei Pachtland, zeigte er mir eine Schürfgenehmigung, aus der hervorging, daß er am Wasserloch bis zur Sandbank nach Gold suchen darf. Er sagte, weder ich noch die Polizei könnten ihn wegschicken. Und mit dieser Lizenz, die er hat, sind sogar Sie machtlos, Madam.«

Fred Storrie lehnte an der Balkonbrüstung und blickte auf das Oberhaupt von Carie herab.

»Gold!« fauchte die alte Dame wütend. »Gold! Da lachen ja die Hühner!«

»Vielleicht gibt es dort tatsächlich Gold«, gab Storrie zu bedenken. »Mein Vater entdeckte zwei Meilen weiter aufwärts am Nogga Creek die typische Verfärbung im Sand.«

Mrs. Nelson ließ ihren Blick über die Ebene wandern.

»Und ich sage Ihnen, Fred, mir gefällt das nicht. Wenn der Mann ermordet werden sollte – von mir kann seine Frau keine Unterstützung erwarten. Ich werde überhaupt nichts tun. Aber dieser Simone wird wiederkommen und mir mein Geschäft verderben. Es geht sowieso nicht gut. Natürlich, wenn dieser Mann eine Schürflizenz besitzt, haben wir keine Handhabe, ihn wegzuschicken. Ich muß mir die Sache durch den Kopf gehen lassen. Irgend etwas wird mir schon einfallen. Jetzt gehen Sie hinunter in die Bar und trinken Sie einen Schluck. Und dann sagen Sie dem Mischling, der sich da drüben mit dem alten Mummelgreis unterhält, er möchte zu mir heraufkommen.«

Storrie nickte und entfernte sich stumm. Offensichtlich war er froh, dieses Gespräch hinter sich gebracht zu haben. Mrs. Nelson beobachtete die lange Staubfahne, die vom Postauto aufgewirbelt worden war und noch immer bis zur smaragdgrünen Linie der Bäume am Nogga Creek in der Luft hing. Am orange- und blaufarbenen Himmel zogen sich gespenstische weiße Streifen zusammen – Nebelwolken. Die alte Dame beobachtete diese unheildrohenden Anzeichen.

Unten auf der Straße saß Bony gemütlich neben Opa Littlejohn. Der alte Mann ließ sich interessiert alle Einzelheiten von Harry Wests Verbannung an den Grenzzaun erzählen.

»Na, Dogger Smith und Harry werden viel Spaß miteinander haben«, krächzte er. »Es wird dem jungen Burschen guttun, einmal richtig arbeiten zu müssen. Und dafür wird Dogger Smith schon sorgen.«

»Leben Sie eigentlich schon lange hier, Mr. Littlejohn?«

»Ich bin nicht erst gestern nach Carie gekommen«, erwiderte der alte Mann selbstgefällig.

Die Dunkelheit sank herab. Nach der Hitze des Tages war die abendliche Kühle angenehm. Der alte Mann trug die übliche Cowboykleidung mit Zugstiefeln, einer engen Reithose und einer Lederweste über dem Baumwollhemd.

»Als ich nach Carie kam, wuchsen überall noch Baumwollbüsche, wilder Spinat und wilde Möhren«, erzählte er. »Aber jetzt verwandelt sich das Land in eine Wüste. Sehen Sie da drüben im Osten die Sandhügel? Vor vierzig Jahren waren sie noch nicht da. Die Karnickel haben weniger Schaden angerichtet als der Sand.«

»Carie soll damals viel größer gewesen sein als heute?« lenkte Bony das Gespräch in die von ihm gewünschte Richtung.

»Es gab noch kein Postamt, kein Rathaus und kein Gericht, aber drei Kneipen waren da, viel mehr Häuser, viel mehr Leute – und vor allem viel mehr Geld. Das Hotel da drüben war damals eingeschossig.«

»Und wann wurde es erweitert?«

»Vor über dreißig Jahren. Watkins, dem es damals gehörte, ließ es abreißen und völlig neu aufbauen. Aber das Geschäft ging nicht besonders. Er verkaufte es dann für tausend Pfund an Mrs. Nelson. Sie hat es besser verstanden, Geld zu machen.«

»Sie scheint die geborene Geschäftsfrau zu sein, Mr. Littlejohn«, sagte Bony anerkennend, weil er wußte, daß ihre Unterhaltung dem Oberhaupt von Carie brühwarm weitererzählt werden würde.

»Ganz recht«, pflichtete Opa Littlejohn bei. »Aber es ging ihr erst gut, als John Nelson das Zeitliche gesegnet hatte.«

»Er hat getrunken, wie?«

Opa Littlejohns sauber rasiertes Kinn sank auf die Hände, die einen kräftigen Mulgaknüppel umklammerten.

»Ich lernte ihn kennen, als er auf Wirragatta arbeitete. Er war ein gutaussehender Bursche und ein prächtiger Reiter. Aber er begann schon bald zu saufen, ganz schrecklich zu saufen. Als er Mrs. Nelson den Hof machte, nahm er sich etwas zusammen. Sie kochte damals im Hotel, und er wurde Pferdeknecht bei Cobb and Co. Dann heirateten sie. Jeder andere Mann hätte sich für eine solche Frau halb totgearbeitet, aber er begann eine Woche nach der Hochzeit wieder zu saufen. Er wurde wiederholt eingebuchtet. Der alte Borradale mußte ihm oft im Gerichtssaal die Leviten lesen. Wenn John im Kittchen seinen Rausch ausschlief, mußte Mrs. Nelson sich um den Pferdewechsel kümmern.«

»Tüchtige Frau.«

»Und ob sie tüchtig war, Joe Fisher. Sie ist es bis auf den heutigen Tag geblieben. Es muß eine Erlösung für sie gewesen sein, als er endlich das Zeitliche segnete.«

»Und woran ist er denn gestorben?«

»Am Delirium tremens natürlich. Woran denn sonst?«

»War er lange krank?«

»Na ja. Er hatte eine kräftige Konstitution, aber er hat sich auch große Mühe gegeben, sie zu ruinieren. Sehen Sie, Mrs. Nelson kam zu etwas Geld – eine Tante von ihr starb –, und davon kaufte sie das Hotel. Von dem Tag an war John Nelson ständig besoffen. Der Anfang vom Ende kam, als er plötzlich einen ganzen Nachmittag und die ganze Nacht um das Hotel herummarschierte. Der Zaun zum Postmeister existierte damals noch nicht, so daß er ungehindert marschieren konnte. John war immer etwas verrückt, aber an dem Tag geriet er völlig in Raserei. Schließlich platzte ihm eines Abends eine Ader, und das war dann das Ende.«

»Schrecklich!« murmelte Bony. »Waren Sie dabei, als er starb?«

»Nein. Ich arbeitete damals als Pferdeknecht beim alten Borradale.« Opa Littlejohn schwieg einige Sekunden und blickte nach oben. »Nach dem Himmel zu schließen, wird es wieder einen Sandsturm geben.«

»Vielleicht hätte John Nelson das Saufen aufgegeben, wenn ihm seine Frau Kinder geschenkt hätte«, meinte Bony.

»Ah!« Opa Littlejohn schien diese Frage oft debattiert zu haben. »Sie hatten ja ein Baby. Ich erinnere mich noch genau daran, als es geboren wurde. Es war mitten im schlimmsten Sandsturm. Glücklicherweise besoff sich John zwei Tage vorher so gründlich, daß ihn der Wachtmeister um Mrs. Nelsons willen einbuchten konnte. Der alte Borradale – er war damals Friedensrichter – verurteilte John wegen Widerstandes gegen die Staatsgewalt und Beamtenbeleidigung zu vierzehn Tagen. John war allerdings viel zu betrunken gewesen, als daß er hätte Widerstand leisten oder jemanden beleidigen können, aber man hatte dadurch einen Grund, ihn für vierzehn Tage von der Bildfläche verschwinden zu lassen, damit Mrs. Nelson Ruhe vor ihm hatte. Meine Frau – Gott sei ihr gnädig – stand ihr bei. Als das Kind geboren wurde, war der Vater inzwischen stocknüchtern, aber im Gefängnis. Als man ihm von dem Baby erzählte, versprach er hoch und heilig, das Trinken zu lassen. Er beschwor den Wachtmeister, ihn aus dem Gefängnis herauszulassen, damit er seinen Sohn sehen könne. Aber der Wachtmeister lehnte ab. Dann starb das Kind, und als John aus dem Gefängnis kam, ging er nicht zu Mrs. Nelson, sondern direkt in die Kneipe und soff schlimmer als zuvor. Von dem Augenblick an war Mrs. Nelson mit ihm fertig. Und das kann man ihr nicht übelnehmen. Seitdem achtet sie genau darauf, ob einer der verheirateten Männer zuviel trinkt. Und wenn dies der Fall ist, darf James ihm nichts mehr ausschenken. Vielleicht wäre John ordentlich geworden, wenn das Baby am Leben geblieben wäre, aber ich bezweifle es. Er war der Flasche schon zu sehr verfallen.«

»Hm, traurig, Mr. Littlejohn«, murmelte Bony. »Dann hat Ihre Frau wahrscheinlich auch die Leiche des Kindes für die Beerdigung hergerichtet?«

»Jawohl, junger Mann«, erwiderte Opa Littlejohn kurz angebunden – so kurz angebunden, daß Bony schon fürchtete, daß dieses Gespräch beendet sei. Aber der alte Mann schwieg nur für fünf Sekunden, dann sprach er weiter. »Borradale war sehr gut zu Mrs. Nelson. Er besorgte den Sarg, und das Kind wurde begraben. Borradale hielt den Gottesdienst und weinte selbst bittere Tränen. Ja, meine Frau war Mrs. Nelsons beste Freundin, und als Mrs. Nelson das Geld erbte, hat sie meine Frau nicht vergessen.«

»Das war aber sehr freundlich von Mrs. Nelson.«

»Ganz recht.« Opa Littlejohn nickte. »Sie gab meiner Frau runde tausend Pfund. Niemand hat davon erfahren. Ich . . .«

Der alte Mann brach plötzlich ab und starrte Bony an.

»Ich hätte Ihnen das gar nicht erzählen dürfen«, sagte er schließlich ängstlich. »Ich mußte es Mrs. Nelson fest versprechen. Nicht einmal mein Sohn und seine Frau wissen davon. Es ist mir ganz einfach so herausgeschlüpft. Versprechen Sie mir, mit niemandem darüber zu reden.«

»Wir werden beide diese Unterhaltung vergessen, Mr. Littlejohn«, schlug Bony rasch vor. »Sie erzählen niemandem davon, und ich halte ebenfalls den Mund. Wie denken Sie jetzt über ein Glas Bier?«

Der alte Mann sprang wie elektrisiert auf.

»Das Bier, das vorgestern gekommen ist, müßte jetzt gerade richtig gelagert sein«, sagte er strahlend. »Aber leider kann ich mich nicht revanchieren, Joe. Meine Schwiegertochter erlaubt meinem Sohn nicht, daß er mir mehr als zwei Shilling pro Woche für Tabak gibt.«

»Dann übernehme ich eben beide Runden«, sagte Bony zufrieden.

Während Opa Littlejohn neben ihm her zum Hotel humpelte, blickte der Inspektor nachdenklich zu Boden.

21

Am nächsten Morgen verstärkten sich die Anzeichen für einen nahenden Sandsturm. Kein Lüftchen wehte. An den großen Rotgummibäumen am Fluß regte sich kein Blatt. Zarter, gelber Dunst verschleierte die Sonne, und die Fliegen wurden lästiger als sonst. Menschen und Tiere litten unter Sauerstoffmangel.

Als Bony einige Minuten vor Mittag das Büro betrat, fand er Martin am Schreibtisch vor.

»Hallo, Bony!« sagte der Schafzüchter müde. »Setzen Sie sich doch. Wie Sie sicher wissen, hat mich mein Buchhalter gestern verlassen. Und nun stecke ich bis über den Kopf in der Arbeit.«

»Müßte Dreyton jetzt nicht von seiner Inspektion zurückkommen?«

»Ja, heute oder morgen«, erwiderte Martin gereizt. »Ich

wünschte, er bliebe endlich hier. Dreyton ist sehr zuverlässig. Bei ihm klappt alles. Haben Sie das Ehepaar am Catfish Hole gesehen?«

»Nein. Ich habe nur von ihm gehört.«

»Dann wissen Sie vielleicht auch, daß der Mann ungefähr vierzig, seine Frau hingegen nur halb so alt ist. Lee sagte mir, daß er den Mann gewarnt habe, am Nogga Creek zu lagern. Er hat ihm zu verstehen gegeben, was seiner Frau zustoßen könne. Aber der Mann wies ein Schürfrecht vor und denkt nicht daran, fortzugehen.«

»Und da sich das Wasserloch auf Staatsgrund befindet, kann ihm dieses Recht niemand streitig machen«, erwiderte Bony ruhig und drehte sich die unvermeidliche Zigarette. »Da bin ich nicht so sicher«, sagte Borradale heftig. »Ich bin der amtierende Friedensrichter, und Lee und Sie sind Polizeibeamte, und gemeinsam sollten wir doch in der Lage sein, die beiden dort wegzubringen. Ich halte die Gefahr noch nicht für beseitigt.«

»Gewiß, es ließe sich natürlich machen«, gab Bony zu. »Ich könnte mich ja bei Wachtmeister Lee beschweren, daß mich der Mann angefallen hat. Dann hätte Lee eine Handhabe, ihn zu verhaften und zur Aburteilung wegzuschicken. Wir drei müßten natürlich zusammenhalten, denn wenn es herauskäme –«

»Zum Teufel, worauf wollen Sie hinaus?«

»Ich überlege nur, wie wir die beiden vom Nogga Creek entfernen können«, erwiderte Bony gelassen. »Es gäbe natürlich auch noch andere Möglichkeiten. Wir könnten ein Schaf töten und behaupten, daß dieser Mann –«

»Schluß jetzt!« fuhr Martin auf, und seine Augen blitzten ärgerlich. »Wenn Sie glauben, daß ich mich für solche Lügen hergebe –«

»Das glaube ich bestimmt nicht«, erwiderte Bony lächelnd. »Ich hatte nur einige Möglichkeiten angedeutet. Offen gestanden – ich hätte mich auch nicht dazu hergegeben. Aber Sie sehen jetzt selbst, daß dieser Mann ein Recht hat, sich dort aufzuhalten, und wir haben keine gesetzliche Handhabe, ihm dieses Recht streitig zu machen. Man hat ihn aufgeklärt, daß es am Nogga Creek gefährlich ist. Wenn ihm oder seiner Frau etwas zustößt, kann man weder Ihnen noch Lee einen Vorwurf machen.«

»Aber damit ist die Gefahr nicht beseitigt, in der sich vor allem die Frau befindet! Ich bin für die Sicherheit in diesem Bezirk verantwortlich und mehr denn je davon überzeugt, daß Simone den Falschen verhaftet hat.« Martin schlug mit der Faust auf den Tisch. »Ist es nicht Ihre Pflicht, ein mögliches Verbrechen zu verhindern?«

»Das dürfte wohl die Pflicht eines jeden Polizeibeamten sein«, erwiderte Bony ernst. Doch dann zwinkerte er. »Ich aber habe es ganz gern, wenn Verbrechen begangen werden.«

»Großer Gott!« Martin rang nach Luft.

»Wie sollte ich denn meine Familie ernähren, wenn die Leute keine Verbrechen mehr begingen? O nein, ich werde nichts unternehmen.«

Borradale seufzte erbittert auf.

»Dann bedaure ich, daß Sergeant Simone Elson verhaftet hat und wieder abgereist ist. Er hätte diese Leute bestimmt weggebracht.«

»Sergeant Simone ist zu allem fähig, das stimmt. Aber glauben Sie mir, dieser Goldschürfer kann gegen seinen Willen nicht vom Platz verwiesen werden. Ich werde heute nachmittag zu ihm gehen und versuchen, ihn zur Abreise zu bewegen. Zumindest kann ich ihn veranlassen, daß die Frau nach Sonnenuntergang im Zelt bleibt.«

»Wenn Sie das tun könnten – es wäre immerhin etwas«, sagte Martin und wurde wieder ruhiger. »Nach dem Aussehen des Himmels zu schließen, gibt es wieder einen Sandsturm, und es ist Ihnen doch wohl aufgefallen, daß zwischen den Verbrechen und den Sandstürmen ein Zusammenhang zu bestehen scheint?«

»Ja. Der Täter wählt den Zeitpunkt seiner Verbrechen stets so, daß der Sturm alle Spuren verweht. Soviel Verstand besitzt er immerhin.«

Martin starrte den Inspektor durchdringend an.

»Haben Sie schon eine Ahnung, wer er ist?«

»Nein, Mr. Borradale. Es kommen mindestens drei Männer dafür in Frage. Bei der Aufklärung eines Verbrechens hängt auch viel von einem glücklichen Zufall ab. Die größte Tugend eines Kriminalisten ist Geduld, und ich bin glücklicherweise mit Geduld gesegnet. Wenn ich einmal einen Fall übernommen habe, bringt mich nichts mehr davon ab. Nicht einmal ein Brief von meinem verehrten Chef, Colonel Spender. Hören Sie!«

Bony zog einen Umschlag aus der Tasche und entfaltete ein Schreiben.

»›Sie können nicht jedesmal mit einem Erfolg rechnen‹«, las er vor. »›Sollten Sie das Gefühl haben, daß Mr. Borradales Fall Sie zu lange festhält, dann kehren Sie sofort zurück. Sie werden dringend in Roma benötigt. Vielleicht könnten Sie später Mr. Borradales Fall erneut aufnehmen. Bitte, übermitteln Sie ihm und seiner Schwester meine besten Grüße. Es ist jetzt keine Zeit für Sie, spazierenzugehen. Berichten Sie sofort.‹ Dieser Brief zeigt, daß Colonel Spender ungeduldig wird, Mr. Borradale. Ich habe ihm in meiner Antwort, die gestern abend mit dem Postauto abgegangen ist, versichert, daß der Fall innerhalb von acht Tagen geklärt sein wird. Ich glaube, daß der kommende Sandsturm mir den Würger in die Hände spielt.«

»Wirklich? Ich wäre froh darüber. Seit Alice Tindalls Ermordung liegt ein Schatten über uns. Colonel Spender scheint viel von Ihnen zu halten. Mein alter Herr hat immer erzählt, Spender sei der größte Leuteschinder von ganz Australien.«

Bony lachte, und seine blauen Augen strahlten.

»Schon vor langer Zeit kam ich hinter das Geheimnis, wie man Colonel Spender behandeln muß. Übrigens – jetzt bin ich wieder einmal auf ein Geheimnis gestoßen. Wissen Sie viel über Mrs. Nelson?«

»Eine ganze Menge. Was meinen Sie denn – mit Geheimnis?«

»Wissen Sie, wie sie vor etwa dreißig Jahren in den Besitz von mindestens fünftausend Pfund kam?«

»Soviel mir bekannt ist, erbte sie das Geld von einer Tante.«

»Das stimmt nicht. Mrs. Nelson hatte nur eine Tante, und die starb bereits lange vorher. Ihr Vater nahm doch großes Interesse an diesem Bezirk, ja?«

»Gewiß.«

»Und in Notzeiten hat er mehreren Leuten unter die Arme gegriffen?«

»Ganz recht. Warum fragen Sie?«

»Mir kam zu Ohren, daß er und Ihre Mutter tiefes Mitgefühl für Mrs. Nelsons Schicksal bezeigten. Jetzt frage ich mich, ob vielleicht Ihr Vater es ihr ermöglichte, das Hotel zu kaufen.«

»Ich bin sicher, daß dies nicht der Fall ist, Bony. Mein Vater war sehr gewissenhaft und hat über finanzielle Transaktionen genau Buch geführt. Nach seinem Tode sah ich mir seine Aufzeichnungen an. Man hatte ihn immer für einen hartherzigen Menschen gehalten, aber diese Aufzeichnungen verraten, daß er im geheimen sehr großzügig gewesen ist.«

»Sie kannten doch den alten Mr. Westall? Glauben Sie, daß

vielleicht er Mrs. Nelson das Geld vorgeschossen haben könnte?«

»Das wäre möglich.« Der Schafzüchter nickte. »Damals war man hier im Busch noch sehr großzügig und half einander, wo man konnte. Mein Vater beispielsweise gab Storrie das Land, damit er die Farm gründen konnte.«

»Hm. Es ist zwar noch manches unklar, aber gerade darum so sehr interessant.« Bony erhob sich. »Immer wieder komme ich in Versuchung, mich mit Dingen zu befassen, die mit meinen Ermittlungen gar nichts zu tun haben. Ah, Hang-Dog-Jack schlägt auf seinen Triangel. Welch interessanter Fall wäre er zum Beispiel. – Ich werde die beiden Leute am Catfish Hole bestimmt aufsuchen.«

»Danke. Und ich hoffe, sie haben Erfolg.«

Nach Bonys Weggang arbeitete Martin noch eine Weile, bis ihn der Gong ebenfalls zum Mittagstisch rief.

Er saß wieder an seinem Schreibtisch, als gegen fünf Dreyton das Büro betrat.

»Hallo, Donald!« rief der Schafzüchter beim Anblick des Grenzreiters. »Ich freue mich, daß Sie wieder da sind. Setzen Sie sich.«

Dreytons Blick wanderte vom leeren Platz des Buchhalters zu dem Stapel Bücher, der vor Borradale lag.

»Dieser Esel ist gestern abend wieder nach Broken Hill abgereist«, meinte Martin seufzend.

»Und warum diese Eile?« fragte Dreyton verwundert.

»Er hatte Angst.«

»Angst!« wiederholte der Grenzreiter ungläubig. »Wieso hatte er Angst, Mr. Borradale?«

»Weil ein Kookaburra gelacht hat und ein Ast von einem Baum abbrach.«

»Aber sicherlich –«

»Vorgestern abend spielten Payne und meine Schwester noch bis spät in den Abend Tennis«, erklärte Martin. »Stella erzählte mir, daß vom Fluß herüber ein lautes Gelächter erklungen sei, das sie sehr erschreckt habe. Payne sei fast umgefallen. Und dann sei auch noch ein dicker Ast abgebrochen und krachend zu Boden gestürzt, und wenige Sekunden später erklang das Lachen etwas weiter unten am Fluß.«

»Seltsam!« murmelte Dreyton, und sein Mund bildete einen dünnen Strich.

»Das ist gar nicht so seltsam«, widersprach Martin. »Während dieser Jahreszeit brechen immer wieder Äste von den Gummibäumen, und nach Sonnenuntergang hört man jeden Tag das Gelächter der Kookaburras. Ich ließ durch Joe Fisher an der betreffenden Stelle nachsehen, aber er versicherte mir, daß der Ast nur durch die große Hitze abgebrochen sei.«

»Miss Borradale – glaubt sie die Erklärung von Joe Fisher?«

»Ich fürchte, nein«, entgegnete Martin. Dann erhob er sich und blickte den Grenzreiter mit funkelnden Augen an. »Zum Teufel, warum bleiben Sie nicht hier? Begreifen Sie denn nicht, daß es beinahe über meine Kräfte geht, den Würger hier zu wissen und gleichzeitig die Verantwortung für Wirragatta tragen zu müssen? Und jetzt ist auch noch ein Goldsucher mit seiner Frau aufgetaucht. Die beiden kampieren am Catfish Hole. Wenn meiner Schwester nicht die Hälfte des Besitzes gehörte, wäre mir alles egal. Aber so liege ich fast jede Nacht wach und überlege, was zu tun ist, und fürchte ständig, etwas falsch zu machen. Wenn Sie hier im Büro säßen, wäre die halbe Verantwortung von mir genommen. Diesmal werden Sie bleiben müssen, Donald. An Gehalt können Sie verlangen, was Sie wollen.«

Martin blickte auf den Grenzreiter.

»Ich muß einmal ausspannen«, fuhr Martin fort. »Ich sollte eine Reise nach Europa machen. Seit ich nach dem Tode meines Vaters Wirragatta übernahm, habe ich keinen Urlaub gehabt. Wenn ich der alleinige Besitzer wäre, würde ich alles verkaufen und nach Sydney ziehen. Aber Stella möchte nicht weg. Sie sagt, es wäre Verrat an Vater. Also, Donald – kommen Sie ins Büro. Bis morgen muß ich mich entscheiden, was mit den zweitausend zweijährigen Schafen wird. Man bietet mir ganz ordentlich. Aber die Preise dürften weiter anziehen, und ich habe genügend Futter. Kommt aber unten in der Riverina ein ordentlicher Regen, werden die Preise sofort fallen. Was soll ich tun? Verkaufen oder abwarten?«

Dreyton stand auf und schob eine Hand tief in die Hosentasche. Er brachte einen Penny zum Vorschein, warf ihn hoch in die Luft, fing ihn auf und legte ihn auf den Handrücken.

»Sie sollten verkaufen, Mr. Borradale«, sagte er, als er die Münze betrachtet hatte. »Entschuldigen Sie, aber Sie lösen Ihre Probleme auf viel zu umständliche Weise. Ich werde morgen früh hier beginnen. Und wenn Sie mir die entsprechenden Vollmachten erteilen, wird es sich bestimmt einrichten lassen, daß Sie einmal einen anständigen Urlaub machen.«

»Großartig. Aber Sie beginnen bereits heute abend, indem Sie mit uns essen. Nein – diesmal lasse ich keine Ausrede gelten. Holen Sie jetzt Ihre Sachen, ich werde inzwischen Stella Bescheid sagen.«

22

Während Martin Borradale dieses Gespräch mit Donald Dreyton führte, suchte Bony nach Stella Borradale. Er fand sie im Garten unter einem Orangenbaum. Das Lächeln, mit dem sie ihn begrüßte, konnte nicht über die Angst hinwegtäuschen, die immer noch in ihr steckte.

»Hallo, Bony! Wollen Sie mich sprechen?«

»Ja. Darf ich mich zu Ihren Füßen setzen?«

»Warum wollen Sie sich nicht einen Stuhl von der Veranda holen? Das wäre doch viel bequemer.«

»Ich habe meine eigenen Vorstellungen von Bequemlichkeit, Miss Borradale. Außerdem soll man nicht zu bequem werden. Ich wollte Ihnen nur noch einmal versichern, daß neulich abend kein Grund zur Angst bestand.«

»Oh!« flüsterte sie, und ihre Augen schlossen sich zu einem schmalen Spalt.

»Ich bin heute vormittag auf den betreffenden Baum geklettert und habe den Ast gründlich untersucht. Es ist tatsächlich so: Die Hitze treibt den Saft aus den Zweigen hinunter in die Wurzeln, die Äste werden trocken und brechen ab. Und was dieses teuflische Gelächter anbelangt, das Ihnen einen solchen Schrecken einjagte – es stammte natürlich von einem Kookaburra. Wie Ihnen vielleicht bekannt ist, Miss Borradale, können selbst Krähen Geräusche verursachen, die so klingen, als sei ein Mensch am Ersticken.«

Stella seufzte erleichtert auf.

»Eigentlich habe ich mich über Sie gewundert«, fuhr Bony lächelnd fort. »Sie als erfahrene Bewohnerin des Busches lassen sich von der Angst eines Greenhorns anstecken –«

»Bitte, Bony!«

»Nun, ich weiß schon«, erwiderte er rasch. »Je länger wir im

Busch leben, um so anfälliger werden wir. Auch ich habe manchmal Angst.«

»Ich bin jedenfalls sehr froh, daß alles eine harmlose Erklärung gefunden hat.« Stella lachte. »Wahrscheinlich würde ich mich nicht so närrisch benommen haben, wenn dieser dumme Mensch sich nicht so hysterisch aufgeführt hätte. Trotzdem wünschte ich, daß Sie endlich dieses Ungeheuer erwischen. Wissen Sie, warum ich hier sitze?«

»Vermutlich, weil es hier kühl und ruhig ist.«

»Nein. Weil ich solche Angst habe, daß ich mich schon vor mir selbst schäme, und darum zwinge ich mich, hier unter diesem Baum zu sitzen. Martin erzählte mir einmal, er sei der Ansicht, daß der Würger seine Opfer von den Bäumen herab anspringt. In letzter Zeit brachte ich es kaum noch fertig, in die Nähe eines Baumes zu kommen.«

Bony, der im Gras saß und wieder eine seiner schrecklichen selbstgedrehten Zigaretten rauchte, musterte das schmale, hübsche Gesicht des Mädchens.

»Ihre Handlungsweise ist lobenswert«, sagte er. »Die Überwindung der Furcht ist lediglich eine Sache des Willens. Trotzdem sollte man es nicht zu weit treiben. Ich kann Ihnen versichern, daß tagsüber kein Grund zur Beunruhigung besteht. Übrigens auch nachts nicht, wenn Sie sich so verhalten, wie ich es Ihnen riet: Tür und Fenster des Schlafzimmers fest verschlossen halten!«

»Sind Sie überzeugt, daß Sie dieses schreckliche Geheimnis jemals lösen werden?«

»Ich verspreche es Ihnen. Leider muß ich jetzt gehen. Ich versprach Ihrem Bruder, noch dieses Ehepaar am Catfish Hole aufzusuchen.«

»Ich finde es haarsträubend, daß die Leute ihr Lager ausgerechnet dort aufschlagen mußten.«

»Gewiß. Aber der Mann besitzt ein Schürfrecht. Und lassen Sie sich nicht mehr unnötig ängstigen. Bald werden Ihnen alle Sorgen genommen sein.«

Vor sich hinpfeifend schlenderte Bony den Fluß hinauf. Er umging den Junction Waterhole und marschierte im trockenen Bett den Nogga Creek hinauf. Dabei beobachtete er die Zweige, unter denen er entlanggehen mußte.

Als er den Grenzzaun und die Straße nach Broken Hill erreichte, wartete er eine Weile. Er vergewisserte sich, daß niemand des Weges kam. Schließlich sprang er über den Zaun, überquerte mit einem Satz die Straße und huschte von Baum zu Baum. Dann schlich er sich von rückwärts an das Lager des Goldschürfers heran.

Hinter dem Zelt stand ein Kleinlastwagen, daneben ein mehrfach repariertes Rüttelsieb. Der Mann wusch am Rande des Catfish Hole Sand, die Frau saß am Feuer und grillte Fleisch. Sie war schlank und mittelgroß. Alles an ihr wirkte adrett, bis auf das kurze, blonde Wuschelhaar.

Bony trat hinter dem Baum hervor und verbeugte sich.

»Guten Tag, Madam.«

Mit einem erschrockenen Aufschrei fuhr die Frau herum.

»Oh!« sagte sie. »Hallo, Mr. Bonaparte!«

Bony lächelte und verbeugte sich erneut.

»Sie geben eine sehr anziehende junge Dame ab.«

»Tatsächlich? Ich hoffe es. Ich gebe mir Mühe, so anziehend wie möglich auszusehen.«

»Gut. Ihr Mann kommt. Machen Sie mich doch bitte mit ihm bekannt.«

Der Mann, der mit raschen Schritten auf sie zukam, war grauhaarig, mit einem grauen Bärtchen. Er hatte sehr breite Schultern und schmale Hüften.

»Bill, dies ist Mr. Bonaparte«, sagte die Frau.

Der harte Ausdruck wich aus dem Gesicht des Goldsuchers.

»Freue mich, Sie kennenzulernen, Inspektor«, sagte er mit einer angenehmen Baßstimme. »Ich hoffte, daß Sie vorbeischauen würden.«

»Ich wäre schon früher gekommen, aber es bestand keine Veranlassung. Wie ist Ihr Name und Dienstgrad?«

»Smithson, Sir. Sergeant William Smithson.«

»Der beste Boxer und Ringer der Polizei von Neusüdwales«, fügte die Frau hinzu.

»Das war einmal«, berichtigte der Sergeant. »Aber ich nehme es immer noch mit jedem auf. Nun, Sir, wie gefällt Ihnen Elsons Verkleidung?«

»Sehr gut. Barry gibt eine reizende junge Dame ab«, erwiderte Bony und musterte Barry Elson mit deutlicher Anerkennung. »Hat Ihnen Colonel Spender erklärt, wofür ich Sie brauche, Sergeant – Sie und Ihre Frau?«

»Er hat mir lediglich gesagt, ich solle mich in Broken Hill

melden, einen Lastwagen und eine Schürfausrüstung mieten, eine Schürfgenehmigung besorgen und Barry Elson, als Frau verkleidet, übernehmen. Elson hat mir natürlich von dem Würger erzählt, und ich kann mir denken, was wir hier sollen.«

»Gut. Ich werde Ihnen gleich die Einzelheiten erklären. Inzwischen dürfen Sie mich zum Essen einladen. Dabei können wir uns unterhalten.«

Zufrieden stellte Bony fest, daß die beiden ihre Rollen ausgezeichnet spielten.

»Was haben Sie zuletzt von Miss Storrie gehört, Barry?« fragte der Inspektor, nachdem er einen Teller mit Hammelkoteletts bekommen hatte.

»Sie erholt sich recht gut, Mr. Bonaparte«, erwiderte Elson. »Ich glaube, sie hat mir verziehen. Aber sie wird mir auf jeden Fall verzeihen, wenn es uns gelingt, den Würger zu erwischen. Ich möchte Ihnen vielmals danken, daß Sie mir jetzt die Chance geben, mich zu rechtfertigen.«

»Es gibt viele Leute, die überzeugt sind, daß Sie nicht Miss Storrie überfallen haben, Barry. Ich nehme an, daß Simone nicht gerade erfreut war?«

»Das können Sie sich denken. Der Inspektor in Broken Hill rief mich zu sich und entschuldigte sich. Und als ich dann Ihren Brief erhielt, in dem Sie mich baten, als Lockvogel zu fungieren, griff ich natürlich sofort zu.«

»Und Sie sind noch immer bereit, bei unserem Plan mitzumachen, Barry?«

Trotz Rouge und Puder konnte man sehen, wie sich das Gesicht des jungen Mannes rötete.

»Aber selbstverständlich!« Seine Augen blitzten. »Nur wenn ich mithelfe, dieses Ungeheuer unschädlich zu machen, kann ich Mabel wieder offen in die Augen blicken.«

»Ich muß Sie aber nochmals darauf hinweisen, daß die Sache ziemlich gefährlich ist«, erklärte Bony. »Wenn Ihnen etwas zustoßen sollte, würde ich mir zeit meines Lebens Vorwürfe machen. Schließlich stammt der Plan von mir. Wie paßt eigentlich der eiserne Kragen?«

»Sehr gut. Da müßte der Würger schon übermenschliche Kraft besitzen, um ihn durchzudrücken. Die Polizeiwerkstatt hat ausgezeichnete Arbeit geleistet. Der Eisenkragen schützt meinen Hals bis dicht unter das Kinn und ist nicht einmal sehr unbequem.«

»Hat Doktor Mulray die Säurepaste gebracht?«

»Ja, sie ist äußerst wirksam.«

»Das will ich meinen«, brummte der Sergeant. »Ich bekam ein winziges bißchen an den Finger, und es brannte höllisch.«

»Die Paste schmilzt aber nicht in der Hitze?«

»Nein«, erwiderte Elson. »Ich war die letzten beiden Nächte aus. Um dem Würger anzuzeigen, daß ich nachts das Lager verlasse. Wenn er seine Hände um den Eisenkragen legen sollte, wird er Blasen bekommen, die in einem Monat noch nicht geheilt sein werden.«

»Ihr Plan ist ganz ausgezeichnet, Mr. Bonaparte«, meinte der Sergeant bewundernd. »Wie von Ihnen angeordnet, läuft Elson am späten Abend mehrere Male am Bach entlang bis zur Straße. Wenn ihn der Würger angreift, zeichnet er sich selbst. Sollte er uns entkommen – was bestimmt nicht der Fall sein wird, wenn ich in der Nähe bin –, brauchen wir uns nur die Hände der Leute anzuschauen.«

Bony runzelte die Stirn. »Ich möchte noch einmal betonen, daß vor allem Elsons Sicherheit für uns wichtig ist. Sobald der Würger seine Hände um den Eisenkragen gelegt hat, spielt es keine Rolle mehr, ob er uns entkommt oder nicht. Wir werden ihn leicht ausfindig machen können. Er darf also keineswegs Gelegenheit haben, Elson anderweitig Schaden zuzufügen, wenn er merkt, daß er ihn nicht erwürgen kann. Einen Angriff erwarte ich erst bei Sandsturm, und nach dem Himmel zu schließen, dürfte es heute abend bereits so weit sein. Wir beide, Sergeant, müssen uns in der Nähe von Elson aufhalten, ohne daß der Würger es merkt. Sonst könnte es passieren, daß er uns nicht in die Falle geht. Und nun hören Sie gut zu: Heute abend braucht Elson nicht am Bachbett entlangzugehen, aber morgen früh wird folgendes getan –«

In kurzen Sätzen gab Bony seinen Anweisungen. Bis zwei Uhr morgens sollte Barry zwischen Lager und Straße hin- und hergehen, und, falls er angegriffen wurde, so lange keinen Widerstand leisten, bis sich der Würger an dem Eisenkragen verätzt hatte. Erst dann sollte er laut um Hilfe rufen. Der Sergeant sollte sich bereits am frühen Abend an einer Stelle verstekken, die zwischen Lager und der Straße nach Broken Hill lag, während Bony sich an der Straße postieren wollte. Die ganze Aktion sollte nicht vor neun Uhr beginnen. Bis dahin wollten Bony und der Sergeant ihre Posten bezogen haben.

»Haben Sie eigentlich eine Ahnung, wer der Würger sein könnte?« fragte der Sergeant.

»Ja.«

»Und wer ist es, Mr. Bonaparte?« drang Elson in ihn.

»Das möchte ich nun doch lieber nicht sagen.« Bony lächelte. »Sollte ich mich getäuscht haben, würde mein Ruf zerstört sein. Ich werde also schweigen, bis wir ihn haben. Dann kann ich immer noch behaupten, ich hätte es von Anfang an gewußt. So, und nun muß ich gehen.«

Der Abendhimmel leuchtete in voller Farbenpracht. Die roten Wolkenbänke färbten die Blaubuschebene braun und leuchtend blaugrün. Kein Lüftchen bewegte die spitzen Blätter der Buchsbäume. Immer dunkler wurde der Himmel, bis sich am westlichen Horizont die Nacht wie ein Vorhang herabsenkte.

Bony gelangte zu dem Buchsbaum, gegen dessen Stamm gelehnt er neulich nachts einige Stunden gesessen hatte. Hinter diesem Baum hervor hatte ein Unbekannter den vorübergehenden Hang-Dog-Jack beobachtet. Plötzlich entdeckte der Inspektor in einiger Entfernung einen Wagen auf dem Weg. Es war das Sportkabriolett der Borradales, und da das Verdeck heruntergeklappt war, konnte er erkennen, daß niemand darin saß.

Die Nerven zum Zerreißen gespannt, schlich Bony am Bachbett entlang. Schließlich war er gegenüber dem Wagen angelangt. Seine rechte Hand tastete nach der Pistole.

Der Abendhimmel war nur noch schwach erhellt. Plötzlich vernahm Bony in dem Baum, der sich unmittelbar hinter ihm befand, ein Geräusch. Auf einem der unteren Äste sah er einen Mann. Als sich sein Kopf gegen den Himmel erhob, erkannte er Martin Borradale.

Bony sagte sich, daß Borradale nicht der Würger sein könne, wenn er seinen Wagen so offen auf dem Weg stehenließ. Andererseits – was suchte er auf dem Baum? Dicht an einen Stamm gepreßt wartete der Inspektor neugierig die weitere Entwicklung ab. Borradale kletterte den Baum nicht weiter empor, aber er kam auch nicht herab. Er machte sich an einem Ast zu schaffen, schien dort etwas zu befestigen. Vier oder fünf Minuten vergingen, dann kletterte Borrodale vom Baum, ging rasch zurück zu seinem Wagen und fuhr zum Gutshaus zurück.

Ohne länger zu warten, kletterte Bony hinauf auf den Ast,

auf dem Borrodale gestanden hatte. Der nächsthöhere Ast befand sich nun vor seinem Gesicht. Es war einer jener Äste, von denen er festgestellt hatte, daß der geheimnisvolle Buschgeist darauf entlanggeturnt war. Vorsichtig tastete Bony die rauhe Rinde ab. Seine Finger berührten plötzlich einen schlaffen Strick, und als er diesem Strick in seiner ganzen Länge nachging, spürte er das Metall einer doppelläufigen Schrotflinte.

Das Gewehr war am Baumstamm festgebunden, so daß die beiden Läufe den Ast entlangzielten.

Bony verstand.

Jeder, der jetzt über diesen Ast klettern würde, mußte den Strick berühren und damit den Abzug der Flinte betätigen – und würde auf der Stelle getötet. Eine ausgezeichnete Falle.

Bony lächelte. Borradale war also dahintergekommen, daß der Würger von Baum zu Baum kletterte. Nun wollte er anscheinend den Verbrechen ein Ende setzen, wollte den Würger auf eigene Faust zur Strecke bringen. Offensichtlich hatte er keine besonders gute Meinung von den Fähigkeiten Kriminalinspektor Bonapartes und wurde nun, ebenso wie Colonel Spender, ungeduldig.

Bony überlegte. Wenn er diese Falle unberührt ließ, konnte der Würger tatsächlich getötet werden. Alle Welt würde dann wissen, daß ein Schafzüchter mehr fertiggebracht hatte als der bekannte Kriminalinspektor Bonaparte. Dieser Gedanke war nicht besonders angenehm. Aber Borradale würde zweifellos auch in Schwierigkeiten geraten wegen seines eigenmächtigen Vorgehens. Außerdem wäre kein schlüssiger Beweis vorhanden, daß der auf diese Weise Getötete auch tatsächlich der Würger gewesen war.

Mit äußerster Vorsicht, damit sich kein Schuß löste, zog Bony die beiden Schrotpatronen heraus. Er mußte lächeln bei dem Gedanken, welches Gesicht Borradale machen würde, wenn er seine Falle kontrollierte. Später, wenn alles vorüber war, konnte man ihm und seiner Schwester die Sache erklären.

23

Als Bony sich nach Carie auf den Weg machte, um die Post zu holen, wurde der Sand bereits über die Blaubuschebene hinweggetrieben. Die Blätter der Blaubüsche leuchteten purpurn auf, und die Sonne warf aschgraue Schatten.

Bony verbrachte zunächst eine halbe Stunde bei Wachtmeister Lee. Der die Hauptstraße entlangfegende Nordwind hatte Mrs. Nelson von ihrem Balkon vertrieben. Auf dem Heimweg kam der Inspektor zwar gut voran, da er den Wind im Rücken hatte, aber dafür hielt sich ein dichter Fliegenschwarm hartnäkkig vor Brust und Gesicht.

Zwei der Briefe interesesierten Bony besonders. Der eine stammte von seiner Frau, der andere von Colonel Spender. Der letztere war im Augenblick am wichtigsten. Er enthielt einen Bericht über das Vorleben von Donald Dreyton.

Dreyton war der Sohn von Captain Malcolm Dreyton. Donald ging in Stubbington, Hampshire, zur Schule. Vizeadmiral Sir Reginald Dreyton wurde nach dem Tode des Vaters zu seinem Vormund ernannt. Der Junge besuchte das Marine-College in Osborne und trat dann in die Royal Navy ein. Er absolvierte die übliche Laufbahn und wurde schließlich Korvettenkapitän und Kommandant eines Zerstörers.

Eines Tages passierte dann das Unglück. Bei einem besonders kräftigen Gezeitenstrom kam es im Hafen von Portsmouth zu einer Kollision mit einem kleinen Fährboot, wobei drei Passagiere ertranken.

Während der Untersuchung des Unglücks gab es zwar widersprüchliche Aussagen hinsichtlich eines Befehls, den Dreyton im kritischen Augenblick gegeben hatte, trotzdem wurde er schwer belastet. Man nahm ihm das Schiff ab und schickte ihn in Pension.

Später seien Tatsachen bekannt geworden, die Zweifel an dem Spruch des Gerichts hätten aufkommen lassen.

Als gebrochener Mann, von seinem Onkel verstoßen und enterbt, war Dreyton aus England verschwunden, ohne jemals seine Offizierspension anzurühren.

Der Schreiber des Berichts bat aus mehreren Gründen um Dreytons Adresse. In Marinekreisen habe sich die Meinung sehr zu seinen Gunsten verändert. Der seinerzeitige Quartiermeister habe inzwischen zugegeben, gemeinsam mit den anderen Offizieren eine für Dreyton ungünstige Aussage gemacht zu haben. Sein Onkel, der Admiral, hatte ihn daraufhin wieder als seinen Erben eingesetzt und veranlaßt, daß sein Neffe gesucht wurde.

Damit dürfte auch Dreytons Name von der Liste zu streichen sein, überlegte Bony. Hätte ihn das erlittene Unrecht zur Verzweiflung getrieben, würde er sich dem Alkohol ergeben oder Selbstmord begangen haben. Statt dessen aber führte er ein hartes und anständiges Leben.

Am Mittag herrschte die Hölle. Die Leute in Carie hatten ihre Geschäfte geschlossen und Türen und Fenster verbarrikadiert. Nicht vom Wind drohte die Gefahr, sondern vom Sand, der die Sicht nahm und alles zu ersticken schien. Der Wind wirbelte zwar den Sand vom Boden auf, aber erst die drückende Hitze ließ ihn hoch in die Luft steigen, so daß sich ein immer dichter werdender Schleier bildete. Zehn Minuten nach zwölf war es völlig finster.

Erst nach sechs Uhr, als die Sonne schon tief im Westen stand und die Temperatur um einige Grade fiel, begannen sich die dichten Sandschleier zu lichten. Der Wind aber blies mit unverminderter Heftigkeit.

Um halb acht verkündete Bony, daß er sich nun auf den Weg nach Carie mache, um mit dem Doktor Schach zu spielen. Niemand bemerkte, wie er die Pistole in die Manteltasche gleiten ließ, und niemand wunderte sich darüber, daß er trotz der Hitze auch noch einen Mantel anzog.

Als er die Blaubuschebene erreichte, ging die Sonne unter. Man konnte es zwar nicht sehen, und auch die Abendröte fehlte, die normalerweise gutes Wetter für den kommenden Tag verhieß. Große Sandwogen rollten fauchend über die gequälte Erde. Es gab keinen Zweifel: Eine schlimme Nacht und ein noch schlimmerer Tag standen bevor.

Am linken der beiden Tore im Gemeindezaun angekommen, wanderte Bony eine Viertelmeile am Zaun entlang nach Westen. Dann setzte er sich nieder. Es war noch vor der vereinbarten Zeit. Er drehte sich einige Zigaretten. Carie konnte er nicht sehen, und wenn eine der Sandwogen angestürmt kam, betrug die Sicht keine zwei Meter.

Eine große Gestalt kam ostwärts am Zaun entlang. Es war Wachtmeister Lee, der alte Zivilkleider und eine Sportmütze trug.

»Sie sind pünktlich, Lee«, rief Bony. »Kommen Sie, setzen Sie sich zu mir. Es ist noch etwas früh. Haben Sie darauf geachtet, daß niemand Ihr Weggehen bemerkt hat?«

»Ich habe den Ort nach Norden verlassen, für den Fall, daß mich wirklich jemand beobachten sollte.« Der Wachtmeister lächelte. »Was für ein Tag! Und was wird es erst für eine Nacht geben!«

»Eine interessante, hoffe ich. Haben Sie etwas mitgebracht, um sich Hände und Gesicht schwärzen zu können, Lee?«

»Ja.«

»Dann verwandeln Sie sich in einen Neger. Und denken Sie daran, die Augen immer halb geschlossen zu halten – das Weiß Ihrer Augäpfel kann man auch in der dunklen Nacht sehen. Ich werde Sie ungefähr in der Mitte zwischen Lager und Straße, rund vierzig Meter vom Nogga Creek entfernt, postieren. Zwischen Ihnen und dem Lager befindet sich Sergeant Smithson, während ich an der Straße nach Broken Hill bleibe, dort wo sie den Bach überquert. Auf diese Weise haben wir Elson fast ununterbrochen unter Beobachtung, wenn er zwischen Lager und Straße hin- und hergeht. Klar?«

»Völlig klar«, erwiderte Lee, der sich inzwischen das Gesicht geschwärzt hatte und nun die Hände vornahm.

»Noch etwas, Lee: Für uns ist vor allem Barry Elsons Sicherheit wichtig. Wir dürfen nur im alleräußersten Notfall von der Schußwaffe Gebrauch machen. Wenn Sie Elsons Hilferuf hören, laufen Sie sofort zu ihm. Smithson und ich kommen dann ebenfalls. Sobald Elson ruft, müssen wir ihm schnellstens zu Hilfe kommen.«

»In Ordnung. Alles klar. Was meinen Sie denn, wen wir heute nacht erwischen?«

»Bis gestern abend war ich ziemlich sicher, den Würger zu kennen«, erwiderte Bony sofort. »Aber jetzt tappe ich wieder im dunkeln. Ich habe noch fünf Namen auf meiner Liste.«

Als sie den halben Weg zum Bach zurückgelegt hatten, führte Bony den Wachtmeister von der Straße weg. Eine Weile später hielt er an und wandte sich um.

»Sehen Sie die Bäume am Nogga Creek?« flüsterte er Lee zu.

Der Wachtmeister starrte in die Dunkelheit.

»Nein, aber ich höre den Wind in den Zweigen rauschen.«

»Ich sehe sie«, erwiderte Bony. »Sie sind dreißig Meter von hier entfernt. Sie setzen sich jetzt hierher. In zwei Stunden wird der Mond aufgehen, und in einer halben Stunde beginnt Elson mit seiner Promenade. Schlägt der Würger erst nach Mondaufgang zu, so ist es für uns natürlich etwas leichter, aber auch der Würger wird dann besser operieren können. Rühren Sie sich jedenfalls nicht von der Stelle, bevor Elson um Hilfe ruft.«

Lee wollte antworten, aber Bony war bereits in der Dunkelheit verschwunden.

Er marschierte zur Straße und dann am Grenzzaun entlang bis zum Bach. Von hier aus kroch er auf Händen und Knien zu der Stelle, an der Mabel Storrie überfallen worden war. Er setzte sich nieder und lehnte sich mit dem Rücken gegen einen Zaunpfahl. Er befand sich zwar unmittelbar unter den Bäumen, doch das störte ihn nicht. Der Zaunpfahl gab ihm das Gefühl der Sicherheit, und die Straße hob sich deutlich gegen den Himmel ab.

Trotz des heulenden Windes bemerkte Bony, daß sich jemand auf der Straße befand. Angespannt lauschte und starrte er in die Dunkelheit. Schließlich kam, nur vier Meter von ihm entfernt, eine weißgekleidete Frauengestalt vorüber: Barry Elson.

Die Minuten dehnten sich endlos. Vom Lager herüber glühte der Schein des Feuers. Allmählich konnte Bony die Zweige der Bäume erkennen. Er wußte, daß nun der Mond aufging.

Der Wind sang sein schauriges Lied. Die sonst für den Busch typischen Geräusche waren nicht zu hören.

Als die Mondscheibe über dem Horizont stand, erschien die weiße Gestalt zum zweitenmal. Jeder normale Mensch würde sich darüber wundern, was eine Frau um diese Zeit an einem solchen Ort wollte, aber Bony suchte einen Mann, der geistig abnorm war. Elson ging bis hinunter zum Bach, dann kehrte er um und schlenderte zum Lager zurück.

Eine Stunde später stand der Mond riesengroß über den anrollenden Sandwellen.

Plötzlich vernahm Bony dicht über seinem Kopf ein Geräusch, das nicht vom Wind stammen konnte. Eiskalt überlief es ihn. Langsam drehte er den Kopf und erwartete fest, ein schreckliches Gesicht zu sehen, das auf ihn herabblickte. Es war jedoch nur ein Nachtvogel, der auf dem Zaunpfahl hockte und mit seinem weißen, eulenhaften Gesicht den Mond anstarrte.

Einige Minuten lang saß der Vogel reglos da, dann erhob er sich plötzlich mit einem Ruck und strich in die Dunkelheit davon. Bony war sicher, daß der Vogel ihn nicht bemerkt hatte.

Sein plötzlicher Aufbruch mußte also einen anderen Grund gehabt haben. Eine weitere Minute verging, dann begannen die Drähte des Zaunes zu schwingen. Jemand kletterte über den Zaun.

Bony versuchte, mit seinen Augen die Dunkelheit zu durchdringen. Plötzlich hob sich eine formlose Gestalt gegen den Himmel ab. Sie war so grotesk und unförmig, daß Bony nicht wußte, was er davon halten sollte. Die Gestalt rannte und war im nächsten Augenblick untergetaucht. Was mochte es gewesen sein? Für einen Menschen schien es zu schnell. Ein Känguruh oder ein Dingo? Dafür waren seine Bewegungen zu wenig graziös gewesen. Mit zum Zerreißen angespannten Nerven wartete Bony die weitere Entwicklung ab.

Ein heftiger Windstoß heulte, und gleichzeitig mit ihm erklang der gurgelnde Schrei eines Menschen in höchster Not. Der Schrei kam vom Bach und ließ Bony sofort aufspringen und die Pistole packen. Im nächsten Augenblick fiel ein Schuß aus einer großkalibrigen Waffe.

Bony begann zu rennen. Er wurde vom Sturm gepackt, der aufgewirbelte Sand nahm ihm die Sicht, und er strauchelte wiederholt. Er raste am Bach entlang zum Lager, um Barry Elson zu Hilfe zu kommen.

Irgendwo vor ihm erklangen Schüsse. Bony schrie gegen den Sturm, das Feuer einzustellen. In der Dunkelheit waren Freund und Feind nicht zu unterscheiden. Der triumphierende Schrei eines Mannes drang an Bonys Ohr. Von links antwortete ein anderer. Er konnte das Lagerfeuer sehen, und dicht vor ihm wimmerte Elson. Im nächsten Augenblick stand er vor der weißgekleideten Gestalt, die am Boden lag.

»Barry, sind Sie verletzt?«

»Nein. Es ist nicht schlimm. Unten im Bach. Smithson hat ihn. Kümmern Sie sich jetzt nicht weiter um mich.«

Bony sprang hinab in das dunkle Bachbett. Er vernahm die Geräusche einer schweren Schlägerei.

»Da, nimm das!« brüllte der Sergeant.

»Hör auf, verdammt noch mal!« schrie ein anderer, dessen Stimme in einer Sturmbö unterging.

Der Inspektor konnte die beiden jetzt sehen. Sie schlugen aufeinander los. Einer stürzte zu Boden, und der andere beugte sich drohend über ihn. Bony wollte gerade eingreifen, als er das Klicken von Handschellen vernahm.

»Haben Sie ihn?« keuchte er.

»Jawohl!« erwiderte der Sergeant triumphierend. »Ich sah zufällig, wie er sich aus Elsons Richtung davonmachte. Er schoß auf mich, und ich feuerte zurück. Ich glaube nicht, daß ich ihn getroffen habe. Ein zäher Bursche! Ich mußte ihn mit dem Revolverknauf niederschlagen. Und nun wollen wir einmal sehen, wer es ist.«

In diesem Augenblick kam Lee hinzu. Sie beugten sich über die reglose Gestalt, und Smithson gelang es trotz des Sturmes, ein Streichholz anzuzünden. Für den Bruchteil einer Sekunde flammte es auf.

Es war Hang-Dog-Jack!

24

»Ich habe mich schon mit vielen Männern herumgeschlagen«, brummte Sergeant Smithson. »Keiner war so stark wie dieser. Um ein Haar hätte er bei mir einen Würgegriff ansetzen können.«

»Bringen Sie den Mann ins Lager, ich gehe zu Elson. Übrigens, Sergeant – wo war Hang-Dog-Jack, als Sie ihn bemerkten?«

Smithson hatte den Koch bereits unter den Armen gepackt, jetzt blieb er noch einmal stehen.

»Als Elson um Hilfe rief, lief ich sofort los. Ich sah ihn zu Boden stürzen und gleichzeitig diesen Mann zum Bach hinüberlaufen. Von dort aus feuerte er. Ich rief ihm zu, stehenzubleiben, oder ich würde schießen, und als er nicht stehenblieb, feuerte ich. Da hielt er an und kam wie ein Bulle auf mich zu.«

»Unsere Falle ist also zugeschnappt«, sagte Bony bedächtig. »Trotzdem bin ich etwas enttäuscht. Lee hatte also doch recht. Selbst heute war ich noch überzeugt, daß es auf jeden Fall nicht Hang-Dog-Jack sein würde. Meinen Glückwunsch, Lee.«

Bony eilte zu Barry Elson zurück. Der junge Mann hockte am Boden.

»Sind sie verletzt, Barry?«

»Nicht schlimm, Mr. Bonaparte. Als er seine Hände um den Eisenkragen legte – da konnte ich nicht an mich halten, da mußte ich schreien. Dann hob er mich plötzlich hoch und warf mich mit aller Gewalt zu Boden. Mein Arm tut mir weh, das ist alles. Haben Sie ihn erwischt?«

»Ja. Er wird gerade in Handschellen abgeführt. Und nun müssen wir mit Ihrem Kragen sehr vorsichtig sein – wegen der Säurepaste. Kommen Sie, ich bringe Sie ins Lager zurück.«

Elson lachte nervös auf.

»Wer ist es denn, Mr. Bonaparte?«

»Hang-Dog-Jack.«

»Dachte ich es mir doch! Ich zittere jetzt noch – ich kann mich nicht dagegen wehren. Hang-Dog-Jack also?«

»Nun, jetzt ist ja alles überstanden«, meinte Bony beruhigend. »Kommen Sie, nehmen Sie meinen Arm. Hier ist ja auch Wachtmeister Lee. Nehmen Sie seinen anderen Arm, Lee. Barry ist nicht verletzt, aber er hat einen ziemlichen Schock.«

Im Lager angekommen, setzten sie den jungen Mann dicht neben das frisch entfachte Lagerfeuer auf eine Kiste.

»Ich habe eine Flasche Rum bei meinen Sachen. Dafür ist jetzt die richtige Gelegenheit«, verkündete Smithson. »Lee, holen Sie sie doch bitte, während ich Elsons Kragen abmache. Das Ding paßt zwar ausgezeichnet, ist aber doch etwas schwer, wie, Barry?«

Behutsam entfernte der Sergeant das Eisenband und warf es ins Feuer. Elson zitterte wie im Fieber.

»Hier, Barry, zur Beruhigung!« sagte Lee und reichte dem jungen Mann einen Aluminiumbecher voll Rum.

»Danke, das tut gut. Himmel, war das ein Alptraum! Ich bin eben doch ein Feigling.«

»Sie sind kein Feigling«, brummte Smithson. »Für das, was Sie getan haben, brauchte man den Mut einer ganzen Kompanie Soldaten. So, und nun legen Sie sich hin. Wir kochen jetzt Tee, und Sie kriegen ein Aspirin dazu.«

Bony setzte sich auf die frei gewordene Kiste und drehte sich eine Zigarette, während der Sergeant den jungen Mann zum Zelt führte und Lee den Tee bereitete.

»Wird eigentlich Zeit, daß Hang-Dog-Jack wieder zu sich kommt«, meinte der Wachtmeister.

»Ja, Lee. Wir müssen ihn uns einmal ansehen. Ich kann mir nicht helfen – obwohl alles so wunderbar geklappt hat, bin ich enttäuscht. Ich habe mir immer eingebildet, ein guter Menschenkenner zu sein. Zu vieles deutete auf Hang-Dog-Jack als den Täter hin, und darum hielt ich ihn für unschuldig.«

»Ich habe gelesen, daß die Wahrheit meist ins Auge springt.«

»Gewiß, Lee. Manchmal sieht man den Wald vor lauter Bäumen nicht. Niemand in der ganzen Gegend schien mehr für den Würger prädestiniert als Hang-Dog-Jack. Bis auf einen. Und nun wollen wir ihn uns einmal ansehen.«

An der rechten Schläfe des Kochs war eine Beule, die allerdings keine Erklärung für eine anhaltende Bewußtlosigkeit war. Als man ihn dann umdrehte, fand man eine böse Wunde am Hinterkopf.

»Haben Sie das gemacht?« fragte Bony den Sergeanten, der in diesem Augenblick zu ihnen trat.

»Tja, Sir, nachdem ich ihn mit dem Revolverknauf niedergeschlagen hatte, stürzte er auf den Hinterkopf. Dummerweise wohl auf einen Stein. Die Wunde sieht schlimm aus. Wir brauchen unbedingt einen Arzt.«

Bony stand auf. Er war müde.

»Es kann nicht mehr lange bis Tagesanbruch sein«, sagte er. »Sobald Sie Ihren Tee getrunken haben, Lee, gehen Sie nach Carie zurück, besorgen einen Wagen und bringen Doktor Mulray mit. Wir können im Augenblick nichts für den Mann tun.«

Nach dem Tee machte sich Lee auf den Weg. Über den Morgenhimmel zogen bereits Sandschleier.

Kurze Zeit später gesellte sich Elson zu Bony und dem Sergeanten. Er fühlte sich bereits wieder viel besser, erklärte er. Die Frauenkleider hatte er abgelegt und sich gewaschen.

»Es ist zwar kein schöner Morgen, Barry, aber trotzdem wird es für Sie in schöner Tag werden«, sagte Bony. »Ich glaube, Sie waren heute nacht lange nicht so nervös wie ich, als ich am Grenzzaun saß und Sie beobachtete.«

»Oh, hätte ich nur gewußt, daß Sie dort waren, Mr. Bonaparte, dann wäre ich sicher ruhiger gewesen. Ich kann doch heute abend das Postauto nach Broken Hill nehmen? Ich möchte nach Adelaide fahren.«

»Selbstverständlich. Übrigens wird Smithson heute abend oder morgen früh abreisen. Wollen Sie nicht mit ihm fahren?«

Der Sergeant nickte. »Es sei denn, ich müßte noch etwas warten, wenn der Gefangene nicht transportfähig ist.«

»Die Möglichkeit besteht natürlich. Vielleicht möchte Doktor

Mulray ihn erst noch einige Tage hierbehalten. Ja, Barry, Sie können jederzeit fahren. Ich wünsche Ihnen viel Glück.«

Als Bony sich schließlich zur Wirragatta-Station auf den Weg machte, war Dr. Mulray noch nicht engetroffen. Der Himmel war von einem teigigen Weiß, und die Luft wirkte gespenstisch blaß. Lange Sandwogen kamen über die Ebene angebraust, und von Carie war nichts zu sehen. Von Minute zu Minute nahm der Wind an Gewalt zu, und die über dem Horizont erscheinende Sonne mit ihrer Wärme ließ den Sand hoch aufsteigen. Als Bony auf der Station ankam, war der Himmel bereits wieder verhüllt.

Obwohl er den Fall erfolgreich gelöst hatte, fühlte Bony sich deprimiert. Seine Eitelkeit hatte einen empfindlichen Stoß bekommen. Der Koch war nicht der Mann, auf den er getippt hatte.

Jetzt konnte er Abschied nehmen von Wirragatta.

Natürlich mußte er vorher noch mit Martin Borradale wegen der Schrotflinte sprechen. Bony lächelte vor sich hin, als er sich der Unterkunft näherte. Dreyton, der vor der geschlossenen Tür stand, wunderte sich über dieses Lächeln.

»Na, wieder die ganze Nacht Schach gespielt?« rief er gegen den heulenden Wind an. »Mr. Borradale hat nach Ihnen gefragt. Er möchte sie gleich sprechen.«

Bony zog die Brauen hoch. »Dann ist Mr. Borradale aber heute schon früh aufgestanden!«

»Er kam vor einer Stunde in mein Zimmer«, erwiderte Dreyton. »Ich soll Sie gleich zu ihm führen.«

Bony lächelte noch immer, als er dem anderen folgte. Borradale hatte also in aller Frühe seine Falle kontrolliert und gemerkt, daß die Patronen entfernt worden waren.

Dreyton ging zur Südveranda voran und wies auf eine Fenstertür.

»Das ist sein Schlafzimmer. Ich lasse Sie jetzt allein.«

Auf Bonys Klopfen wurde die Tür von Martin Borradale geöffnet. Er trug Morgenrock und Hausschuhe.

»Kommen Sie herein, Bony. Schließen Sie die Tür gut hinter sich. Er scheint wieder ein scheußlicher Tag zu werden. Haben Sie mit dem Doktor Schach gespielt?«

»Nein«, erwiderte der Inspektor. »Diesmal habe ich mit dem Würger gespielt.«

»Ach! Und wer hat gewonnen?«

»Ich.«

»Gut. Bitte setzen Sie sich dort auf den Stuhl und berichten Sie mir über heute nacht. Aber zuerst sagen Sie mir, wen Sie gefangen haben.«

»Hang-Dog-Jack«, erwiderte Bony, der sich gesetzt hatte und sich eine Zigarette zu drehen begann. Martin nahm hinter dem Tisch Platz. In kurzen Worten schilderte Bony die Ereignisse der Nacht.

»Sie scheinen aber nicht besonders zufrieden zu sein mit dem Ergebnis«, meinte Martin mit einem forschenden Blick.

Nachdem er die Zigarette angezündet hatte, blickte Bony auf.

»Ich bin tatsächlich nicht sonderlich befriedigt«, gestand er. »Hang-Dog-Jack habe ich nie verdächtigt. Er paßt nicht zum Bild des Täters, das ich mir im Laufe der Ermittlungen machte.«

»Dieser eiserne Kragen mit der Säurepaste war eine ausgezeichnete Idee. Sie stammt gewiß von Ihnen?«

»Ja. Nachdem ich selbst beinahe erwürgt worden wäre, hatte ich großen Respekt vor der Kraft dieses Mannes. Er besitzt stählerne Hände.«

»Tatsächlich!« murmelte Martin, und sein Gesicht nahm einen tragischen Ausdruck an. »Wie diese hier, vermutlich?«

Borradale hatte bisher seine Hände unter dem Tisch verborgen gehalten. Nun hob er sie mit einem Ruck in die Höhe. In der Rechten hielt er einen Revolver, der auf Bony gerichtet war. Die Linke zeigte die geöffnete Handfläche, die rot und voller Blasen war.

»Wie Sie sehen, Bony«, sagte Borradale bedächtig, »haben Sie den Falschen erwischt, trotz Ihrer raffiniert ausgeklügelten Falle.«

25

»Nichts würde mir mehr leid tun, als wenn ich Sie erschießen müßte, Inspektor Bonaparte«, fuhr Martin fort, und ihm war anzumerken, wie sehr er um Haltung rang. »Ich habe noch einige Aussagen zu machen, und im Anschluß daran möchte ich Sie um ein paar Gefälligkeiten bitten. Danach bleibt mir nur noch eins zu tun. Sollten Sie versuchen, aufzustehen oder Ihre

Pistole zu ziehen, müßte ich Sie töten, so leid es mir auch tun würde.«

Bony erschauerte, aber seine Stimme klang ruhig und fest.

»Ihr Geständnis überrascht mich eigentlich weniger als meine eigene Fahrlässigkeit. Ich muß gestehen, versäumt zu haben, mir die Hände des Kochs anzusehen. Der größte Fehler, der mir bisher unterlief. Immerhin wird dieses Versehen wettgemacht durch die Tatsache, daß sich mein ursprünglicher Verdacht als richtig erwies. Ich wurde erst schwankend, als ich feststellen mußte, daß Sie die Schrotflinte in dem Baum an Nogga Creek befestigten. Warum taten Sie das? Wenn Sie mich damit irreführen wollten, so ist Ihnen das gelungen. Ich muß darauf hinweisen, daß Sie nur über meine Leiche fliehen können, und dann haben Sie es mit Wachtmeister Lee und Sergeant Smithson zu tun. Der letztere ist übrigens jener Goldsucher, dessen Anwesenheit am Catfish Hole Ihnen so viel Kummer bereitete.«

»Sie mißverstehen mich«, erwiderte Martin. »Ich habe nicht die Absicht, Ihnen zu entfliehen – sondern nur mir selbst. Hören Sie: Lee und der Sergeant werden bald herausgefunden haben, daß die Hände des Kochs keine verräterischen Spuren aufweisen. Es bleibt uns also nicht mehr viel Zeit. Sobald ich alles gesagt habe, werden Sie aufstehen und mich nicht daran hindern, das Zimmer zu verlassen. Sie werden nicht versuchen, mich festzunehmen. Schließlich sind Sie nicht Sergeant Simone.«

»Wir werden sehen. Bitte sprechen Sie.«

Borradale seufzte. Seine Hände mußten sehr schmerzen, aber er ließ sich nichts anmerken.

»Bis vor etwa einer Stunde wußte ich nicht, wer der Würger ist«, sagte er, wobei er um Fassung rang. »Ich bin froh, daß Ihr Plan geklappt hat. Aber lassen Sie mich am Anfang beginnen. Auf dem College machte ich große Scherereien durch meine Schlafwandelei. Einmal fand ich mich auf dem Fenstersims des Schlafsaales sitzen, unter mir gähnte eine Tiefe von achtzehn Metern. Manchmal fand ich mich auf dem Dach. Einmal kletterte ich an der Dachrinne hinauf. Dann wieder wurde ich beobachtet, wie ich im Park von Baum zu Baum turnte. Wenn ich erwachte, konnte ich mich an keine dieser Eskapaden mehr erinnern. Meine Schulkamderaden betrachteten mich als eine Art Tarzan, und ich war sogar noch stolz darauf. Schließlich gewöhnte man sich an meinen Somnambulismus. Ich tat niemandem etwas zuleide, und eine Behandlung zeitigte auch keinen Erfolg. Als mein Vater starb und ich nach Wirragatta zurückkehren mußte, versicherte man mir, daß ich nun erwachsen und die Schlafwandlerei ein für allemal vorbei sei. Ich hatte tatsächlich seit vielen Monaten keinen Anfall mehr gehabt. Wirragatta nahm mich körperlich und geistig völlig in Anspruch. An meinen Somnambulismus dachte ich überhaupt nicht mehr. Schließlich war ich mir dessen ja auch nie richtig bewußt gewesen. Ich erfuhr davon wie von den Erlebnissen eines Dritten.«

Bony lauschte so interessiert, daß ihm die Zigarette ausgegangen war.

»Solange ich zurückdenken kann, spürte ich es jedesmal, wenn ein Sturm im Anzug war«, fuhr der Schafzüchter fort. »Erst fühle ich mich deprimiert, dann werde ich von großer Nervosität ergriffen. Ich gehe zu normaler Stunde schlafen, fühle mich aber erschöpft und seltsam erregt. Wenn ich am nächsten Morgen erwache, bin ich wie erschlagen, sämtliche Muskeln tun mir weh. Ich weiß jedoch auch von anderen, daß sie sich während eines Sandsturms unpäßlich fühlen, zumindest Kopfschmerzen bekommen. Aber zur Sache. Wie alle anderen war ich durch den Mord an Alice Tindall zu Tode erschrocken. Die Tat war während eines Sandsturms verübt worden. Simone kam zu uns heraus, schrie die Leute an, erreichte aber nichts. Der Fall wurde ad acta gelegt. In einer Sturmnacht kam ich von Broken Hill zurück und erlitt mit meinem Wagen dicht beim Haus der Storries eine Panne. Ich mußte also zu Fuß weiter. Es war schon nach Mitternacht, und auf dem Bachweg kam mir jemand entgegen. Es war Hang-Dog-Jack. Am folgenden Tag rief ich ihn zu mir und verlangte eine Erklärung. Er habe Alice Tindall sehr geliebt, erklärte er mit ernstem Gesicht. Er habe mit den Eingeborenen gesprochen und von ihnen erfahren, daß in den Bäumen ein Buschgeist lebe. Er hatte dann festgestellt, daß tatsächlich jemand – ob nun Gespenst oder Mensch – in den Bäumen herumkletterte. Nun wollte er sich selbst als Opfer anbieten, wobei er auf seine Körperkraft vertraute. Er wollte den Würger unschädlich machen. Weil Sergeant Simone sich stets so arrogant benahm, erzählte ich ihm nichts von Hang-Dog-Jacks Vorhaben.

Als Marsh ermordet worden war, sprach ich erneut mit dem Koch und sagte ihm, daß dies unmöglich der geheimnisvolle Buschgeist getan haben könne, da dieser doch sein Unwesen angeblich nur in den Bäumen treibe. Nach einigem Zögern rückte Hang-Dog-Jack dann damit heraus, daß er die Leiche auf der Straße nach Broken Hill dicht beim Nogga Creek gefunden und sie hinüber zum Gemeindezaun getragen habe – nur, um Sergeant Simone zu ärgern.«

»Warum haben Sie mir diese Information vorenthalten?« fragte Bony kopfschüttelnd.

»Weil ich sicher war, daß Sie das Geheimnis des Buschgeistes ohnehin lösen würden, und weil ich außerdem nicht wollte, daß Hang-Dog-Jack wegen Irreführung der Behörden Scherereien bekam. Ich war überzeugt, daß er nicht der Würger war. Einige Zeit nach Marshs Tod stieg plötzlich der entsetzliche Verdacht in mir auf, daß ich selbst dieses Ungeheuer sein könnte. Eines Morgens wachte ich nämlich auf und entdeckte einen Holzsplitter in meiner Hand. Ich konnte mich nicht erinnern, ihn mir eingezogen zu haben. Am Vortag war ich von einer achttägigen Reise zurückgekommen und hatte mich während der ganzen Zeit nicht in der Nähe von Buchsbäumen aufgehalten. Ein winziges Stück Rinde an dem Splitter verriet mir, daß er von einem Buchsbaum stammen mußte. Schließlich schickte ich ihn an einen Experten in Adelaide und erhielt den Bescheid, daß der Splitter tatsächlich von einem Buchsbaum stamme. Sosehr ich mich auch zu erinnern suchte – ich hatte keine Ahnung, wo ich ihn mir eingezogen hatte. Jetzt fielen mir wieder meine Anfälle von Somnambulismus ein. Ich fragte mich ernsthaft, ob ich vielleicht in diesem abwesenden Zustand zwei Morde begangen haben könnte. Beide Verbrechen waren ja während eines Sandsturms geschehen, und in meiner Schulzeit war ich ausschließlich in solchen Nächten umhergewandelt. Wenn Sie dort drüben hinsehen, werden Sie meine sauber zusammengefaltete Kleidung bemerken. Diese Ordnungsliebe verdanke ich meiner Mutter. Es wäre logisch, daß die Kleider beschmutzt gewesen wären, wenn ich nachts in den Bäumen herumstieg. Es waren aber keine derartigen Spuren festzustellen. Einmal band ich sogar einen dünnen Seidenfaden darum, aber er war am anderen Morgen noch völlig intakt. Schlafanzug und Morgenrock wiesen ebenfalls keine Spuren auf. Kurzum, Inspektor, ich konnte nicht den geringsten Beweis dafür finden, daß ich der Würger bin. Habe ich mich verständlich ausgedrückt?«

»Absolut«, erwiderte Bony. »Bitte sprechen Sie weiter.«

»Ich habe nicht mehr sehr viel zu sagen. Ich fuhr nach Sydney und sprach mit dem Direktor des Colleges und mit meinem alten Klassenlehrer. Ich erfuhr, daß ich nur dann schlafwandelte, wenn der Sturm vom Land her wehte, nicht, wenn er von der See her kam. In Sydney suchte ich außerdem noch einen Spezialisten für Somnambulismus auf, unter falschem Namen und falscher Adresse. Von ihm mußte ich erfahren, daß Fälle von Somnambulismus bekannt waren, wo die Betreffenden während ihres abwesenden Zustandes Verbrechen begangen hatten, vor allem Diebstähle. Dem Arzt war aber auch ein Mann bekannt, der während eines Anfalles seiner Frau die Kehle durchschnitten hatte.

Sie werden verstehen, welch schwieriges Problem sich für mich ergab. Was sollte ich tun? Ich hatte keinerlei Beweise für meine Täterschaft. Ich hätte mich also lediglich zur Beobachtung in eine Nervenklinik begeben können, und damit hätte ich vor allem meiner Schwester viel Kummer bereitet. Wenn ich auch nur den Schatten eines Beweises gegen mich gefunden hätte, wäre meine Konsequenz gewesen, mir das Leben zu nehmen.

Nach der Ermordung von Frank Marsh wußte ich, daß etwas geschehen mußte. War es nicht äußerst raffiniert von diesem Teufel, zu morden, ohne jemals Hang-Dog-Jack anzugreifen, der doch gewiß mit ihm fertiggeworden wäre? Ich suchte also Beweise gegen mich. Ich suchte so krampfhaft, daß es schon zu einer Manie wurde. Schließlich fielen Sie mir ein. Wir hatten von Marion Trench in Windee eine Menge von Ihnen gehört. Und da mein Vater Ihren Chef, Colonel Spender, sehr gut gekannt hatte, schrieb ich ihm und hoffte, daß er Sie zu uns schikken würde.«

»Es ist außerordentlich bedauerlich, daß Sie sich mir nicht von Anfang an anvertraut haben«, sagte Bony mitfühlend.

»Damit wäre kaum etwas erreicht worden, außer, daß ich nicht länger Herr der Situation gewesen wäre. Die Verbrechen waren vor Ihrer Ankunft begangen worden, und es gab immer noch die Möglichkeit, daß meine Täterschaft lediglich in meiner Einbildung bestand. Mindestens ein dutzendmal habe ich mein Zimmer nach den Kleidern durchsucht, die ich beim Schlafwandeln ja getragen haben mußte. Können Sie sich vorstellen, was ich durchgemacht habe und wie mir jetzt zumute ist?«

Bony schwieg. Im Gesicht des Schafzüchters stand deutliche Verzweiflung. Draußen heulte der Sturm.

»Als Donald Dreyton in einem Baum am Nogga Creek diesen grauen Flanellstoffetzen fand, suchte ich nach einer grauen Flanellhose«, fuhr Martin Borradale erregt fort. »Ich fand sie nicht. Ich besitze zwei graue Hosen, aber beide sind tadellos in Ordnung.«

Er fuhr sich mit dem Handrücken über die schweißnasse Stirn, ohne Bony auch nur einen Augenblick aus den Augen zu lassen oder die Revolvermündung einen Millimeter zu senken. Seine Stimme, die erst verzweifelt und dann trotzig geklungen hatte, verriet nun große Müdigkeit.

»Ich kann nicht verstehen, daß ich nie etwas fand. Ich habe darüber nachgedacht, bis ich verrückt zu werden drohte. Nie habe ich einem Menschen mit Bewußtsein weh getan. Ich bringe es nicht einmal über mich, jemanden zu entlassen. Und nun – war es nicht gestern – erzählten Sie mir, daß Sie den Fall binnen einer Woche geklärt haben würden. Ich wußte, daß Sie kein Aufschneider sind. Wenn ich also tatsächlich der Mörder sein sollte, der sich von Baum zu Baum schwang, wie Hang-Dog-Jack behauptete, wollte ich mir selbst eine Falle stellen. Ich wollte um alles in der Welt vermeiden, am Galgen oder in einer Irrenanstalt zu enden. Darum montierte ich die Schrotflinte an einem Ast, von dem ich wußte, daß der Mörder ihn bei seinen nächtlichen Ausflügen benützte.«

»Ich beobachtete Sie, wie Sie die Flinte anbrachten, Mr. Borradale«, warf Bony ein. »Nach Ihrem Weggang nahm ich die Patronen heraus. Ich dachte, Sie wollten mir zuvorkommen und den Würger selbst zur Strecke bringen. Hätten Sie nicht diese Falle errichtet, wäre mir der Fehler mit Hang-Dog-Jack nicht unterlaufen.«

»Demnach scheinen Sie mich in Verdacht gehabt zu haben. Ich würde zu gern wissen, wie Sie darauf gekommen sind, aber wir haben jetzt keine Zeit mehr. Gestern abend ging ich wie üblich zu Bett. Durch einen Revolverschuß und einen stechenden Schmerz zwischen meinen Rippen wachte ich auf und fand mich an einem Ast hängen, ohne zu wissen, wo ich mich befand. Es mußte irgendwo am Nogga Creek sein, und da wurde mir klar, was ich getan hatte. Können Sie sich ein schrecklicheres Erwachen vorstellen? Ganz in meiner Nähe fielen einige Schüsse. Ich glaubte, sie gälten mir, und ließ mich herunterfallen ins Bachbett. Nur wenige Meter von mir entfernt hörte ich Schreie und die Geräusche einer Schlägerei. Als ich im Bachbett entlangkroch, zweifelte ich nicht mehr, daß ich der Würger sei. Ich spürte, daß ich alte Kleider trug und alt Tennisschuhe. Ich hatte nur einen Gedanken: Zurück in mein Zimmer! Hier angekommen, zündete ich die Lampe an und stellte fest, daß ich eine graue Flanellweste trug, die mir unbekannt war, eine graue Flanellhose, die ich mich nicht erinnern konnte, je gesehen zu haben, und ein Paar Tennisschuhe, die ich vor langer Zeit in Broken Hill kaufte. Sie finden das alles unter meinem Bett. Wo ich sonst diese Sachen aufbewahrte, weiß ich nicht. Meine Hände waren nicht nur rot gefärbt und verätzt, sondern auch grün beschmiert von der Baumrinde. Es war das erstemal, daß meine Hände Spuren zeigten, und da wußte ich, daß ich mich früher nach meinen nächtlichen Ausflügen immer gründlich gesäubert haben mußte.

Das ist alles, Inspektor Bonaparte. Ich habe nichts mehr hinzuzufügen. Nun zu den Gefälligkeiten, um die ich Sie bitten möchte. Wenn alles überstanden ist, erzählen Sie bitte meiner Schwester das eben Gehörte. Versuchen Sie ihr klarzumachen, daß ich im Grunde genommen an all den schrecklichen Verbrechen völlig unschuldig bin.«

»Gewiß, aber –«

»Es gibt kein Aber. Ich kenne den Weg, den ich gehen muß. Ich bin ein Ungeheuer, Inspektor Bonaparte. Aber ich kann nichts dafür. Wenn ich mich Ihnen jetzt ausliefern würde, dürfte ich vielleicht dem Strang entgehen, aber für den Rest meines Lebens in einer Nervenklinik landen. Das könnte ich nicht ertragen. Ich beteure nochmals – ich bin unschuldig. Aber sehen Sie meine Hände an. Sie zeugen gegen mich.

Übrigens möchte ich, daß Sie auch Dreyton alles erzählen. Er soll wissen, daß ich diese Verbrechen nicht bei Bewußtsein begangen habe. Meine Schwester liebt ihn. Ich glaube, er erwidert ihre Liebe, und nur wegen seiner Armut hat er sich ihr nie erklärt. Ich habe ihm testamentarisch meine Hälfte von Wirragatta vermacht, so daß seine Mittellosigkeit kein Hemmschuh mehr für ihn ist. Zum Schluß bitte ich Sie noch, meiner Schwester zu sagen, sie solle Harry West zum Obercowboy machen und ihm und seiner Frau das Häuschen zuweisen, das er sich so sehr wünscht. Aber da ist noch etwas.«

Borradale stand auf. Seine Augen funkelten, aber der Revolver in seiner Hand zitterte nicht. Nur seine Lippen schienen zu beben.

»Ich möchte, daß Sie Dreyton klarmachen, daß – obwohl ich ein Ungeheuer bin – mein Vater und meine Mutter normale, hochachtbare Leute waren. Stella ist ebenfalls völlig gesund. Würden Sie Dreyton davon zu überzeugen versuchen? Ich möchte mit dem Gedanken abtreten, daß Stella glücklich wird.«

»Das will ich tun«, erwiderte Bony leise.

»Danke, Inspektor. Und nun gehen Sie bitte«, sagte Borradale scharf. »Schließen Sie die Verandatür hinter sich. Was ich jetzt zu tun habe, möchte ich außerhalb des Hauses erledigen.«

Bony erhob sich langsam. Seine Arme hingen steif herab, weniger aus Angst vor dem Revolver, als vor Erschütterung.

»Mr. Borradale, das war die furchtbarste Geschichte, die ich mir jemals anhören mußte. Ich glaube Ihnen jedes Wort, und ich verlasse Sie jetzt aus eigenem freien Willen. Ich brächte es nicht fertig, Sie einem Gericht zu übergeben. Sie handeln jetzt sehr selbstlos. Um den Weg zu beschreiten, den Sie vor sich sehen, benötigt man Mut.«

»Danke, Inspektor«, flüsterte Martin kaum hörbar.

»Leben Sie wohl.«

An der Tür blickte sich der Inspektor noch einmal um. Der Schafzüchter stand hinter dem Tisch.

»Ich gehe jetzt hinüber ins Büro, Mr. Borradale«, sagte Bony. »Der Garten ist groß, und der Sturm heult laut.«

Bony verbeugte sich, trat hinaus auf die Veranda und ließ die Tür einladend hinter sich offen. Dann ging er hinüber ins Büro, wo er Wachtmeister Lee vorfand, der sich mit Dreyton unterhielt.

»Ich bin froh, daß Sie kommen«, sagte Lee. »Kann ich in Gegenwart von Mr. Dreyton offen mit Ihnen sprechen?«

»Ja«, erwiderte Bony leise. Er schien auf irgend etwas zu lauschen, und Dreyton wunderte sich. Der Sturm heulte, und vor dem Fenster wogten dichte rote Sandschleier.

»Sir, wir haben herausgefunden, daß die Hände des Kochs nicht von der Säure verätzt wurden. Elson indessen behauptet, der Würger habe seine Hände um den Eisenkragen gelegt. Der Sergeant vermutet jetzt, daß wir einen Fehler gemacht haben.«

»Der Sergeant meint gewiß, daß er einen Fehler gemacht hat.« Er lauschte immer noch, und Dreyton musterte ihn neugierig. Lee redete diesen Mischling, den er als Joe Fisher kannte, mit ›Sir‹ an?

Endlich stieß Bony den lange angehaltenen Atem aus.

Durch das Heulen des Sturmes war deutlich ein Schuß zu vernehmen gewesen.

»Wenn es also nicht der Koch gewesen ist, meine lieber Lee, dann muß es wohl der Chef des Kochs gewesen sein«, schloß Bony kaum hörbar.

26

Die Ziegenherde in Caries einziger Straße, Opa Littlejohn, der mit einigen Leuten beisammenstand, aber auch die Bäume am Nogga Creek und die fernen Sanddünen wirkten an diesem Abend auf Mrs. Nelson, als sähe sie sie durch eine rote Brille.

Über dem Städtchen und der Blaubuschebene gingen riesige rote Vorhänge mit schwarzen Falten. Der Wind hatte sich fast gelegt und kam nun kühl und einschmeichelnd von Süd. Die Sonne ging unter, und ihre schrägen Strahlen wurden durch den sich langsam senkenden Sandschleier gefiltert.

Mrs. Nelson stand am Südende des Balkons. Als sie jetzt ihre Hände betrachtete, hatte sie den Eindruck, sie in Blut getaucht zu haben. Es gab im Freien keine Möglichkeit, dieser Farbe zu entgehen.

Eben erst hatte sie ihre Zimmer verlassen können, in denen sie zwei Tage lang durch den Sandsturm eingesperrt gewesen war. Nun atmete sie dankbar die kühle, frische Luft und beobachtete die dahintreibenden Wolken. Ihre Seele befand sich in Aufruhr. Ärgerlich wandte sich sich um, als sie hinter sich Schritte vernahm.

Joe Fisher stand vor ihr.

»Madame, ich bin der Überbringer von schmerzlichen Nachrichten«, sagte er leise. »Ich möchte mit Ihnen über Ihren Sohn sprechen.«

Ihre dunklen Augen weiteten sich, und ihre Lippen bildeten einen schmalen Strich. Sekundenlang starrte die alte Dame den Mann an.

»Über meinen Sohn!« rief sie scharf.

»Über Ihren Sohn, Mrs. Nelson!«

Zum erstenmal erlebte Bony, wie die alte Frau zurückschrak.

»Mein Sohn . . . Was wissen Sie davon? Wer sind Sie?«

»Ich bin Kriminalbeamter. Möchten Sie sich nicht setzen und mir erlauben, mir einen Stuhl zu holen?«

Mrs. Nelson nickte. Ihr Gesicht war leichenblaß, ihre Augen blickten gequält.

»Mein Sohn«, murmelte sie, als Bony vor ihr Platz genommen hatte. »Bitte, sprechen Sie.«

»Als ich erfuhr, daß der alte Borradale bei der Bestattung Ihres Kindes geweint hat, war mir klar, daß er seinen eigenen Sohn begraben hatte, Mrs. Nelson. Und nun müssen Sie sehr tapfer sein, Madam. Ihr Sohn, den man als Martin Borradale kannte, ist tot.«

»Tot!«

Bony blickte zur Seite.

»Ja, tot«, wiederholte er. »Er starb heute morgen durch eigene Hand.«

In kurzen Worten berichtete Bony, was ihm der Schafzüchter am Morgen offenbart hatte.

»Ich habe Ihren Sohn nicht über seine wirkliche Herkunft aufgeklärt«, fuhr er fort. »Die einzigen, die eingeweiht sind, sind Miss Borradale, Dreyton, Doktor Mulray und wir beide.«

»Ja.« Mrs. Nelson nickte abwesend. »Mrs. Borradale wollte damals unbedingt ihr Kind sehen, aber es war tot. Mr. Borradale kam zu mir und sagte mir, wie schwer es doch mein Baby bei dem ewig betrunkenen Vater haben würde. Er bot mir fünftausend Pfund, wenn ich einwilligte. Ich hoffe, man urteilt nicht zu hart über mich. Es ging mir nicht nur um das Geld. Aber der Vater meines Mannes war geisteskrank, und auch bei John traten die Anzeichen dafür immer deutlicher hervor. Und jetzt erschien Mr. Borradale und bot meinem Kind ein Leben voller Möglichkeiten. Er konnte mehr für den Jungen tun, als es mir jemals möglich sein würde. Er gab mir fünftausend Pfund, und Mrs. Littlejohn, die ja Bescheid wußte, tausend Pfund. Ich bereue nicht, mein Kind hergegeben zu haben. Ich konnte miterleben, wie mein Sohn ein gebildeter Mensch, ein wohlhabender Schafzüchter und der Friedensrichter dieses Bezirks wurde. Als Doktor Tigue starb, riß ich aus seinen Krankenbüchern die Seiten heraus, die die beiden Babys betrafen – und meine Halsverletzung. John hätte mich einmal beinahe erwürgt. Sein Vater wurde in eine Anstalt gebracht, weil er ebenfalls beinahe seine Frau erwürgt hätte.«

»Davon behielten Sie die Narben zurück, nicht wahr? Und

als Mabel Storrie sie zufällig einmal sah, versiegelten Sie ihr den Mund mit einem kostbaren Ring.«

Mrs. Nelson nickte. »Sie scheinen wirklich alles zu wissen. Mir war sofort klar, wer Alice Tindall und Frank Marsh umgebracht und Mabel Storrie um ein Haar erwürgt hätte. Es konnte kein anderer gewesen sein als John Nelsons Sohn – mein Kind, das ich für fünftausend Pfund fortgegeben hatte!«

Die kleinen Hände mit den blauen Venen verkrampften sich, und das weiße Porzellangesicht wandte sich Bony zu, während sich die dunklen Augen mit Tränen füllten.

»Was hätte ich denn tun sollen?« murmelte die alte Dame. »Meinen eigenen Sohn anzeigen? Nein, ich habe es nicht getan, und ich bin froh darüber –« Die Stimme versagte ihr.

Nach seiner Rückkunft in Wirragatta bat Bony, Stella Borradale sprechen zu können. Er wurde in das Morgenzimmer geführt, das bereits von den Spuren des Sandsturms gesäubert war. Stella zeigte sich tapfer, aber man sah ihr an, daß sie geweint hatte.

»Möchten Sie nicht Platz nehmen?«

»Danke, Miss Borradale. Ich habe soeben mit Mrs. Nelson gesprochen. Sie hat mir die Umstände von Martins Geburt bestätigt. Sie hat alles sehr gefaßt aufgenommen.«

Stella preßte die Lippen zusammen.

»Ich werde sie besuchen – nach der Beerdigung. Ich werde Martin immer als meinen Bruder betrachten. Ach, Bony! Martin war so anständig, so großmütig, so untadelig! Es war doch gar nicht Martin, der –«

»Nein, Miss Borradale. Der Mann, der nachts in den Bäumen umherkletterte, war nicht Martin Borradale. Das war Martin Nelson. Wir kannten Martin Borradale. Der andere wurde während eines bösen Sandsturms geboren und trug das unselige Erbe seines Vaters in sich. Der Mann aber, den wir kannten, brachte das im Sandsturm geborene Ungeheuer um.«

»Mein Bruder Martin! Für mich wird er es immer bleiben, Bony.«

Der Inspektor sprach noch eine Weile mit Stella und erklärte ihr Martins Wünsche in bezug auf Harry West. Er sagte ihr auch, daß die Verletzungen von Hang-Dog-Jack doch nicht so schwer seien, wie es zunächst den Anschein gehabt hatte. Er würde in wenigen Tagen wieder arbeiten können.

»Ich habe jetzt einen langen Bericht zu schreiben«, fügte er hinzu und stand auf. »Donald Dreyton möchte Sie sprechen.«

Seltsam, dachte er. Stella Borradale sitzt jetzt genauso da wie vorhin Mrs. Nelson, als ich sie verließ.

Stella nickte. »Ja, ich möchte ihn ebenfalls sprechen.«

Die Sterne funkelten wie Brillanten. Bony sah es nicht. Tief atmete er die kühle Nachtluft ein, während er hinüber zur Bürobaracke ging. Dreyton saß mit sorgenvollem Gesicht an seinem Schreibtisch.

»Sie haben doch wohl nichts dagegen, wenn ich hier meinen Bericht schreibe, Mr. Dreyton«, begann Bony. »Und außerdem hätte ich noch etwas mit Ihnen zu besprechen.«

Dreyton nickte. »Bitte, Mr. Bonaparte.«

Bony zog sich einen Stuhl heran und nahm Dreyton gegenüber Platz. Dann begann er sich eine Zigarette zu drehen.

»Sie waren nicht sehr hilfsbereit, Mr. Dreyton«, brach er schließlich das Schweigen. »Aber schließlich wußten Sie ja auch nicht, daß ich Polizeibeamter bin. Hätten Sie sich mir gegenüber so offen gezeigt wie zu Mr. Borradale – wir wollen Martin ja auch weiterhin als Mr. Borradale ansehen –, dann wäre mir viel Arbeit erspart geblieben. Ich denke beispielsweise an das Stückchen Stoff, das Sie in dem bewußten Baum fanden. Aber ich muß Ihnen sagen, daß ich eine sehr hohe Meinung von Ihnen habe. Im Verlauf meiner Ermittlungen mußte ich mich natürlich auch über Ihre Person informieren. Bitte lesen Sie dieses Dokument. Es betrifft Sie.«

Schweigend nahm Dreyton die Bogen zur Hand und begann zu lesen. Bony lehnte sich weit zurück und starrte hinauf zur Lampe. Schließlich seufzte Dreyton tief auf, und die Papiere in seiner Hand raschelten. Bony blickte ihn an, und er bemerkte deutlich einen Hoffnungsschimmer in den blaugrauen Augen des anderen.

»Bevor Martin Borradale sich erschoß, informierte er mich noch über eine Angelegenheit, die ich niemandem gegenüber erwähnte«, sagte Bony. »Sie wissen, daß Martin Sie hier im Büro haben wollte – aus verschiedenen Gründen. Teils, weil er das Gefühl hatte, den Anforderungen, die dieser Besitz an ihn stellte, nicht mehr gewachsen zu sein, teils, weil er und seine Schwester Sie wirklich gern mochten. Er hatte in Hinsicht auf Sie und seine Schwester eine ganz bestimmte Idee. Ich muß Ihnen die

Eröffnung machen, daß Martin Borradale seinen Anteil an Wirragatta testamentarisch auf Sie überschrieben hat. Moment noch ...! Daß Sie lieber draußen am Grenzzaun gearbeitet haben, verwundert mich nicht allzusehr. Aber – verzeihen Sie mir meine Aufdringlichkeit – ich glaube, alle diese Gründe sind nun hinfällig geworden. Als ich Miss Borradale eben verließ, sagte ich ihr, daß Sie sie gern sprechen möchten. Sie erwartet Sie im Morgenzimmer. Mein lieber Freund, wenn je eine Frau Trost gebraucht hat –«

Mit einem Ruck schob Dreyton den Stuhl zurück und sprang auf.

»Sie sind ein seltsamer Mensch«, murmelte er und rannte zur Tür hinaus.

»Sie nicht minder!« rief Kriminalinspektor Napoleon Bonaparte ihm nach.

ENDE

Bitte beachten Sie die folgenden Anzeigenseiten. Die dort genannten Preise entsprechen dem Stand vom Herbst 1973 und können sich nach wirtschaftlichen Notwendigkeiten ändern.

Roderick Wilkinson
Ein Haar im Whisky
160 Seiten. Band 4017. DM 3.–

Irgend jemand in Schottland hat scheinbar zu großen Durst. Jedenfalls verschwindet der Whisky nicht nur flaschen-, sondern gleich lastzugweise! Aber trotz der gewaltigen Menge Alkohol hat der Unbekannte eine recht sichere Hand: Trifft er doch einen gar nicht so harmlosen Sportangler genau ins Herz . . .

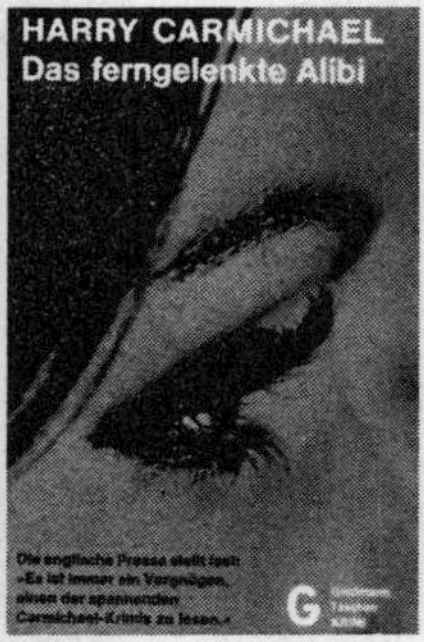

Harry Carmichael
Das ferngelenkte Alibi
128 Seiten. Band 4019. DM 3.–

Man soll die Frauen nicht ans Steuer lassen, denkt der Zeitungsreporter Quinn aus London. Eben gestand ihm Hugh Melvilles Frau, daß sie den Unfall verschuldet hat, für den Hugh achtzehn Monate Gefängnis bekam . . . Als Ellen Melville kurz danach tot aufgefunden wird, sieht es freilich nur so aus, als habe sie vor Reue Selbstmord begangen . . .

William Maner
Zuviel Mord, Professor Harley!
160 Seiten. Band 4020. DM 3.–

Als Student ist Steve eine Niete, als Footballspieler ein Star. Zwei Tage vor dem großen Spiel findet man ihn auf seinem Platz im Hörsaal, wo er häufig zu schlafen pflegte. Jetzt schläft er für immer: erstochen mit einer Schere. Schauplatz: eine Universitätsstadt in den USA